一九八四
Nineteen Eighty-Four

喬治・歐威爾 George Orwell 著
徐立妍 譯

U0014002

國家圖書館出版品預行編目資料

一九八四 / 喬治・歐威爾（George Orwell）著 ; 徐立妍譯.
-- 初版. -- 臺北市 : 遠流, 2012.09
面； 公分
譯自 : Nineteen eighty-four
ISBN 978-957-32-7011-9(精裝). --
ISBN 978-957-32-7012-6(平裝)

873.57 101011770

一九八四
Nineteen Eighty-Four

作　　者　喬治・歐威爾 George Orwell
譯　　者　徐立妍
總 編 輯　汪若蘭
主　　編　陳希林
封面設計　黃子欽
企　　劃　高芸珮

發行人 王榮文
出版發行 遠流出版事業股份有限公司
地址 臺北市南昌路2段81號6樓
客服電話 02-2392-6899
傳真 02-2392-6658
郵撥 0189456-1
著作權顧問 蕭雄淋律師
法律顧問 董安丹律師

2012年08月01日 初版一刷
行政院新聞局局版台業字號第1295號
定價 平裝新台幣300元（如有缺頁或破損，請寄回更換）
有著作權・侵害必究 Printed in Taiwan
ISBN 精裝 978-957-32-7011-9
平裝 978-957-32-7012-6

遠流出版公司 http://www.ylib.com E-mail: ylib@ylib.com
Nineteen Eighty-Four
By George Orwell
Published in Taiwan by Yuan-Liou Publishing Co., Ltd.
All rights reserved.

經典文學新譯計畫總序

聽見譯者的聲音

想像你今天走進一家書店或圖書館，來到世界文學的專櫃前面。很多作品你都聽過名字，別的書裡也許提過，也許小時候看過改編的青少年版本，也許還看過改編的電影電視版本，但不知為何就是沒有真的讀過全譯本。假設你拿起了其中的一本，但一看左右還有六、七種版本呢。那該選哪一本好呢？比較封面、印刷字體大小、推薦者、出版社的名聲、出版年代、還是譯者？

其實，其中影響最大的是譯者。你所讀的每一個中文字都是譯者決定的，每一個句子的節奏都是譯者安排的。每個句子都有不只一種譯法，是譯者決定了用哪種結構，在哪裡斷句，用哪一個詞彙，要不要用成語；也可以說決定了文學翻譯的風格。咦？你也許會問，那作者的風格呢？譯者不是應該盡可能忠實於原作的風格嗎？這就是文學翻譯有趣的地方，也是很多讀者不知道的祕密。

文學翻譯其實是一種表演。就像音樂演奏一樣：作曲家決定了音符和節奏；但聽眾聽到的是演奏家的演出。沒有演奏家會把巴哈彈得像蕭邦，但每一個巴哈的演奏家都有自己的風格，就像每一個蕭邦的演奏家也都不一樣。沒有演奏家，音樂等於不存在。沒有譯者，陌生語言的文學也等於不存在。作者決定了故事的內容，但把故事說出來的是譯者。譯者決定在哪裡連用快節奏的短句，在哪裡用悠長的句子減緩速度，哪裡用親切的口語，哪裡用咬文嚼字的正式語言。譯者的表演工具就是文字。

而且譯者是活生生的人。有自己的時空背景、觀點、好惡、語感。也就是說，兩個譯者不可能譯出一模一樣的譯文，就像每一個男高音唱出來的〈公主徹夜未眠〉都有差異。面對同樣的模特兒或靜物風景，每個畫家的畫也都不一樣。就翻譯來說，就算其中某個短句可能雷同，一整個段落也不可能每個句子都選擇一樣的形容詞、一樣的動詞、一樣的片語。五十年前的譯者，不可能和今天的譯者譯出一模一樣的段落；大陸的譯者，也不可能和台灣譯者風格雷同。

而所謂經典，就是不斷召喚新譯本的作品。村上春樹在討論翻譯時曾提出翻譯的「賞味期限」：他說翻譯作品有點像建築物，三十年屋齡的房子是該修一修了，五十年屋齡的房子也該重建了。因為語言不斷在變，時髦的語言會過時，新奇的語法會變成平常，新的語言不斷出現；所以對於重要的作品，每個時代都需要新的譯本。

但台灣歷經一段非常特別的歷史，以致於許多人對文學經典的翻譯有些誤解。很多讀者小時候看的經典文學翻譯，是不是翻譯腔很重？常有艱深而難以理解的句子？根本不知道譯者是誰？即使有名字，也不知道是男是女，年紀多大？有些作品掛了眾多名人推薦，但書封、書背、版權頁到處都找不到譯者的名字？甚至於書上有推薦者的生平簡介，卻毫無譯者簡介，彷彿誰譯的不重要，誰推薦的比較重要。為什麼會有這些怪象？

這是因為從戰後至今，台灣的文學翻譯市場始終非常依賴大陸譯本，依賴情形可能遠超過大多數人的想像。台灣在戰前半世紀是日本殖民地，普遍接受日本教育，官方語言是日文；漢人移民以閩粵原籍為主，日常語言是台語和客語，影響現代中文甚鉅的五四運動發生在日治時期，台灣並沒有親歷五四運動，中文私塾教的還是文言文。也就是說，戰後大陸接收台灣時，台灣人民在語言上面臨極大的困難。中華民國國語根據的是北方官話，對台灣居民來說已經是全新的語言了；五四運動後提倡我手寫我口，不會說就不會寫，因此台灣人的白話文也寫不好。至於翻譯，民初還有文言白話之爭，一九三〇年代以後白話文翻譯已成主流，對於國語還講不好，白話文還寫不好的台灣人來說，要立刻用白話文翻譯實在不太容易。因此除了少數隨政府遷台的譯者之外，依賴大陸譯本是順理成章的事情，如果不是受到政治因素干擾，本來也沒有太大問題。我們也沒聽說過美國讀者會拒絕英國譯者的作品。

問題出在戒嚴法。一九四五到一九四九年間，已有好幾家上海出版社來台開設分店，把大陸譯本帶進台灣。但一九四九年開始戒嚴，明文規定「共匪及已附匪作家著作及翻譯一律查禁」，由於隨政府遷台的譯者人數不多，絕大部分的譯者遂皆在查禁之列。這些查禁若嚴格執行，台灣就會陷於無書可出的窘境，因此從一九五〇年代開始，一些出版社開始隱匿譯者姓名出版。啟明書局每一本譯作皆署名「啟明編譯所」翻譯，新興書局則會取一些「卓儒」、「顧隱」等假譯者名，大概是取「著名學者」和「因故隱之」之意。一九五九年內政部放寬規定，將查禁辦法改為「附匪及陷匪份子三十七年以前出版之作品與翻譯，經過審查內容無問題且有參考價值者可將作者姓名略去或重行改裝出版」，等於承認上述手段合法，因此後來各家出版社紛紛跟進，「林維堂」、「胡鳴天」、「紀德鈞」等假譯者皆有甚多「譯作」，最多產的譯者則要算「鍾斯」和「鍾文」了，可以從希臘荷馬史詩、阿拉伯文的天方夜譚，中古的神曲，翻到法文的大小仲馬、英文的簡愛，甚至連海明威和勞倫斯都可以翻譯，真是無所不能。書目中登記在「鍾斯」名下的經典文學超過二十部，相當驚人，而且這兩個名字還可以互換，有些版本是「鍾斯」的，再版時卻改署「鍾文」，更添混亂。

因此，在「本地翻譯人才不足」及「戒嚴」這兩大因素之下，台灣的經典文學翻譯簡直成了一筆糊塗帳。解嚴前的英美十九世紀前小說，大概有三分之二是大陸譯本，法文、俄文的比例可能更高。而且因為這個不能說的秘密，譯者完全被消音了。最具譯者個人色彩的譯者序跋常常會留下破綻，例如一九六九年出版的《西線無戰事》，譯者序居然出現「譯者做這篇序的時候，華北正在被人侵略」字樣，匪夷所思（其實這篇譯序是錢公俠一九三六年在上海寫的，一點也不奇怪）；或是書名明明是《金銀島》，序卻寫「這本《寶島》……」（因為抄的是顧鈞正的《寶島》，編輯忘了改序）。因此後來比較聰明的出版社多半拿掉原譯序，以免露出破綻；有些還會用介紹作者作品的文字作為「代譯序」，或放些作者照片，希望讀者完全忘記譯者的存在。在這種做法之下，譯者不但名字遭到竄改，連個人翻譯的心聲看法也一併被消音了。

戒嚴期間依賴大陸譯本的情形，還不限於一九四九年以前的舊譯。事實上，一九五〇年代的大陸譯本仍源源不絕地繼續流入台灣市場（可能是透過香港），當然也是易名出版。到一九五八年以後，因為大陸動亂，譯本來源中斷了二十年，下一波引進的大陸譯本是文革後作品，一九八〇年代的「遠景」、「志文」都有不少文革後新譯本，但彼時台灣仍在戒嚴期間，所以也還是以假名出版。一九八七年解嚴之後，才逐漸有出版社引進有署名的大陸新譯本。這個時期雖然有些版權頁會註明譯者是誰，但出版社似乎仍不希望讀者知道這是對岸作品，也不強調譯者，多半請本地學者及作家寫導讀和推薦文章，譯者的聲音還是極其微弱；甚至有些譯作，列了一大堆推薦序，就是不知道譯者是誰。加上原來的假譯本也沒有立即消失，仍繼續印行十餘年，今天還可以買到，更別說各圖書館書目及藏書也都沒有更正，研究者仍繼續引用錯誤的資料，譯者的聲音仍然沒有被聽見。

因此，今天這套書的意義，不只是「又一批經典新譯」而已。我們還希望讀者可以聽見譯者的聲音。每一個譯者都會以表演者的身分，寫下譯序。他們也是讀者，有自己的閱讀經驗，有自己的偏好；他們知道自己的翻譯不是第一個，可能也不會是最後一個，但他們的譯作是在今天的台灣出現的，有今日台灣的語言特色，不同於其他時候和別的地點。過去匿名發行舊譯的年代，不少譯作是一九四〇年代的作品，除了有語言過時的問題之外，翻譯策略偏向直譯，也是一大問題。比較起來，一九二〇年代的作品雖然較早，其實比較易讀。以前課本收錄的幾篇翻譯作品，如胡適譯的《最後一課》和夏丏尊譯的《愛的教育》，就都是一九二〇年代作品。但由於戒嚴期間盲目改名出書的結果，台灣經典翻譯以一九四〇年代的直譯為最多，造成文學作品就是翻譯腔很重，很難讀的普遍印象。我們希望透過這一批的新譯，一方面是讓譯者發聲，有清楚的「生產履歷」，讓讀者意識到你所讀的是譯者和作者合作的成果；一方面也希望除去「文學作品都很難讀」的印象，讓讀者可以體會閱讀經典的樂趣。

閱讀世界經典文學是人文素養的一部分，但一種外語能力好到可以讀原文的文學名作談何容易，遑論三、四種以上的外語。英國的企鵝文庫、日本的岩波文庫、新潮文庫等皆透過譯本，為其國人引進豐富的世界文學資產。英美作家常引用各國文學作品；村上春樹、大江健三郎這些著名作家，也常常在散文中提起世界文學的日譯本。但台灣的文學翻譯有種種不利因素，首先是前述的譯本過時、譯者消音現象；再來是英文獨大，很多人看不起中文譯本，覺得要讀就讀原文（即使是英文譯本也強過中文譯本）；再來就是升學考試壓力，讓最該讀世界文學的學生往往就錯過了美好的文學作品，未來也未必有機會再讀，極為可惜。我們希望藉著這套譯本，為翻譯發聲，讓大家理直氣壯地讀中文譯本；也讓台灣的學生及各年齡層的讀者，有機會以符合我們時代需求的中文，好好閱讀世界文學的全譯本，種下美好的種子。

賴慈芸
國立台灣師範大學翻譯學研究所所長

推薦序

雙重科幻小說

二十世紀有兩部經典名著《美麗新世界》與《一九八四》，雖然躋身正統文學之林，嚴格說來都是科幻小說，而且皆為「反烏托邦」（Dystopia）這個主題的代表作。

顧名思義，在反烏托邦體制中，一切的一切皆與人類心目中的理想國度背道而馳。而要打造一個反烏托邦，政治力量與科技力量缺一不可，這是撰寫反烏托邦故事的首要潛規則——在《一九八四》中，是以政治力為主、科技力為輔，而《美麗新世界》則恰好相反。

關於政治力量的描寫，本質上即為以社會科學為基礎的幻想（科幻小說中的科學當然涵蓋社會科學），另一方面，在解說科技力量的過程中，作者一定會盡可能發揮科技想像力。因此不言而喻，所有的反烏托邦作品都是雙重的科幻小說。

本書作者早年是社會主義的信徒，曾為了理想參加西班牙內戰，卻因而認清共產主義的真面目。從此他對各種極權主義皆厭惡至極，偏偏又不認同當時的英美政體，使得他對人類社會的前途產生悲觀與絕望，於是在一九四八年，他利用所剩無幾的生命火花，抱病寫出這本不朽的傳世之作。

「老大哥在看著你」（Big Brother is watching you）這句名言幾乎已是本書的同義詞。藉著這句話，作者語重心長地警告當時的讀者，獨裁者為了鞏固權力，一定會無所不用其極地進行滴水不漏的監控。耐人尋味的是，如今極權政治的陰影離世人越來越遠，「老大哥」卻在尖端科技的發展中借屍還魂，對現代人的隱私構成了實質威脅。小至針孔攝影機，大至鋪天蓋地的衛星空照，令人無所遁逃於天地之間，幾乎可以說，一種另類的反烏托邦已隱然成形……

正因為如此，今天我們仍須對反烏托邦有所瞭解，進而有所警覺，也正因為如此，身為二十一世紀的讀者，仍舊必須將《一九八四》列為必讀的經典——雖然「一九八四」早已成為歷史，《一九八四》永遠不會是過時的預言。

葉李華

台灣科幻創作推手

譯者序

老大哥就是你

第一次讀到《一九八四》是大學的時候，也不知道在哪本科普書上讀到這本書的書名，一時興起就跑到圖書館去借閱，那個時候其實還看不太懂，闔上書頁就這樣過去了，只是後來看到「老大哥」這三個字，我可以告訴人家這是從《一九八四》中來的。

再一次接觸到《一九八四》，我從讀者變成了譯者，我對以前那個譯本已經沒什麼印象，但是這次讀起原文，我覺得《一九八四》的語言其實一點也不一九八四，完全沒有年代久遠的感覺，或許是因為歐威爾所建構的世界實在太超乎現實，不但重新劃分國家疆界，在語言上也大膽設計出一套新語（newspeak）系統，所以不管什麼時候讀，都不會顯得老舊。

台灣最早的《一九八四》譯本出現在民國四十一年，譯者是王鶴儀先生，這個譯本目前只有在圖書館才能翻閱，後來的譯本也有如鈕先鍾、萬仞（疑為假名），及彭邦楨的版本，但是民國七十年出現邱素慧翻譯的版本*後，其他版本就漸漸消失了，我大學時代讀的版本想必也是邱素慧的譯本，為了寫這篇譯序，我又重新讀了這個譯本，唯一的問題大概就出在語言的時代感，畢竟已經是三十幾年前的譯本，許多用字遣詞現在讀來有些拗口，尤其是人物的對話。

例如溫斯頓和茱莉亞第一次在樹林中幽會，兩人曾有一段對話，邱素慧的譯文在民國七十年或許聽起來很合適：

「我恨純潔無瑕。我恨完整無缺。我不需要任何道德，更不需要它存在任何處。我只要每人的骨頭都腐蝕掉。」

「我該使你滿足，親愛的。我的骨頭正在腐爛呢。」

不過說真的，現在說到「骨頭都腐蝕掉」，可能只有CSI影集才會出現了，所以我的處理方式就選擇貼近現代口語：

「我討厭純潔，我討厭善良！我不希望這個世界上有美德。我希望每個人都爛到骨子裡。」

「喔，這樣的話，我應該很適合你，親愛的。我就是爛到骨子裡了。」

我在翻譯每句對話的時候都會自己唸唸看，如果唸起來感覺很彆扭，就會改變譯法，甚至有時候會幻想某個演員來唸這段對話，自己想像如果電視上播出這段戲的話，我會不會覺得台詞寫得很爛。（是的，我想很多，不過這招對我很有效。）

其實翻譯《一九八四》最大的挑戰是要先理解溫斯頓的思考邏輯，還有大洋國英社黨的統治概念，否則有許多獨白或宣傳口令都很難抓到語氣。翻譯接近完稿階段時，正好遇上北韓前領導人金正日逝世的新聞熱潮，新聞媒體無所不用其極挖掘消息，盡量「深入」報導北韓國內情況，很多報導內容之荒謬會讓人很難想像世界上還有這樣的國家，但是比對《一九八四》的內容，就讓人不得不佩服歐威爾的真知灼見，他居然能在一九四八年就塑造出一個這麼荒謬又寫實的極權國家，這是多麼震撼的一記警告，他創造出「老大哥」這樣的人物，現在也成為極權政治的代名詞，還記得今年三月爆發的台北市士林文林苑都更案爭議，王家的房子遭到強行拆除後，周圍圍起了鐵板圍欄，有人在鐵板上用噴漆畫了一顆大眼睛，旁邊寫著：Big Brother is watching you.（老大哥在看著你。）抗議政府一意孤行的行動，看著稍早警察驅逐抗議民眾的畫面，不免讓人心底發毛，在老大哥所統治的大洋國內，黨就是一切，老大哥「看顧」著所有人，他的命令沒有轉圜的餘地。

不過歐威爾大概沒有想到網路會在短短六十幾年間迅速發展，他寫《一九八四》的時候還是用打字機一個字一個字敲出來的，現代的作家在電腦上寫稿，要刪要改都容易多了，而且網路的力量也是另一種「老大哥」的體現，《一九八四》的世界裡，人與人之間接觸不多，也沒有其他管道得知別人的消息，溫斯頓從頭到尾都不知道茱莉亞的姓氏，只有黨和老大哥才能夠知道所有人的一切細節。現在有了網路的力量，要「人肉搜索」一點也不難，上傳一張照片或一段影片，幾小時後就能收到回覆，知道影中人的身分；你以為在網路上可以隱匿身分，其實透過IP或其他管道還是可以追蹤到本人，歐威爾在《一九八四》中把監視工具叫做「電屏」（telescreen），在現代我們稱之為「網路」。

每翻譯一個字，我都能感覺到「老大哥」真實的存在。歐威爾抨擊極權政府壓迫人民，實行高壓統治，人民只能依循老大哥認可的規範生活行事，老大哥的眼睛隨時隨地監視著每一個人；而我，雖然不是生在極權統治的國家，但是仍然感受到無數雙眼睛透過網路監視著我，當我翻譯到這句：「老大哥正在看著你。」我看著電腦上開著網路瀏覽器視窗，想著：「不，老大哥就是你。」

*本書出版後，譯者從師大翻譯研究所賴慈芸所長研究結果得知，邱素慧實是假名，此譯本乃是抄襲一九五七年香港譯者黃其禮的譯本，當時出版書名為《二十七年以後》。一九七四年台灣桂冠出版社出版此譯本，將譯者名字改為邱素慧，其他出版社不明就理，也跟著沿用此假名。

1

四月的某一天，天氣晴朗寒冷，時鐘敲了十三下，溫斯頓．史密斯下巴緊緊抵著胸口，想要藉此擋住凜冽的寒風，趕快溜進勝利大廈玻璃門後，但他的速度還是不夠快，只見他的腳步捲起一陣沙塵，跟著他進入大廈。

走廊瀰漫著一股氣味，像是煮過的高麗菜跟用很久的腳踏墊。走廊的一頭有張彩色大海報，看起來不像室內裝潢展示，用大頭釘釘在牆上，海報上只有一張巨大的人臉，超過一公尺寬，是個年約四十五歲的男人，留著又濃又黑的八字鬍，長相粗獷而瀟灑。溫斯頓走向樓梯，沒必要去試電梯能不能動，因為就算是情況好的時候，電梯也很少能動，而且現在白天電力都被切斷了，這是為了準備憎恨週而實施的節電措施。溫斯頓住在八樓，他今年三十九歲，只是右腳踝上有靜脈曲張性潰瘍，所以他只能慢慢爬，中途還得停下來休息好幾次。每爬上一樓，總瞧見電梯對面貼著那張巨大人臉的海報，八字鬍男人就從牆上盯著你看，這張海報製作得很巧妙，不論往哪移動，眼睛都會跟著你。底下的文字寫著：老大哥在看著你。

屋子裡傳來一個圓潤的聲音，唸出一長串的數字，好像跟生鐵製造有關。聲音來自一個長方形的金屬牌子，就像是一面失去光澤的鏡子，佔據右面牆上的一塊地方。溫斯頓扭了某個開關，聲音變低了一點，但內容還是聽得很清楚，這項設備稱為電屏，可以轉小聲，但沒辦法完全關掉。他走到窗戶邊，看到自己矮小瘦弱的身形，穿著藍色連身工作服更顯得骨瘦如柴，但這是黨制服，一定得穿。他的頭髮很柔順，臉上泛著自然的血色，不過由於長年使用品質不良的肥皂、鈍鈍的刮鬍刀，再加上寒冷的冬天剛剛結束，他的皮膚變得很粗糙。

即使是透過緊閉的窗玻璃看，外面的世界看起來還是好冷。樓下的街道上刮起一陣風，捲起了灰塵和碎紙片，雖然艷陽高照，天空藍得讓人睜不開眼睛，一切事物卻似乎都失去了色彩，只剩下隨處可見的海報，每個視野最佳的地方都能看見那張大鬍子臉，居高臨下盯著每個人，他家門口正對面就有一張，上面寫著：老大哥在看著你。那對漆黑的眼睛跟溫斯頓的四目交接。底下的街道旁也貼了一張海報，被人撕去了一角，風一吹過便不停翻動，「英社黨」這幾個字時不時就會顯露出來。在很遠的地方，直升機掠過屋頂，像隻青蠅一樣盤旋了一會兒，突然一個轉彎就飛走了。那是警方在巡邏，從窗戶窺探每個人的一舉一動。不過巡邏沒什麼好怕的，可怕的是思想警察。

在溫斯頓身後，電屏不斷傳來碎碎唸的聲音，還在講生鐵的事情，以及第九次三年計畫的圓滿大成功。電屏發送訊息的同時也在接收訊號，溫斯頓不管發出什麼聲音，即使是非常低聲的悄悄話，電屏都收得到，而且只要溫斯頓待在這塊金屬牌的「視線範圍」內，他的一切動作和一切聲音都會被看到、聽到。當然，你沒辦法知道自己當下是不是被監控，也不知道思想警察有多常接上某個人家裡的電屏，又是怎麼監控，只能靠猜的。說不定他們一直都看著每一個人。但不管怎麼樣，他們什麼時候想接上你家的電屏都可以，你日常生活的前提就是有人會聽到你發出的每個聲音，除非週遭一片黑暗，否則就是會有人看到你的每個動作，你就是得這樣生活，而且生活也就是如此，已經習慣成自然了。

溫斯頓一直背對著電屏，這樣比較安全，不過他也很清楚，就算只是背部也能透露訊息。一公里以外就是真相部，也就是他工作的地方，高塔式的白色建築聳立在一片煙塵瀰漫之中，他對這景象有點反感，想著這就是倫敦，第一起降跑道周圍最大的城市，這裡也是大洋國內人口第三大的行政區。他努力回想童年，希望能知道倫敦是不是一直都像這樣，是不是一直都看得到那些十九世紀的爛房子？房子四周用粗大的樑木撐著，窗戶用硬紙板擋著，屋頂還是波浪狀的鐵皮，詭異的花園圍牆已經東倒西歪。還有那些遭受轟炸的地點，空氣中散佈著灰泥粉塵，瓦礫堆上雜草叢生，炸彈在這裡清出一大塊空地，有人就佔地為王，擅自蓋起醜不拉機的木屋，就像雞舍一樣。但沒有用，他什麼都想不起來，只能想起一些光線明亮的靜態畫面，沒有背景，他也不知道那是什麼意思。

真相部在新語中稱之為「真部」，這棟建築和他眼前所見的任何東西完全不一樣，這是一棟巨大的金字塔建築，外牆是光亮無比的白色混凝土，高聳入雲，一層又一層向上堆疊，高達三百公尺。從溫斯頓站著的地方，正好可以看到白色外牆上用優雅的字體清楚寫著黨的三個口號：

聽說在真相部裡頭，地上樓層就有三千個房間，地下樓層也是相同的結構，在倫敦各地只有另外三棟跟真相部外表規模相似的建築，這四棟建築物讓其他建築相對顯得很渺小，所以從勝利大廈的屋頂就可以同時看到這四棟建築。政府的整體機構被劃分成四個部門，就分別在這四棟建築內辦公。真相部的職責是新聞發佈、娛樂活動、教育，以及藝術；和平部則掌管戰爭事宜；仁愛部要維護法律與秩序；豐隆部就負責經濟事務。這些部門在新語分別被稱為：真部、平部、愛部，以及豐部。

仁愛部是真正可怕的地方，那裡完全沒有窗戶。溫斯頓從來沒有去過仁愛部，也沒有靠近過那裡五百公尺範圍內的地方。除非是談公事，否則根本不可能進去那裡，進去之後要通過用有刺鐵絲網重重織出來的迷宮、一道道鐵門，裡面還藏著機關槍隨時對準你，甚至連通往外圍路障的路上，都有長得好像大猩猩的警衛走來走去，一身黑色制服，帶著雙截警棍。

溫斯頓突然轉身，他臉上的表情已經換成平靜又樂觀的樣子，面對電屏的時候最好都是這樣。他走到房間另一頭的小廚房裡，在這種時刻離開工作崗位，表示他沒辦法在食堂裡用午餐，結果他發現廚房裡沒有食物，只有一塊深色麵包，要留作明天的早餐。他從架子上拿了一瓶透明液體，上頭白色標籤寫著**勝利牌杜松子酒**，味道聞起來噁心油膩，就像中式發酵米一樣。溫斯頓倒了幾乎滿滿一杯，勸自己鼓起勇氣面對可怕的味道，然後就像喝藥一樣一飲而盡。他的臉馬上漲紅，眼睛泛淚，這玩意兒就跟硝酸一樣，吞下去的瞬間就像橡膠棍棒打到後腦杓一樣，但是胃裡那種灼燒感漸漸消失，世界開始變得明朗，他從壓扁的菸盒中抽出一根菸，包裝上寫著勝利牌香菸。但他不小心拿直了，結果菸草都掉到地板上，第二根菸就比較成功。他回到客廳，坐在一張小桌子前，電屏就在他右手邊。他從桌子抽屜裡拿出一支筆桿、一瓶墨水，還有一本四開大小的空白厚筆記本，封面是紅底大理石紋。

不知道為什麼，客廳裡的電屏位置跟一般不太一樣，正常應該是要架在最裡面那堵牆上，這樣才能看清整個房間，但這裡的卻是架在窗戶對面比較寬的牆上。電屏的左邊有一處淺淺的壁龕，就是溫斯頓現在坐著的地方，公寓在興建的時候，這裡大概是預留要放書架的。只要溫斯頓在壁龕裡盡量靠裡面坐，就可以避開電屏的「視線」監控範圍。當然他說的話還是會被聽見，但只要他待在現在這個位置，就不會被看見。大概也是這房間位置的特殊性，讓溫斯頓興起做這件事情的念頭。

但部分原因也是因為他剛剛從抽屜拿出來的這本書。這本書非常美麗，滑如凝脂的紙張，因為時間久了有點泛黃，過去將近四十年已經沒有人生產這樣的產品了，但是他覺得這本書的歷史應該更久。他是去鎮上的某處貧民窟（已經不記得在哪裡了），在一間髒亂的小二手商店櫥窗裡看到這本書，立刻就湧起一股衝動想擁有。黨員不應該走進一般商店，也就是說不得在自由市場上消費，但這條規定也不是得嚴格遵守，因為有很多東西，像是鞋帶和刮鬍刀片，除了到一般商店，否則是買不到的。他很快掃視街上一圈，然後溜進店裡花了兩塊五買下這本書。當時他還不知道自己到底為什麼想買。他懷抱著罪惡感，把書放在公事包裡帶回家，雖然書裡一個字都沒有，但最好還是不要擁有這種東西。

他打算要做的事情是開始寫日記。寫日記並不犯法（反正現在也沒法律可言，也就沒什麼犯法的事了），但要是被發現的話，理論上肯定是會被判死刑，或者至少也要在勞改營裡待二十五年。溫斯頓幫筆桿裝上筆尖，吸掉裡頭的髒污。筆已經是過時的產品了，現在甚至連簽名都很少用筆，他排除萬難偷偷找來一支，只是覺得這麼漂亮平滑的紙張，應該要用真正的鋼筆尖書寫，而不能讓墨水筆刮傷了。其實他並不習慣手寫字，除了一些很短的字條之外，他通常都是透過口說讓說寫器記錄下來，而他現在當然不能這麼做。他提筆蘸了蘸墨水，猶豫一會兒，從身體最深處打著哆嗦，要在紙上做記號，這可是能決定一切的動作。他寫下拙劣的小字：

一九八四年，四月四日。

他往後坐，頭頂壓下一股完全的無力感。首先，他根本不確定今年是一九八四年，總之大概就是這個時間，因為他很確定自己今年三十九歲，而且他想自己應該是一九四四年或四五年出生的，但是他完全無法確切知道是哪月哪日。

他突然又想到，他這日記是要寫給誰看？給未來還沒出生的孩子看？他看著書頁上那個不確定的日期，心裡盤算一會兒，然後猛然就出現新語中所謂的「雙重思考」。他第一次發覺這個行動非常重要。要怎麼跟未來溝通呢？就本質上來說是不可能的，未來要嘛就是跟現在的情況類似，那未來的人就不會聽到他說了什麼；要嘛就是跟現在不一樣，那他也就不必讓自己處在這種困境當中了。

他坐在原地，呆呆瞪著紙張好一陣子，電屏的聲音已經轉成刺耳的軍樂。很奇怪，他好像不僅僅失去了表達自我的能力，甚至還忘記他一開始想說的到底是什麼。幾個禮拜的時間過去了，他一直在準備迎接這個時刻，心裡從來沒想過這件事除了勇氣還需要什麼其他東西，他腦袋裡一直迴盪著沒完沒了的獨白，從不間斷持續了好幾年，要寫下來應該很容易。但是此時此刻，居然連獨白也消失了，而且他的靜脈潰瘍又開始發作，癢得不得了。他不敢去抓，因為一旦抓了就會一發不可收拾。時間一分一秒過去了，他完全無法專心，只是一直瞪著面前空白的紙張，面對腳踝上方的搔癢、音樂刺耳響亮的聲音，還有喝了杜松子酒帶來的一點醉意。他突然陷入一陣完全的恐慌，開始寫字，但卻不太注意到底寫了什麼，他小小的幼稚筆跡在紙頁上展開，忽上又忽下，字體完全沒有大寫，到最後連句點都省了。

一九八四年，四月四日。昨晚去了電影院。全是戰爭片。有一部很棒，有一艘船上面載滿難民，結果在地中海某個地方被轟炸。觀眾特別喜歡其中一段，有個超級大胖子在水裡拼命游，想要躲過後頭直升機的子彈，一開始只見他在水裡像隻鼠海豚翻滾，然後又透過直升機上的機關槍準星看到他，接著他就全身彈孔，把身旁的海水染紅了，瞬間下沉，彷彿那些彈孔會吸水一樣。他下沉的時候，觀眾大笑不止。然後看到一艘救生艇，上面載滿小孩，直升機在他們頭上盤旋。一個中年婦女看起來像是猶太人，坐在船頭，懷裡抱著一個年約三歲的小男孩。小男孩害怕得直尖叫，把頭埋進女人胸部裡，一副想鑽進她身體裡的樣子，女人雙手環抱著他，雖然自己也嚇到臉色發青，但還是不停安慰他，盡量用手擋住他的身體，好像以為自己的手臂可以幫他擋子彈。然後直升機投下一顆二十公斤的炸彈，直接命中救生艇，迸出一道巨大的閃光，整艘船炸成碎片。有一景拍得很妙，畫面中一隻小孩的手臂不斷往上飛、往上飛，飛到空中，一定是在直升機的機首裝了攝影機，一直跟著手臂往上拍。黨員席上爆出一陣熱烈的掌聲，但是無產階級席上卻有個女人突然站起來，開始大吵大鬧，吼著說他們不應該在小孩面前播放這種影片，這不適合小孩子看，一直吵到警察來把她帶走。我不知道她發生了什麼事，也沒人在乎無產階級說了什麼、他們有什麼反應，從來沒有溫斯頓停筆，一部分是因為抽筋了很痛。他不知道自己為什麼要寫這麼一大串廢話，但奇怪的是，他一邊寫，腦海中一邊清楚浮現出另一個完全不一樣的記憶，甚至清楚到他覺得應該寫下來。現在他發現，就是因為這件事情，讓他突然決定今天回家要開始寫日記。

這件事是那天早上發生在真相部，但這件事實在太模糊，也沒辦法說到底有沒有發生。

那時候已經快十一點了，溫斯頓在他工作的紀錄局裡，大家正要把小隔間裡的椅子拉出來，排在大廳正中央面對大電屏，準備進行兩分鐘憎恨時間。溫斯頓剛在中間幾排找了個位子坐下，突然出現了兩個人，這兩個人他看過，但從來沒交談過。其中一個是女孩子，他經常在走廊上遇見她，他不知道她叫什麼名字，但知道她在虛構局工作。他常常看到她滿手油污，隨身帶著扳手，所以他猜她的工作應該跟那些小說書寫機器的維修有關。她看起來很有自信，年約二十七歲，一頭濃密深色的頭髮，臉上長了雀斑，像個運動員般動作敏捷，她穿著連身工作服，綁著一條紅色的細腰帶，纏繞了好幾圈，那是「青年反性聯盟」的標誌，腰帶綁得很緊，正好襯托出她的臀部線條。溫斯頓第一眼看到她就不喜歡她，而且知道為什麼，因為他隨時都能從她身上感覺到一股氛圍，像是曲棍球場、冷水澡、社區健行，以及整個人心無雜念的感覺。

溫斯頓幾乎每個女人都不喜歡，特別是年輕漂亮的，因為這些女人，尤其年輕女人，都是對黨最忠心不二的擁護者，對所有口號都照單全收，就算不是職業間諜，她們也隨時在窺探，揪出不遵守黨綱的傢伙。但這個女孩讓他覺得，她比大多數女人更危險。有一次他們在走廊上擦肩而過，她斜著眼睛迅速對他上下打量，眼神似乎要直接穿透到他身體裡，讓他一時間陷入完全的恐懼，他腦中甚至閃過一個念頭，認為她是思想警察的密探。當然這非常不可能，真的不可能。不過，每次她出現在他身邊時，他還是覺得特別不安，除了恐懼之外，對她也帶著敵意。

另一個是個男人叫歐布萊恩，是內黨黨員，手握重權，他有些工作非常重要，但離溫斯頓的生活太遙遠，所以他只能大概知道一點工作性質。當座位附近的人看到身穿黑色連身工作服的內黨黨員來了，馬上引起一陣短暫的騷動。歐布萊恩身材高大魁梧，脖子粗壯，臉上皮膚粗糙，是個長相滑稽的大老粗。雖然外表讓人畏懼，但他做人處事卻有一種獨特的魅力。他有一招小把戲，就是把鼻樑上的眼鏡戴好，這招不知道為什麼很容易讓人卸下防備，說不上來是怎麼回事，但似乎也很得體。這個動作可能會讓人想起十八世紀的貴族拿出鼻菸盒給別人用，不過現在還有人會這樣想嗎？溫斯頓每年大概都會見到歐布萊恩一次，他覺得自己對他非常有興趣，不只是因為好奇，歐布萊恩外表明明看起來像個職業拳擊手，個性怎麼會這麼溫文儒雅？更多是因為他自己偷偷認為，或者不能說是認為，只是他希望是這樣，他覺得歐布萊恩的政治信仰或許並不完全虔誠，他臉上的表情不經意就會透露出一點訊息。不過話說回來，或許他臉上透露出的根本就不是不忠誠，只是智慧而已。但無論如何，反正他的外表看起來就像是能放心交談的樣子，前提是要想辦法騙過電屏的監控，然後跟他單獨談話。溫斯頓從來不曾嘗試要證實自己的猜測，的確沒有，因為根本沒有辦法。這時候歐布萊恩看看腕錶，已經快要十一點了，看來他是決定要留在紀錄局，等兩分鐘憎恨時間結束。他在溫斯頓那一排找個位子坐下，兩人中間隔了幾個位子，中間還坐了個淺褐色頭髮的小個子女人，她工作的位置就在溫斯頓隔壁。深色頭髮的女孩就坐在她後面。

下一刻，大廳盡頭的大電屏開始播送一段討厭又刺耳的演講，好像是某部巨大的機器該上點油了。聽到這種噪音，會讓人緊咬著牙齒，脖子後面的毛髮都豎起來。憎恨開始了。

一如往常，螢幕上出現了人民公敵艾曼紐．葛斯登的臉，觀眾席中到處有人發出憤怒的嘶嘶聲，淺褐色頭髮的小個子女人尖叫一聲，聲音混雜了害怕與厭惡。葛斯登是個墮落的叛徒，很久以前（但是已經沒人記得是多久以前）他曾經是黨內的領導人物，地位幾乎和老大哥本人平起平坐，後來卻投入反叛革命運動而被判死刑，卻又神祕脫逃消失。「兩分鐘憎恨」的節目每天都不一樣，但每次葛斯登都是主要對象。他是頭號叛徒，第一個玷污黨的純潔，後來發生許多對抗黨的罪行、所有背叛、破壞行為、異端邪說、偏離黨綱的思想等等，都是直接得力於他的教導。他還活在世界的某個地方，還在蘊釀他的陰謀，或許是在海洋的另一端，在外國金主的保護下生活，或者甚至也常常有謠言說他根本就藏身在大洋國內。

溫斯頓感到胸口一緊，他每次見到葛斯登的臉，心裡都會感到一股痛苦的複雜情緒。那是一張精瘦猶太人的臉，白髮蒼蒼，頭上彷彿圍繞著光環，還留著短短的山羊鬍，看起來很聰明，但不知道為什麼也讓人打從心裡厭惡，細細長長的鼻子上架著一副眼鏡，讓他看起來像個愚蠢的老糊塗。長相很像綿羊，聲音也跟綿羊很像。葛斯登跟往常一樣，正在散播惡意謠言攻擊黨綱，這些攻擊實在太誇張又不合理，就連小孩都可以拆穿，但是卻又有點道理，聽到的人會有所警覺：說不定有些比較不冷靜的人就會相信這些話。他在辱罵老大哥，譴責黨的專政制度，要求立刻跟歐亞國締結和平協議，提倡言論自由、媒體自由、集會自由，以及思想自由，他歇斯底里吼叫著革命遭到背叛——這段話說得飛快，每個音節都連在一起，好像在嘲弄黨發言人慣用的說話方式，甚至還夾雜了幾句新語，事實上，他用的新語比黨員在現實生活中會用的還多。

在此同時，為免有人懷疑葛斯登這些莫名奇妙的廢話中隱藏的真相，電屏上還能看到從葛斯登的大頭後面走出一隊又一隊、永無止盡的歐亞國軍隊，一排又一排的亞洲軍人，身材結實，面無表情，浮出屏幕之後又消失，後面又接連出現幾乎一模一樣的軍人。敵軍的軍靴發出有節奏的沉重腳步聲，襯托著葛斯登咩咩叫的聲音。

憎恨時間進行還不到三十秒，大廳裡已經有半數的人控制不了自己，爆發出憤怒的叫喊，電屏上那張志得意滿的綿羊臉，加上後面歐亞國軍隊可怕的力量，都實在叫人難以承受。再說，光是看到或是想到葛斯登，就足以自動引發恐懼和憤怒，比起歐亞國和東亞國，他更常成為憎恨的對象，畢竟大洋國在跟這兩個國家其中之一打仗的時候，跟另一國通常都能維持和平。但奇怪的是，雖然大家都憎恨唾棄葛斯登，每天每個人在通勤月台上、電屏上、報紙上，以及書上，都能看到幾千條言論，駁斥、打擊、嘲弄他的主張是多麼不值一提的垃圾，但他的影響力卻似乎完全沒有減少，總是會有些新來的傻子等著上他的當，每天思想警察總是會抓到幾個葛斯登指使的間諜跟搞破壞的人。他是一支龐大影子軍團的指揮官，主宰著密謀反叛者的地下聯絡網，一心一意要推翻這個國家。組織的名字好像叫兄弟會，謠傳他們有一本很可怕的書，內容盡是異端邪說，作者就是葛斯登，這書就暗中在四處流傳。這本書沒有書名，如果有人要提到它的話，就直接說是那本書，但是大家對這些事情的了解，也只是依據不清不楚的謠言而已。如果可以的話，一般黨員都會盡量避免談起兄弟會或者那本書。

到了第二分鐘，憎恨更是到了瘋狂的地步，有人在座位跳上跳下，竭盡全力嘶吼出聲，意圖要掩蓋過電屏那股讓人抓狂的咩咩聲。淺褐色頭髮的女人臉色漲成明亮的粉紅色，嘴巴一開一合，就像跳到陸地上的魚一樣。就連歐布萊恩那張嚴肅的臉都紅了起來，他在椅子上挺直了背坐著，鼓起厚實的胸膛抖動著，好像是要抵抗海浪來襲一樣。坐在溫斯頓後面的深色頭髮女孩開始大叫著：「豬頭！豬頭！豬頭！」然後她突然抄起一本厚厚的新語辭典，朝著電屏扔過去，打中葛斯登的鼻子後彈開，但電屏依舊發出聲音。

溫斯頓猛然驚醒，發現自己正跟著其他人叫喊，腳跟狠狠踢著椅子的橫擋。「兩分鐘憎恨時間」的可怕之處並不在於你必須參與，正好相反，是你不可能置身事外。不用三十秒，根本連假裝都不必了，自然而然就會爆發出強烈的恐懼和怨恨，讓人想要殺戮、想要折磨、想要拿起大榔頭砸爛敵人的臉，這股可怕的情緒似乎像電流般在這一大群人身邊流竄，甚至會讓人做出違心之舉，變成一個痛苦尖叫的瘋子，但是你感受到的憤怒是一股沒有定向的抽象情緒，就像焊接燈的火焰一樣，從一個物體跳到另一個物體，所以有那麼一刻，溫斯頓根本就不是在憎恨葛斯登，而是在憎恨老大哥、憎恨黨、憎恨思想警察，在這個時候，溫斯頓的心朝著電屏上那個受揶揄的孤獨叛徒靠攏，他是這個謊言世界中唯一捍衛真相和理智的鬥士。但是下一秒鐘，他的心思又與其他人同在了，那些攻擊葛斯登的話，在他聽來似乎都是真的，這種時候他對老大哥的感情，從偷偷討厭他轉變成崇拜他，老大哥的地位好像變得崇高，成為一個所向披靡、無所畏懼的保護者，像塊堅硬的巨石抵抗亞洲的人海戰術，而葛斯登雖然孤立無援，還有人懷疑他是否真的存在，但他比較像是邪惡的巫師，光靠聲音就能摧毀文明的架構。

有些時候甚至有可能靠自己的意志將憎恨轉移到別的地方。突然，溫斯頓狠狠抽離自己的思緒，就像晚上做惡夢時要把自己從枕頭上拉起來一樣，他成功將自己的憎恨從電屏上的那張臉轉移到後面那個深色頭髮女孩身上，他腦海中閃過許多生動美麗的幻想畫面，他要用橡膠棍棒鞭打她，直到她死為止；把她全身赤裸地綁在木樁上，像敵人對付聖巴斯弟盎[1]一樣將她亂箭射死；他要盡情蹂躪她，然後在達到高潮的時候割斷她的喉嚨。而且這次比之前的情況更好，他明白自己為什麼恨她，他恨她年輕漂亮又貞潔，他想跟她上床卻永遠沒機會，因為她擁有甜美柔軟的腰，看上去似乎是要你伸手環抱著，但那裡卻綁著噁心的猩紅色腰帶，炫耀著她守貞的象徵。

憎恨時間達到高潮，葛斯登的聲音真的變成綿羊的咩咩叫，他的臉也一瞬間變成了綿羊，然後那張綿羊臉逐漸變成一名歐亞國士兵的形象，彷彿在不斷前進，身材壯碩，長相可怕，手上的衝鋒槍達達作響，好像快要衝破電屏跑出來了，讓前排的人真的在座位上往後瑟縮了一點。但在此同時，那個充滿敵意的形體換成了老大哥的臉，讓大家都慶幸地重重吐了一口氣，老大哥的黑頭髮、捲捲的黑色八字鬍，全身充滿力量，出奇冷靜，這個影像的壓迫力實在太大，彷彿充滿了整個電屏。沒有人在聽老大哥說了什麼，他只是簡單說幾句鼓勵的話，那種在喧鬧的戰場中說的話，不是特別為了誰說的，而是為了讓聽眾光聽到他的聲音就重新產生信心。然後老大哥的臉又逐漸淡去，取而代之的是黨的三句口號，用粗黑的大字寫著：

戰爭即和平．自由即奴役．無知即力量

但是老大哥的臉似乎在電屏上又多停留了幾秒鐘，大概是他在每個人眼裡留下的印象實在太過逼真，沒辦法馬上抹掉。淺褐色頭髮的小個子女人往前一撲，撲倒在前方椅子的椅背上，用顫抖的聲音喃喃自語，聽起來好像在說：「我的救世主啊！」她朝著電屏伸出雙臂，然後把臉埋進手裡，看起來顯然是在祈禱。此時，所有人開始用低沉緩慢的聲音，帶著節奏吟唱著：「老——大哥！……老——大哥！」唱了一次又一次，節奏非常緩慢，第一個字和第二個字之間間隔很長，聲音很沉重、很微弱，不知道為什麼還有一點野蠻部落的感覺，彷彿可以聽到背景傳來光著腳丫跺腳以及拍打手鼓的聲音。他們持續了大概三十秒，這樣的曲調經常會在人們情緒過度激昂的時候聽到。一方面是因為這是讚揚老大哥智慧與偉大的聖歌，還有一方面是因為這是一種自我催眠，用節奏感十足的噪音故意掩蓋掉本身的自覺。溫斯頓不禁覺得心裡發寒。在這兩分鐘憎恨當中，他忍不住跟著大家發瘋，但是這種不像人類曲調的聖歌，反覆吟唱著「老——大哥！……老——大哥！」總是讓他發毛。他當然也跟著

---

1 聖巴斯弟盎（Saint Sebastian）是基督教的聖人及殉道者，羅馬皇帝戴克里先迫害基督徒，聖巴斯弟盎因為不肯屈服，而遭下令用亂箭射死。

其他人吟唱，根本不可能不照做，他必須隱藏自己的感覺、控制臉部表情，跟著其他人的動作，這一切完全是他的本能反應，但是這當中有幾秒鐘的時間，他的眼神很可能背叛了他，而就在這個時候，發生了那個特殊事件，如果真的能說發生的話，那確實是發生了。

有一刻他和歐布萊恩四目相對。歐布萊恩站了起來，拿下眼鏡，準備要再把眼鏡掛回鼻子上，就是他的招牌動作。但是有那麼零點零幾秒，他們兩人四目相對，就在那麼一瞬間，溫斯頓知道了——對，他就知道！——歐布萊恩也跟他有同樣的想法，兩人之間傳遞的訊息清清楚楚，就好像他們倆敞開心房，思想就透過兩人的眼神互相交流。「我支持你。」歐布萊恩好像在對他說，「我完全了解你的感受，我知道你所有的不滿、憎恨、厭惡，但不要擔心，我跟你是同一國的！」然後這段心靈交流就結束了，歐布萊恩的臉又變得跟其他人一樣難以捉摸。

事情就是這樣，溫斯頓已經不太確定這件事到底有沒有發生，這樣的事不可能會有後續發展，唯一的好處就是讓他心中還存著信念或希望，知道除了他之外，還有其他黨的敵人。或許那些關於龐大的地下陰謀組織確實存在也說不定——也許兄弟會真的存在！雖然不斷有逮捕可疑份子、自白以及處決的消息，但還是沒辦法肯定兄弟會並不只是傳說，有些時候他相信是真的，有時候又不相信。沒有證據，只有一些偶然出現的蛛絲馬跡，可能代表了什麼，也可能什麼都不是：例如無意間聽到的片段對話、廁所牆上模糊的字跡等等，甚至有一次，他看到兩個陌生人見面，手做了個小動作，看起來好像是什麼確認身分的暗號。但這一切都只能靠猜的：很可能這一切都是他想像出來的。

他回到自己的工作隔間，沒有再看歐布萊恩一眼，根本沒想過要繼續兩人短暫的交流，就算他知道要怎麼維持下去，他也不敢想像這件事會有多危險。有那麼一秒、兩秒，他們彼此用詭異的眼光看了對方幾眼，然後就這樣結束了，但即使如此，他現在一個人活在閉鎖的寂寞中，能發生這件事還是值得紀念。

溫斯頓把自己從回憶中拉回來，在椅子上坐直，打了個嗝，杜松子酒從胃部湧上來。

他的眼睛重新聚焦在書頁上，他發現自己坐在那裡一直胡思亂想的時候，他也一直在寫字，好像手就自動拿起筆移動一樣，而且字跡不像之前那樣難以辨認又奇怪，他的筆尖以優雅迷人的姿態掠過光滑的紙面，留下又大又整齊的大寫字母，一次又一次，寫滿了半頁：

老大哥下台老大哥下台老大哥下台老大哥下台

他忍不住感到一陣驚慌。這太荒謬了，寫下這幾個字，並不比一開始打開這本筆記寫日記來得危險，有一會兒，他想要撕掉這些沒用的紙張，完全放棄這項計畫。

但是他並沒有這麼做，因為他知道這樣是沒用的，不管他是寫了「老大哥下台」，還是他忍住不寫都沒有差別；不管他繼續寫日記，或者不要再繼續寫下去也沒有差別，思想警察還是一樣會抓他。他已經犯了最嚴重的罪，這個罪行包括了其他所有的罪，就算他從來沒有提筆寫下來，他也還是犯了罪，他們稱之為思想罪。思想罪可沒辦法掩蓋一輩子，你或許能成功躲避一陣子，甚至躲好幾年，但是他們遲早會逮到你。

事情總是發生在晚上，一定都是晚上去逮人的，突然從睡夢中被搖醒，粗魯的手搖晃著你的肩膀，燈光打在你眼睛上，床邊圍繞著一圈長相凶狠的傢伙。大多數案件都沒有經過審判，沒有關於逮捕的報導，總是在晚上的時候，有些人就這樣消失了。你的名字從名冊上刪除，你所做的每件事情、每項紀錄都被刪得一乾二淨，沒有人承認你曾經存在，很快你就被遺忘，你被廢除、殲滅，或者以慣用的說法就是人間蒸發。

有那麼一會兒，他感到某種歇斯底里的情緒控制住他，他開始飛快寫下潦草的字跡：

他們開槍打我我不管他們在我後腦杓開槍我不管老大哥下台他們老是從後腦杓開槍我不管老大哥下台

他往後靠坐在椅子上，覺得自己有點可恥，然後放下筆；下一秒鐘他又狂躁地開始寫起來。大門傳來敲門聲。

這麼快！他像隻老鼠般坐在原地不動，心中抱著不可能的希望，不管是誰在敲門，或許敲過一次就會放棄而離開。但沒有，對方又敲了一次門，再不去開門麻煩就大了。他的心臟像打鼓一樣狂跳，但是長久以來的習慣，讓他的臉大致看起來沒什麼表情。他站起身來，拖著沉重的步伐走向大門。

2

溫斯頓伸手去握門把的時候，看到自己把日記攤開放在桌上，書頁上寫滿了老大哥下台這些字，字體幾乎大到連在房間對面都看得見。做這件事實在是蠢到不可思議。但他雖然覺得很驚慌，還是不想把日記闔上，因為墨水還沒乾，他怕會弄髒乳白色的紙張。

他深吸一口氣之後打開門，馬上鬆了一口氣，全身感到一股暖流。外頭站著一個臉色蒼白的女人，頭髮稀疏，垮著一張滿是皺紋的臉。

「喔，同志。」她開始用一種陰鬱的嘀咕聲講話，「我就想是聽見你進門了。你能不能過來看看我們家廚房的水槽？水管塞住了，而且——」

溫斯頓心想：「是帕森斯太太，是我同一層樓鄰居的太太。」（黨不太喜歡「太太」

這個稱呼——應該稱呼每一個人「同志」——但面對某些女人，你就是自然會叫她「太太」。）她年約三十，但看起來年紀還更大，不管誰看到她，都會覺得她臉上的皺紋深到可以卡灰塵了。溫斯頓跟著她走到走廊另一端，他幾乎天天都會被這些正職之外的修繕工作打擾。勝利大廈是棟老公寓，大概建在一九三〇年左右，正在崩解毀壞當中，灰泥經常從天花板或牆上剝落，每次結霜嚴重的時候就一定爆水管，只要下雪屋頂就開始滲漏，而為了經濟考量，暖氣系統又不能完全關閉，通常就只能開到一半的熱度。除非你自己修理，不然修繕工程都要經過遙遠的委員會批准，就算只是修復窗框也可能延宕個兩年。

「當然我會找你只是因為湯姆不在家。」帕森斯太太默默說了一句。

帕森斯家的套房比溫斯頓家大，雖然也很昏暗，但感覺不太一樣，每樣東西都破舊不堪，擠壓變形，好像有隻什麼狂暴的大型動物來過這個地方。地板上到處是運動過後留下的負擔——曲棍球棒、拳擊手套、一顆爆掉的足球，還有一件脫下來沒翻成正面的運動長褲。桌上有一堆髒盤子跟一些折起頁角的練習簿；牆上掛著青年聯盟以及間諜組織猩紅色的橫幅，還有一張老大哥等身大小的海報，這裡也有經常在整棟大廈裡都聞到的燉煮高麗菜氣味，但這股氣味被另一種更強烈的汗臭味蓋過了，只要一聞就能分辨出來，不過很難說這個味道的主人現在還在不在現場。電屏持續播送軍樂，另一個房間裡，某人拿著梳子和一張衛生紙，努力想跟上軍樂的音調。

「是孩子，」帕森斯太太說，她大概也猜到溫斯頓心裡想什麼，朝著門看了一眼，「他們今天沒出門，當然啦——」

她習慣話都講一半。廚房的水槽裡滿溢著綠色髒水，都快滿出來了，聞起來比高麗菜還要難聞。溫斯頓屈膝檢查水管的彎角接頭。他討厭用自己的手，討厭彎腰，這種動作一定會害他開始咳嗽。帕森斯太太在一旁無助地看著。

「當然啦，要是湯姆在家的話，馬上就能修好。」她說，「只要是像這樣的東西他都喜歡，他那雙手可真是厲害，湯姆就是這樣。」

帕森斯先生是溫斯頓在真相部的同事，有點胖胖的，不過動作很靈活，蠢到讓人受不了，整個人就是個低能的熱血份子——就是那種完全沒有質疑，全心投入勞動、服務思想警察，而且更是全心為了老大哥服務，因為他關係到黨的穩定。他三十五歲時才不甘不願地被青年聯盟除名，而且他進入青年聯盟之前，在間諜組織也比法定年齡多待了一年。他在部門裡的職位屬於部屬層級，不太需要什麼聰明才智，但另一方面他又是運動委員會的領導人物，在其他所有的委員會，舉凡要動員社區健行、自發性遊行示威、節約運動，還有義務性活動，也都能看到他。他會帶著微妙的驕傲，一邊抽著菸斗吐著菸圈，一邊告訴你，他過去四年來，每天晚上都會出席中央社團的聚會。一股強烈的汗臭味，像是下意識要向你證明他的人生有多努力，不管他走到哪裡都帶著這股氣味，甚至連他死後氣味都還留著。

「妳有扳手嗎？」溫斯頓問，用手去試著轉動彎角接頭上的螺帽。

「扳手，」帕森斯太太說，突然洩了氣似的，「我一定不知道的，也許孩子——」

帕森斯家的孩子走進客廳，靴子重重踩在地上，把整個客廳搜了一遍。帕森斯太太把扳手拿來，溫斯頓讓水槽的水流光，帶著嫌惡把堵住水管的那一坨人類毛髮拿掉。他在水龍頭底下，用冷水盡量把手指洗乾淨，然後回到客廳。

一個長相俊秀的九歲男孩突然從桌子後面現身，看起來不太好惹，拿著一把玩具自動手槍嚇唬他，而小男孩的妹妹，大概比他小兩歲，也拿著一段木頭對溫斯頓做一樣的動作。兩個小孩都穿著藍色短褲、灰色襯衫，圍著紅色領巾，這是間諜組織的制服。溫斯頓雙手高舉過頭，但是覺得很不舒服，這小男孩的行為充滿了恨意，根本一點也不像遊戲。

「你這個叛徒！」小男孩大吼著，「你這個思想犯！歐亞國間諜！我要打死你，讓你人間蒸發，把你送到鹽礦去做苦力！」

突然他們兩個圍著他跳來跳去，大叫著「叛徒！」「思想犯！」小女孩模仿她哥哥每一個動作。說實在，這看起來還真有點可怕，就像在跳躍嬉戲的幼虎很快就會長成吃人的怪物。小男孩的眼中散發出某種善於籌謀的凶狠，很明顯他想揍或踢溫斯頓，而且他也很清楚自己的體型已經夠大，足以對付溫斯頓。溫斯頓心想，幸好他手裡拿著的不是真正的手槍。

帕森斯太太的眼神緊張地在溫斯頓和小孩之間飄來飄去，一下看他，一下又看小孩。客廳的光線比較明亮，溫斯頓發現帕森斯太太臉上的皺紋裡還真的卡著一些灰塵。

「他們平常就是這麼吵，」她說，「他們又很失望不能去看絞刑，所以才會這樣。我忙到沒時間帶他們去，要等湯姆下班回來又太晚了。」

「我們為什麼不能去看絞刑？」男孩聲嘶力竭地大吼著。

「看絞刑！看絞刑！」小女孩不斷重複這句話，還一直跳來跳去的。

溫斯頓想起來了，那天晚上有一些歐亞國的戰犯要在廣場接受絞刑，這種事情大概一個月一次，大家都很喜歡去看，小孩子老是吵著要大人帶他們去。他準備離開帕森斯太太家，起身走向門口，他還走不到六步，後頸突然重重挨了一下，力道之大讓他痛苦不堪，就好像一條燒紅的金屬線猛刺進他的身體，他一轉身，正好看見帕森斯太太把她兒子拉回門裡，她兒子正將一副彈弓收進口袋。「惡人葛斯登！」小男孩吼叫著，然後那扇門就這樣關上，但是最讓溫斯頓感到驚訝的，是那女人灰槁的臉上那種無助的驚恐。

溫斯頓回到自己的套房內，很快經過電屏又到桌前坐下，手還揉著自己的脖子。電屏已經不再傳來音樂，而是一個清脆的人聲，訓練有素地朗讀新聞，聲音帶著幾近殘酷的興味，敘述軍隊在冰島和法羅群島之間剛剛泊下的新海上堡壘。

他心想，那個可憐的女人帶著那些孩子，肯定生活在恐懼之中，再過一、兩年，他們就會日夜盯著她，看她有沒有一點對黨不忠的跡象。現在所有的孩子幾乎都很恐怖，最糟糕的是，藉著像間諜組織這樣的機構，他們被有系統地變成無法管教的小野人，但他們卻完全不會想到要違抗黨的命令，相反地，他們崇拜著黨以及和黨有關的一切，黨歌、黨的程序、黨的旗幟、黨組織的健行、來福槍模型的訓練、大聲呼口號、崇拜老大哥——這一切就好像是他們某種光榮的遊戲。他們體內的殘暴因子完全被引發出來，用來對付國家公敵、對付外來者、叛徒、破壞者、思想罪犯。年過三十的人懼怕自己的小孩，是很正常的事。會害怕也不是沒有原因的，幾乎每個禮拜都能在《時報》上看到這樣的報導，某個偷聽的小鬼——報紙上通常稱呼他們為「小小英雄」——無意間聽到他們父母對黨以外的人寄予同情，就把父母出賣給思想警察了。

被彈弓攻擊的疼痛已經漸漸消失，他拿起筆來，有點不知所措，不知道他還能在日記裡寫什麼。他突然又想起歐布萊恩。

多年前，到底有多久了？一定有七年了吧，他夢到自己走進一間漆黑的房間，有人坐在一旁，在他經過時說：「我們將在沒有黑暗的地方相見。」聲音非常輕微，口氣也很輕鬆，就像在陳述事實，而非命令。他沒有停下腳步繼續走。有趣的是，那時候在夢裡的他並不太記得那句話，直到後來，這句話才慢慢影響他。他現在不記得他第一次見到歐布萊恩究竟是做夢之前還是之後，但無論如何他都認得出來，在那一片漆黑當中，是歐布萊恩在說話。

溫斯頓一直無法確定，即使今天早上有過短暫的眼神交流，他還是無法確定歐布萊恩究竟是敵是友，但這件事其實也不是真的那麼重要，他們之間有一種默契，這比兩人的感情或合作關係還要重要。「我們將在沒有黑暗的地方相見。」他是這麼說的，溫斯頓不知道這是什麼意思，只知道這句話總有一天會實現。

從電屏傳出的聲音暫停了下來，取而代之的是吹奏小號的聲音，音色清晰而優美，悠揚在停滯的空氣中。然後那個聲音又繼續刺耳地宣布：「注意！請各位注意！現在從馬拉巴前線傳回了消息，我方軍隊在南印度取得光榮的勝利，經官方同意，我在此宣告，此項行動可讓我方在這場戰爭中，往最終勝利邁進了相當大一步。這是最新消息——」

溫斯頓心想，壞消息要來了。果不其然，接下來的新聞描述一支歐亞國軍隊如何遭到殲滅，死亡和俘虜人數多到聽了令人毛骨悚然。再來又有一則新聞宣布，從下星期起，巧克力的配給數量要從三十克減為二十克。

溫斯頓又打了個嗝，杜松子酒的酒力已經慢慢消退，只留下讓人洩氣的感覺。電屏傳出「大洋國，一切為您」的歌聲，或許是要慶祝勝利，也或許是要掩蓋失去巧克力的失落感。聽到這首歌應該要站起來全神貫注的，但以溫斯頓目前的位置，沒人看得到他。

「大洋國，一切為您」的歌聲漸漸散去，換成比較輕柔的音樂，溫斯頓走到窗戶前，維持背對著電屏的姿勢。天氣依然清冷，不知名的遠方隱約迴盪著火箭炮爆炸的聲響，現在每個禮拜都有二十至三十發火箭炮轟炸倫敦。

樓下的街道風聲嘯嘯，把破掉的海報吹得啪啪作響，「英社黨」這個詞也就忽隱忽現。英社黨。英社黨最高指導原則。新語，雙重思考，過去的不穩定性。他覺得自己好像在海底的森林中漫步，迷失在一個妖怪橫行的世界裡，但他自己也是一隻妖怪。他好孤獨。過去的一切都死了，又無法想像未來會是如何，他現在一個人生活，還有什麼是確切掌握在手中的嗎？他又怎麼知道黨的統治不會永遠持續呢？真相部白色牆上的三句口號，彷彿在回應他的疑問一般，在他眼前浮現：

戰爭即和平．自由即奴役．無知即力量

他從口袋拿出一枚二十五分錢，上頭也一樣用極小而清晰的字體刻著同樣的口號，然後硬幣的另一面是老大哥的頭像，即使是在硬幣上，那雙眼睛還是緊盯著你。硬幣上、郵票上、書本封面上、旗幟上、海報上、香菸盒的包裝上，到處都看得見。那雙眼總是看著你，聲音總是在你身邊迴盪，不管是清醒還是沉睡、工作或吃飯、在家或在外、在洗澡或在床上，都躲不掉。沒有什麼是你自己的，你只剩下頭顱裡那區區幾立方公分的空間。

太陽落到了另一頭，真相部建築上無數的窗戶現在少了光線的照耀，看起來就像堡壘的窺視孔一樣陰沉。看到那片巨大的金字塔外型就讓他心裡感到畏縮，這棟建築太堅不可摧了，就算發射一千發火箭炮都無法摧毀。他又開始想著，不知道這本日記他是為誰而寫，為了未來還是為了過去——為了虛構的時空而寫。在他面前的不是死亡而是毀滅，這本日記會化成灰燼，而他自己則會人間蒸發，只有思想警察會讀到他所寫的文字，然後他們就會抹滅掉日記的存在，也忘記曾有這麼一回事。如果你已經消失了，就連在紙上寫的隻字片語都不復存在，你要怎麼向未來喊話？

電屏上顯示現在是十四點，他再十分鐘就得離開，十四點三十之前得回去工作。

奇妙的是，時鐘的報時聲似乎讓他有了新的想法。他是一縷孤獨的鬼魂，說出永遠沒人會聽到的真相，但只要他說出口了，就某個意義而言，這件事就能一直持續下去。重點不在於讓自己的話被聽見，而是維持理智，知道自己能傳承身為人類的特質。於是他回到桌前，提筆蘸了蘸墨水，然後寫下：

給未來或過去，給思想自由的時代，人人都是不同的個體，不再獨自生活的時代—給真相存在的時代，給覆水難收的時代：

我身處的是統一的時代、是孤獨的時代、是老大哥的時代、是雙重思考的時代，向各位問好！

他心想，反正我死定了。他似乎一直到現在跨出這決定性的一步，才終於能夠釐清自己的想法，他的每次行動都已經註定會帶來什麼樣的結果。他寫道：

思想犯罪不會導致死亡，因為思想犯罪就是死亡。

現在他已經覺得自己是個死人了，他就必須活得愈久愈好。他右手的兩隻手指沾到了墨水，就是這種小細節可能會讓你露出馬腳，部裡某個守貞主義的人（可能是個女人，就像那個淺褐色頭髮的女人，或是那個虛構局的深色頭髮女孩）或許會開始懷疑，為什麼他中午午休的時候還在寫東西，然後就把消息放給應該知道的單位。他進到浴室，拿起深褐色肥皂小心翼翼地把墨水刷掉，這種肥皂裡混了砂礫，抹起來就像用砂紙磨光皮膚一樣，所以現在就很好用。他把日記收進抽屜裡，其實沒必要想辦法把日記藏起來，但至少這樣他可以確定日記是不是被發現了。在日記頁末放一根頭髮實在太明顯了，他用指尖捏起一撮肉眼可見的白色粉塵，灑在封面的角落，如果日記被動過的話，粉塵一定會掉落的。

3

溫斯頓夢到他的母親。他想，母親消失的時候他肯定有十歲、十一歲了吧。她是個體態勻稱的高大女人，話不太多，動作緩慢，有一頭非常美麗的秀髮。他對父親的印象就更加模糊，皮膚黑黑瘦瘦的，總是穿著整齊的深色衣服，溫斯頓特別記得父親的鞋子上繫著極細的鞋帶，還戴著眼鏡。他們倆人顯然是在五〇年代初期的大淨化中被除掉了。

那個時候，他母親正坐在他腳底下很深很深的地方，懷裡抱著他的妹妹。他已經完全記不得他妹妹了，只記得她是個脆弱的小寶寶，總是很安靜，瞪著警覺的大眼睛，兩顆眼球都盯著他看。他們現在都在某個洞穴般的地方——比方說像是井底，或是很深很深的墓穴——不過那是一個離他腳底很深很深的地方，還一直不斷向下沉。他們待在那艘沉船的交誼廳裡，透過幽黑的海水看著上頭的他，交誼廳裡還有空氣，他們還能看著他，他也能看著他們，但他們還是不斷往下沉，沉進綠色的海水裡，隨時都會從他的視線中消失。他在外頭光線明亮、空氣充足的地方，而他們卻一步步被吸入死亡，他知道他們會在下面是因為他在上面，他們也知道這點，他可以從他們臉上看出來。他們臉上或心中都沒有責備的意味，只知道為了讓他活下去，他們必須死，事情總是無可避免要這樣發生。

他不記得是怎麼發生的，但在夢裡他知道，總之他母親和妹妹的生命是為了他而犧牲的，那種夢雖然還保有夢境的特質，卻延續了一個人在現實中應有的理智，於是讓人醒來之後仍然對其中的事實和想法感到新鮮且珍貴。溫斯頓現在才猛然想到他母親已經死了快三十年了，好像沒有什麼能比這件事更加悲慘哀傷。他知道，悲劇是屬於古代的，那個時候還有隱私、愛和友誼，家人也不需要什麼原因就會互相扶持。想起自己的母親就讓他心痛不已，因為她是愛他才會死去，當時的他還太小、太自私，不懂得要回報她的愛，而且不知道為什麼，她是為了效忠一個無法動搖的祕密想法才會犧牲自己，他已經記不得是怎麼回事了。他也知道，現在不可能再發生那種事，現在的世界有恐懼、憎恨和痛苦，但沒有高尚的情操，沒有深沉而複雜的哀悼，不過他似乎能在他母親和妹妹的大眼睛裡看到這些，她們抬起頭透過綠色的海水看著他，沉在幾百噚深的海底，而且還在繼續下沉。

突然間，他就站在夏日午後潮濕的短草坪上，太陽光斜斜地照在地面上，眼前的景色實在太常出現在夢裡，他一直都無法肯定自己到底有沒有在現實生活中見過，醒來時便把那裡叫做「黃金國度」。那裡是一片存在已久的牧草地，到處都有兔子啃過的痕跡，地上有一道道腳印，還有四處可見的鼴鼠丘。草地的另一端豎立著參差不齊的樹籬笆，榆樹巨大的枝幹在微風中輕輕擺盪，茂密的樹葉互相擾動著，就像女人的頭髮。距離身邊不遠，他看不見的地方，有一條清澈的小溪緩緩流動，鰷魚在柳樹下的小池子中游著。

深色頭髮的女孩正從草地另一頭朝著他走過來，彷彿只是一扯，就把身上的衣服全扯了下來，然後輕蔑地扔到一旁。她的身體潔白又柔滑，但卻無法引起他體內的慾望，老實說他根本沒在看她，在那個瞬間真正讓他感到情緒沸騰的，是欣賞她把衣服丟到一邊的姿態，她的動作如此優雅而隨性，彷彿可以覆滅一整個文化、一整個思想系統，彷彿她的手臂這麼一揮，就能把老大哥、英社黨和思想警察全都掃進虛無之中，何其美妙！這個動作也是屬於過往的。溫斯頓醒來的時候，嘴裡吐出「莎士比亞」這幾個字。

電屏發出刺耳的警笛聲，同樣的音符持續了三十秒，現在時間七點十五分整，是辦公人員的起床時間。溫斯頓勉強撐起身體滾下床，全身一絲不掛，因為英社黨外部黨員一年只有三千點的衣物消費券，而一套睡衣就要六百點。他抓起掛在椅子上一件破爛的汗衫和褲子。全民體操再三分鐘就要開始了。下一秒，溫斯頓突然彎下腰來開始劇烈咳嗽，他起床之後總是很快就會這樣發作，他感覺肺裡快被掏空了，於是趕緊躺下來深呼吸好幾次，只有這樣才能開始呼吸。咳嗽的力道讓他的血管賁張，靜脈曲張性潰瘍的傷口又癢了起來。

「第三十團到第四十團！」一個尖銳的女聲高喊著，「第三十團到第四十團！請各就各位，三十到四十！」溫斯頓打起精神，跳到電屏前面，電屏上已經出現一個還算年輕的女人，身材精瘦卻肌肉發達，穿著緊身的束腰外衣和運動鞋。「手臂屈直伸展！」她大聲說，「跟著我的節奏。一、二、三、四！一、二、三、四！來吧，同志們，拿出活力來！一、二、三、四！一、二、三、四！……」

咳嗽發作的痛苦還沒讓溫斯頓把前一晚夢境從腦海中完全甩開，而運動的規律動作好像又讓他恢復一點記憶。他像個機器人般將手臂前後揮動，臉上帶著沉浸其中的愉悅表情，看來有點陰森，但這是公認最適合全民體操的表情。溫斯頓努力在記憶中追溯自己模糊的幼時童年，還真不是普通困難，在五〇年代末之前的事情，他全都忘記了。一個人沒有實體記錄做參考，就連自己的人生是什麼樣子都說不清。你會記得可能從來沒有發生過的重大事件；你會記得一些事情的小細節，但卻說不上來到底怎麼一回事；你的記憶裡還會有很長一段空白，什麼都想不起來。那個時候，一切都跟現在不一樣，就連國家的名字也不一樣，地圖上的形狀也不一樣。例如，以前的第一起降跑道不是叫這個名字，而是稱作英格蘭和英國，不過他倒是挺肯定倫敦以前就叫倫敦。

溫斯頓已經記不得他的國家到底什麼時候沒在打仗，但是顯然他小時候有很長一段時間都過著和平的生活，因為他記得在他很小的時候，有一次空襲行動把大家都嚇壞了，也許那次就是原子彈襲擊英國科爾切斯特的時候。他不記得空襲是什麼樣子，但是卻記得他父親緊緊拉著他的手，繞著一座螺旋梯往下不停繞啊繞、跑啊跑，跑到地底深處，梯子纏繞著溫斯頓的雙腳，最後他終於撐不住了，抽抽搭搭哭了起來，所以他們不得不停下來休息。他的母親總是一派緩慢而迷茫的樣子，雖然跟在他們後頭，中間卻落了好大一段距離。她抱著溫斯頓的小妹妹，還是說她懷裡的其實只是一包毯子而已呢？他不確定那時候他的小妹妹是不是已經出生了。最後他們進到一個嘈雜擁擠的地方，溫斯頓這才明白，原來這裡是地鐵站。

石頭地板上坐得滿滿是人，還有其他人緊緊靠在一起，坐在金屬製的架式床鋪上，上下鋪都擠滿了人。溫斯頓跟著父母找到一塊空地，旁邊是一對老先生和老太太肩並肩坐在一張鋪位上。老先生穿著一套漂亮的深色西裝，頭上戴著黑色布帽，帽沿往後拉，露出銀白色的頭髮，他滿臉通紅，一雙藍色的眼珠，眼眶中滿是淚水。他身上有濃濃的杜松子酒味，那股味道似乎取代了汗水，從他皮膚底下滲出氣味，可能還有人會以為他眼裡滿盈的淚水其實是杜松子酒。雖然老先生有點醉了，但看得出來他正受到巨大而難以承受的苦痛折磨。溫斯頓幼小的心靈還懵懵懂懂，只知道剛發生了一件糟糕的事，這件事讓人無法原諒，也永遠不可能挽回。他好像也知道發生了什麼事，是老先生所愛的人，可能是他的小孫女，被殺害了。每隔幾分鐘，老先生就會重複這段話：「我們不應該相信他們的，我早就說了，老伴，是不是？相信他們的下場就是這樣，我老早就說了，我們不應該相信那群傢伙。」

可是不應該相信哪些傢伙呢？溫斯頓現在已經記不得了。大概就是從那時候開始，戰爭真的可以說是連綿不斷，只是嚴格說起來，打的並不一定是同一場戰爭。他的童年記憶中，倫敦街頭上有好幾個月都陷入混亂的打鬥中，其中有幾場還歷歷在目。但是如果要追溯出那一整段時間的歷史，要說出什麼時候是誰在打誰，幾乎是不可能的，因為沒有任何書面紀錄或口耳相傳的話語，可以提出來跟現有的說法做比較。就拿現在一九八四年來說（如果今年真的是一九八四年的話），大洋國正在跟歐亞國打仗，和東亞國則是同盟。不管是公開紀錄或私下發言，這三股勢力從來都沒有互相對峙過，總是兩兩結盟對抗另一國，事實上，溫斯頓記得很清楚，四年前大洋國還在跟東亞國打仗，而和歐亞國才是同盟。不過溫斯頓只是碰巧還記得這件事情，他的記憶越來越混亂，已經搞不清楚了。根據官方說法，從來就沒有變換同盟這種事，大洋國在跟歐亞國打仗，所以大洋國和歐亞國一直都在打仗，此刻的敵人都代表了絕對的邪惡，所以也表示不管在過去或未來都不可能跟對方達成協議。

最可怕的是，這已經是他第一萬次這樣想了，溫斯頓痛苦地把肩膀往後挪動，（雙手放在臀部上，他們轉動腰部扭動身體，這個動作聽說對背部肌肉有益。）最可怕的是，這一切可能都是真的，如果黨可以插手干預過去，說這件事或那件事從來沒有發生過，這樣肯定比單純的酷刑或死亡還要可怕，不是嗎？

黨說大洋國和歐亞國從來就不是同盟，而他，溫斯頓．史密斯卻知道僅僅四年前，大洋國確實和歐亞國是同盟。但這段記憶是怎麼來的？這件事只存在他的認知裡，而且不管怎樣一定很快就會被消除。再說，如果其他人都接受黨編造的謊言，如果所有紀錄都告訴大家相同的故事，那麼謊言就會成為歷史，變成真相。「掌握過去者，」黨的口號這麼喊著，「掌握未來；掌握現在者，掌握過去。」但是過去，雖然本質上來說是可以改變的，過去卻未曾改變過。現在所見到的真相從過去到未來，永遠都是真相，就是這麼簡單，只消不斷用新的真相覆蓋你的記憶就可以了。他們稱之為「真相控管」；以新語來說，這叫「雙重思考」。

「放鬆站好！」女教練喊著，語氣比較親切了些。溫斯頓的雙手垂在身體兩側，慢慢吸氣，讓肺部重新充滿空氣，他不知不覺神遊在雙重思考如迷宮般混亂的世界裡：知道又不知道；意識到赤裸裸的真相，卻又說出仔細構築出的謊言；同時支持兩種相牴的意見，明明知道兩者互為矛盾，卻兩者都相信；用邏輯對抗邏輯；聲稱自己崇尚道德，卻又做出違反道德的事；相信民主是不可能的事，而黨卻又是民主的守護者；忘記必須忘記的事，然後必要的時候再將記憶找回來，接著又迅速忘記；而最重要的是，對這一套認知過程也要經過雙重思考，這就是最終極的微妙之處：有意識地讓自己陷入無意識，然後又再一次不去意識方才的自我催眠。就連要了解「雙重思考」是什麼意思，都要用到雙重思考的技巧。

女教練的聲音又吸引了他們的注意：「現在，看看誰能碰到腳趾頭！」她的聲音充滿熱情，「請將臀部抬高，同志們，一、二！一、二！……」

溫斯頓最討厭這項運動，痛楚從他的腳跟竄到屁股，到最後經常都害他的咳嗽又發作起來。原本他的沉思還算愉快，現在都沒了。他心想，過去不光只是被改變了，根本就是被摧毀了，既然除了自己的記憶以外，找不到任何外部紀錄，又怎麼能拼湊出事實呢？即使再明顯的事實也沒有辦法。他努力要記起到底是哪一年第一次聽到人提起老大哥，他想一定是六〇年代的某個時候，但卻沒有辦法確定。當然，在黨史記載中，老大哥打從最一開始就是英社黨領導人及革命的守護者，他締造輝煌成就的時間點慢慢愈推愈回去，最後終於可追溯到四〇及五〇時期的黃金年代，那時候的資本家還戴著奇怪的高筒帽，開著豪華閃亮的汽車或駕著透明玻璃馬車，行駛在倫敦街頭。究竟這個傳說是不是真的，或者有多少是虛構的，已經不得而知。溫斯頓甚至不記得英社黨是哪一天成立，他認為自己在一九六〇年之前從來就沒聽過英社黨這個詞，但可能聽過舊語的說法：「英國社會主義」，也就是說，英社黨可能更早出現。一切都幻化成煙霧了。有時候你確實可以明白指出什麼是謊言，例如記載黨史的史書裡寫說黨發明了飛機，這不是真的，他記得自己還很小的時候就有飛機了。可是你也沒辦法證明什麼，從來就沒有任何證據。他一生中只有一次，他手裡拿著一份紀錄，絕對可以證明某項歷史事件其實是偽造的，而那一次……

「史密斯！」電屏傳來尖銳的罵聲，「六〇七九號史密斯・溫！對，就是你！請彎下去一點！你還可以的，你沒有盡全力。請再低一點！這樣好多了，同志。現在請全體同志放鬆站好，看著我。」

溫斯頓全身忽然冒出熱汗，但他的臉依然保持漠然。絕對不要面露沮喪！絕對不要面露厭惡！眼神一個閃爍都可能出賣你。他站在原地看著電屏，女教練雙手高舉過頭，然後，雖然不能說優雅，但她的動作確實俐落非凡，她彎下腰，把手指的第一節指節塞進腳趾底下。

「看到了嗎，同志們？我就是想看到你們做這個動作。再看一次，我已經三十九歲了，還生過四個小孩。看著。」她又彎下腰去，「看到了嗎？我的膝蓋沒有彎曲，你們想的話都做得到。」她站直身體的時候說，「任何人只要還沒到四十五歲都絕對可以碰到腳趾。我們沒有那個榮幸能站上前線作戰，但至少我們可以保持身體強壯。想想我們在馬拉巴前線作戰的孩子們！還有堅守在海上堡壘的水手們！想想他們得忍受什麼狀況。現在再試一次。這樣好多了，同志，好太多了。」她讚許著溫斯頓，溫斯頓猛力一傾，終於成功碰到了腳趾，而且膝蓋也沒彎，這是他好幾年來第一次做到。

4

溫斯頓下意識深深嘆了口氣，即使電屏就近在眼前，想到一天的工作就要開始，他還是忍不住嘆氣。溫斯頓把說寫器拉到跟前，吹掉麥克風上的灰塵，然後戴上眼鏡。他看到有四小捲紙已經從他工作桌右邊的氣動管裡掉出來了，就把紙捲全都展開夾在一起。

在工作間的牆壁上有三個孔洞，說寫器右邊有一根小小的氣動管，用來投遞文字訊息；說寫器左邊有一根比較大一點的氣動管，用來投遞報紙；然後在旁邊牆上，溫斯頓稍微伸手就能碰到一個橢圓形的寬大裂口，開口有一片金屬網格的柵板擋著。最後這一個是用來丟棄廢紙的，整座建築物裡有成千上萬個像這樣的裂口，不止每個房間裡有，每條走廊裡每隔一小段距離也會有一個。不知道為了什麼，這些裂口被稱為記憶洞。大家都知道任何文件最後都會被銷毀，甚至看到身邊有一小片廢紙，都會自動掀起最近的記憶洞柵板，把紙丟進去，然後紙片就會隨著裡頭的熱氣翩翩落下，掉進藏在建築物底下深處的巨大熔爐裡。

溫斯頓檢查著他剛剛展開的四條紙張，每張紙上都只有一、兩句訊息，寫著縮略密語，內容不全然都是用新語寫成，但大部分都是新語詞彙，這是部門裡的內部通訊。內容寫著：

時間：十七・三・八四，BB演說、誤報、非洲、改正

時間：十九・十二・八三，三年計畫預測、八十三年第四季、修正決策、驗證現今議題

時間：十四・二・八四，豐隆部、誤述、巧克力、改正

時間：三・十二・八三，報導BB議程雙重不好、提到非人、提報當局之前全部重寫

溫斯頓把第四條訊息放在一旁，心裡湧起一絲絲滿足感，這件工作比較複雜，要負的責任也比較重，最好留到最後一個處理。其他三項都是例行公事，不過第二項工作可能要仔細爬梳過一大堆圖表，比較討厭。

溫斯頓在電屏上撥打「後台號碼」，要求幾份特定日期的時報，只過了幾分鐘，報紙就從氣動管裡滑了出來。他所收到的訊息裡提到幾篇文章或新聞，為了某種原因必須更改，或者以官方用詞來說，是需要改正。例如說，從時報上看來，三月十七日這天，老大哥在前一

天的演說中預測南印度前線仍會維持平靜，但歐亞國很快就會在北非發動攻勢。結果，歐亞國的高層指揮官是在南印度發動攻擊，把北非放著不管，所以老大哥的這段演說有必要重寫，這樣才能讓老大哥的預測真的成真。或者又像十二月十九日這天的時報，刊登了官方預測不同種類的消耗品在一九八三年第四季的產出量，這段時間也是第九次三年計畫的第六期。而今天的報紙刊出了實際產出量的說明，看起來之前的預測不管在那一個類別都錯得離譜。溫斯頓的工作就是要改正原始的圖表數字，以求吻合後來的數字。至於第三封訊息指的則是一個非常簡單的錯誤，只要幾分鐘就能改過來。二月的時間這麼短，可是豐隆部卻許下承諾（官方說法是「絕對保證」），說一九八四年絕對不會減少巧克力的配給，但事實上就溫斯頓所知，這個週末以後巧克力配給量就會從三十克降為二十克。他所需要做的就只是在原本的承諾上加個但書：四月時有可能會必須減少配給。

溫斯頓處理完每個訊息之後，就把自己說寫下來的訂正文字連同對應的時報夾在一起，然後推進氣動管裡，接下來或許真的是出自無意識的動作，他把原始訊息還有自己可能留下的所有筆記揉成一團，丟進記憶洞裡，讓火焰吞噬這些文字。

氣動管通往一個看不見的迷宮，溫斯頓並不是很清楚迷宮裡的細節，但是他知道大概。只要某一期的時報需要做的修正都收集校對好了，那一期的時報就會重印，原先的版本會被銷毀，然後檔案上就會改成修正後的版本。這樣持續修正的過程不只會用在報紙上，也包括書籍、期刊、宣傳手冊、海報、傳單、影片、錄音帶、卡通影片、照片等等，每種文獻資料或紀錄，只要能傳達任何政治意涵或意識形態，都會經過這樣的過程。日復一日，幾乎可說是每一分、每一秒，過去都會被拿到現在來修正，這樣一來，就能夠拿出紀錄來證明黨所做的每項預測都是正確的，而每條新聞、每次意見發表，只要和現實需求相牴觸者，都不能留下紀錄。所有的歷史都像是寫在可刮除舊文的羊皮紙上，只要有必要，就會經常刮除乾淨，之後再重寫，就算經過竄改，也不可能找到證據證明這件事發生過。紀錄局中最大的處室，比溫斯頓工作的這個處室大得多了，他們的工作就只是追查並收集已經被取代的每本書、每份報紙，以及所有其他文件，這些東西最終都是要銷毀的。有幾份時報可能因為政治時局改變，或者因為老大哥的預測錯誤，被重寫了好幾次，還是印著原來的日期放在檔案架上，也找不到其他與其矛盾的版本。書本也是同樣一次又一次被回收重寫，然後重新發行的時候一定不會承認新書有任何改變。就連溫斯頓收到的書面指示，即使他處理完之後絕對會馬上銷毀，指示上也從來不會明講或者暗示他的工作是偽造，總是說需要改正的地方是口誤、誤植、印刷錯誤，或是錯誤引用，所以必須改正以求準確。

但老實說，溫斯頓一邊重新調整豐隆部的圖表數字，一邊想著，這甚至說不上是偽造，只不過是拿一段渾話去取代另一段渾話罷了。你所經手的資料，大部分都跟現實世界沒有什麼關聯，甚至連那種直接謊言的關聯性都沒有。原始數據跟修正過後的版本一樣虛幻不實，大多數時候你得憑空捏造出這些紀錄。例如說，豐隆部預測這一季的靴子產量會有一億四千五百萬雙，但實際的產出量只有六千兩百萬雙，所以溫斯頓在重寫預測的時候，就會將數字降到五千七百萬雙，這樣就能符合官員經常宣稱的說法：產出超過預期額度。無論如何，不管是六千兩百萬雙、五千七百萬雙，還是一億四千五百萬雙，這些數字都不是事實，工廠很可能一雙靴子都沒做出來，更可能的是沒有人知道到底做了多少雙靴子，也沒什麼人在乎。大家所知道的，就是報紙報導每一季又生產出數量是天文數字的靴子，可是大洋國內可能有一半的人口都光著腳丫，每個類別的產品也都是如此，數字或大或小而已。所有一切到頭來都會落入黑影般的世界裡，最後就連年份都變得模糊。

溫斯頓的視線掃過走道，在另一頭跟他相對的辦公間裡，坐著一個身材矮小、面容拘謹、下巴留著鬍子的男人，名叫提洛森，看來工作的步調相當穩定，膝上擺著一份摺好的報紙，嘴巴和說寫器的麥克風靠得相當近，感覺好像他努力不想讓他說的話被除了自己和電屏以外的第三者知道。他抬起頭看了看，然後從他眼鏡裡往溫斯頓的方向射出敵意的光芒。

溫斯頓和提洛森一點也不熟，也不知道他的工作內容是什麼。紀錄局的人不會輕易談論工作。長長的走道兩側沒有窗戶，兩排工作間永遠都聽得到翻動紙張的聲音，還有對著說寫器喃喃自語的嗡嗡聲，當中有十幾個人溫斯頓甚至連名字都不知道，只是每天看見他們在走道上快步走來走去，或者在兩分鐘憎恨時間裡看到他們揮舞雙手。他知道他隔壁工作間那個矮小的褐髮女人，每天工作得要死要活，只是在公開文件上搜尋人名，然後刪除掉已經人間蒸發的名字，這樣那些人就彷彿從來不存在一樣。說起來這件工作也挺適合她，因為她的丈夫幾年前就是這樣人間蒸發了。然後再隔幾間工作間是一個叫艾波佛的傢伙，看起來像隻溫和無害的夢幻動物，耳朵毛茸茸的，想不到這樣的人居然還懂得胡亂編些押韻的打油詩，所以他的工作就是竄改違反意識形態的詩作，這些竄改後的版本被稱為可靠文字，因為某些因素，這些詩作還是必須收錄在選輯裡。

而這整個辦公室裡大約有五十名員工左右，但只是紀錄局裡一個下層機構，在整個龐大而複雜的組織裡，可說只是一個單一的細胞。在他們的上下前後還有一大群、一大群的員工，埋首於讓人意想不到的繁多工作裡。這裡有巨大的印刷廠，裡頭有初級編輯、排版專家，還有設備齊全的攝影棚可以偽造相片。這裡有電視節目的部門，裡頭有工程師、製作人，還有精挑細選的演員團隊，特別擅長模仿聲音。還有一組人馬叫做參考資料專員，單單負責列出應該要回收的書籍期刊。有一個極大的儲藏室，用來存放已經改正過的文件；還有一個不知藏在何處，用來銷毀原版的焚化爐。而那些領導人物，不知道他們的姓名，也不知道他們在什麼地方，他們綜觀全局，下達一條又一條的指令，說明哪一段過去必須保留、哪一段必須竄改，而又有哪一段必須抹滅。

而且說到底，紀錄局不過是真相部裡一個小小的部門，主要工作並不只是要重塑過去，而是要提供資訊給大洋國公民，包括報紙、影片、教科書、電屏節目、戲劇、小說等等，所有能想像得到的資訊、宣導或娛樂，從雕像到口號、從韻詩到生物學論文，以及從小孩的拼字課本到新語辭典等等，都屬於真相部的工作範圍。而且真相部不只要迎合黨的多樣需求，還要為了無產階級進行同樣一套作業流程，只是等級低了一點。這裡有一整組另外設立的部門，專門處理無產階級的文學、音樂、戲劇和一般娛樂。他們製造出廢話連篇的報紙，上面除了體育消息、犯罪新聞和星座運勢之外，其他什麼也沒寫。還有一本賣五分錢的煽情短篇小說、充斥性愛畫面的電影和感傷的情歌，譜曲方法也很特別，是用一種像萬花筒一樣的聽寫器做出來的歌。甚至還有一整個次級單位，新語裡稱為色情科，專門負責製作最低俗的色情片，密封之後送出去，除了製作的工作人員之外，沒有黨員可以一窺內容。

溫斯頓工作的時候，氣動管裡又滑出三封訊息，不過都是些簡單的工作，兩分鐘憎恨時間還沒到，他就已經處理完了。憎恨時間結束之後，他回到工作間裡，拿起書架上的新語辭典，把說寫器推到一旁，擦了擦眼鏡，然後開始他早上的主要工作。

溫斯頓在生活中最大的樂趣就是他的工作，工作內容大部分都是討厭的例行公事，不過其中也有困難複雜的工作，可以讓人做到忘我，就像沉浸在數學題裡一樣，例如要巧妙地偽造資料，沒有人會告訴你該怎麼做，只能憑自己對英社黨指導原則的理解，以及自己預測黨想要你怎麼說。有時候上頭信任他，讓他改正時報裡的重要文章，整篇都要用新語寫成。他展開剛剛放到一旁的訊息，上頭寫著：

時間：三．十二．八三，報導BB議程雙重不好、提到非人、提報當局之前全部重寫

以舊語（或稱標準英文）來說，這封訊息的意思大概是：一九八三年十二月三日，時報上報導老大哥的議事日程非常不妥，而且還提到不應該存在的人。整篇重寫，並在歸檔之前先將草稿提報給高層。

溫斯頓將那篇冒犯性的文章讀過一次。看來老大哥當天的議事日程主要在表揚一個叫做FFCC的組織，讚揚他們提供香菸和其他慰勞品給海上堡壘的水手。其中有一位魏勒同志，他是內黨的重要黨員，老大哥特別提到他的貢獻並授予第二級優越功績獎章。

三個月後，FFCC突然無故遭到解散，當然魏勒和他的同夥都因此事而蒙羞，但是在報紙或電屏上完全沒有報導這件事。這也是當然的，因為政治犯鮮少接受審判，甚至也不會遭到公開譴責。大舉掃蕩政治犯的行動會牽連上千人，叛徒和思想罪犯都要接受公開審判，逼他們在狼狽不堪的情況下坦承罪行，然後加以處決，這些都是不常看到的特別演出，好幾年才有一次。比較常見的是，惹惱黨的人從此銷聲匿跡，不會再被提起，不會有人知道他們究竟發生了什麼事，某些情況下他們可能甚至沒有死。溫斯頓所認識的人當中，大概就有三十人，還不包括溫斯頓的父母，陸陸續續就消失了。

溫斯頓拿著迴紋針輕輕搔了搔鼻子，走道另一頭的提洛森同志仍然鬼鬼祟祟俯身在說寫

器上。提洛森抬頭看了一下，又從眼鏡底下射出敵意的光芒。溫斯頓在想，提洛森同志正在做的工作會不會跟他的一樣？這是非常有可能的，像這樣麻煩的工作，上頭絕對不可能放心交給一個人做。另一方面，把東西交給委員會決議，就代表公開承認編造故事的行為。現在很可能有十幾個人正在努力編纂不同版本，重寫老大哥究竟說了什麼。然後，內黨裡的某個主腦就會選擇這個或那個版本，重新編輯之後，再進行複雜的交叉比對過程，最後被選中的謊言就會成為永遠的紀錄，成為真相。

溫斯頓不知道為什麼魏勒會身敗名裂，或許是因為貪污或者無能；或許老大哥只是想除掉太受歡迎的下屬；或許是魏勒或他身邊的人被懷疑起了異心；又或許——最有可能如此——因為政府的機制就是必須定期淨化或蒸發某人。唯一可靠的線索就在「提到非人」這幾個字，那代表魏勒已經死了。不過當某人被逮捕的時候，並不一定都會被處死，有時候他們會被釋放，然後准許他們自由生活個一、兩年，然後再處死他們。很少數的時候，有些你以為早就死掉的人會像鬼魂一樣，又忽然現身在公開審判的場合，指證幾百個人，拖他們下水，然後再度消失，這次就永遠不會再出現。但是魏勒已經是非人了，他不存在：他從來沒有存在過。溫斯頓覺得光是改變老大哥的報告方向還不夠，最好是讓他的報告跟原本的主題一點關係都沒有。他可以把報告改寫成常見的公開譴責叛徒和思想罪犯，但這樣有點太刻意了，因為要製造出前線勝利的假象，或者是第九次三年計畫的重大進展，都會讓紀錄變得太過複雜。他們需要的是一點單純的幻象。突然，他腦海中迸出一個影像，好像早就已經準備好了一樣，那是歐吉維同志的樣貌，他最近像個英雄般戰死沙場。有時候老大哥會在報告議程的時候緬懷某個不起眼的普通黨員，將他的生死當作可供遵循的典範。這天老大哥就應該來緬懷歐吉維同志。當然，根本就沒有歐吉維同志這個人，不過只需幾行文字和幾張假照片，就能讓這個人存在。

溫斯頓想了一下，然後把說寫器拉近，開始用老大哥慣用的語氣說話，他原本講話就像個愛掉書袋的軍人，但後來學會了自問自答的技巧，例如：「同志們，我們從這件事學到什麼教訓？這個教訓同時也是英社黨的基本原則，那就是……」諸如此類，所以很好模仿。

歐吉維同志三歲時就捨棄所有玩具，只留下一面鼓、一把衝鋒槍，還有一架直升機模型。六歲時他就加入間諜的行列，這是特別放寬規定，讓他提早一年加入，到了九歲他就成為小組領袖。十一歲時，他無意間聽到他叔叔在談話間透露犯罪傾向，因此向思想警察舉發他。十七歲，他當上青年反性聯盟的地區召集人。十九歲的時候，他設計了一款手榴彈，受到和平部採用，第一次試爆就殺死了三十一名歐亞國囚犯。二十三歲時，他在一次行動中英勇犧牲，他當時駕著飛機飛越印度洋，飛機上載著重要的急件，卻遭到敵機追趕，他抱著機關槍增加身體的重量，然後跳出飛機跌進極深的水裡，急件和其他物品都化為烏有，老大哥說，知道這件事蹟的人無不感到嫉妒。老大哥又讚揚了一下歐吉維同志的純真和率直，他不菸不酒，除了每天到健身房去運動一個小時之外，沒有其他娛樂活動，而且發誓要實行獨身生活，他相信婚姻和照顧家庭會妨礙他每天二十四小時為工作奉獻。他的談話內容除了英社黨黨規就沒有其他主題，人生唯一的目標就是打敗歐亞國的敵人，追捕間諜、破壞份子、思想罪犯和叛徒等人。

溫斯頓內心掙扎著要不要授予歐吉維同志優越功績獎章，最後他決定不要獎章，以免之後會引來不必要的交互比對驗證。他又望向走道那頭工作間裡的對手，不知道為什麼，他就是很確定提洛森正忙著跟他做一樣的工作。他不知道最後是誰的文章會被選用，但是他有無比的信心，認為自己的會雀屏中選。他突然覺得很有趣，你可以創造出一個死人，卻不能捏造活人。以現在來說，歐吉維同志從來不存在，但他卻存在於過去，等到大家忘記偽造這件事，他的存在就會越來越真實，正如同查理曼和凱撒的存在那般可靠。

5

餐廳位在很深的地下室，天花板很低，排隊領午餐的隊伍緩緩前進。餐廳裡面已經擠滿了人，聲音吵雜到會讓人耳聾。櫃檯的鍋爐上，燉菜的熱氣直往前飄，還帶著一股酸酸的金屬味，但還是蓋不掉勝利牌杜松子酒的氣味。在餐廳另一頭有個小酒吧，其實只是在牆上挖個洞，十分錢可以買到一大口杜松子酒。

「我正想找你呢。」溫斯頓背後傳來一個聲音。

他轉過身，看見是他的朋友塞姆，他在研究局工作。或許說是「朋友」並不完全正確，現在你已經沒有朋友了，只有同志，但是會跟某幾位同志相處起來比較愉快。塞姆是語言學家，專門研究新語，事實上他和許多專家一起組成龐大的團隊，負責編纂第十一版的新語辭典。他身材很嬌小，比溫斯頓還矮，深色頭髮，大大突出的眼睛，眼神看來憂傷又像嘲笑，跟你講話的時候，好像在你臉上仔細找什麼東西一樣。

「我想問你有沒有刮鬍刀？」他問。

「一把都沒有！」溫斯頓回答，帶著點罪惡感，「我都找遍了，再也找不到了。」大家都在問別人有沒有刮鬍刀。其實溫斯頓私藏了兩把沒用過的刮鬍刀。過去幾個月以來，刮鬍刀缺得發慌。不管什麼時候，總會有某項必需品是黨營商店裡買不到的，有時候是鈕扣，有時候是紡織毛線，有時候是鞋帶，現在則是刮鬍刀，如果你真的想要一把，就得偷偷到「自由市場」去找找看，說不定還能挖到寶。

「我已經六個星期都用同一把刮鬍刀了。」溫斯頓撒了個謊。

隊伍往前挪動了一下，然後暫停，這時溫斯頓又轉身去看著塞姆。兩人都從櫃檯上堆疊的油膩金屬盤堆拿了一個。

「你昨天有沒有去看犯人絞刑處決？」塞姆問。

「我在工作。」溫斯頓淡淡說，「我想我應該會看錄影吧。」

「錄影哪比得上現場呢？」塞姆說。

他那雙嘲諷的眼睛不停掃視溫斯頓的臉，彷彿是在說：「我知道，我看透你了，我很清楚你為什麼沒去看絞刑。」塞姆循規蹈矩已經到了走火入魔的地步，不過即使入魔，他依然聰明得不得了，說話的時候帶著洋洋得意的滿足感，談論著直升機轟炸敵國村落、思想罪犯的審判及認罪過程、仁愛部地窖裡的處決，那種樣子實在討人厭。跟他講話的時候，大部分時間都要想辦法不要讓他談到這些話題，如果可以的話，就用新語的技術問題纏住他，因為這是他有興趣的權威領域。溫斯頓微微偏過頭去，避開那雙深色大眼睛的審視。

「那場絞刑很精采。」塞姆陶醉回憶著，「只是可惜了，我覺得不應該把犯人的腳綁起來，我喜歡看他們的腳踢來踢去。最精彩的就是，最後他們的舌頭伸了出來，那種藍色真是明亮鮮豔，我對這些細節最有興趣。」

「下一位！」一個繫著白圍裙的無產階級勞工，拿著杓子大喊。

溫斯頓和塞姆把盤子放到柵欄鐵窗下，兩人的盤子立刻都盛上平常的午餐——用金屬小盤裝著帶點粉紅色的灰色燉菜、一塊麵包、一塊乳酪、一杯沒加牛奶的勝利牌咖啡，還有一小塊糖片。

「那邊有張桌子，在電屏下面。」塞姆說，「我們順便買杯杜松子酒過去吧。」

他們拿到的杜松子酒裝在沒有把手的陶瓷杯裡。他們穿過擁擠的人群，走到一張金屬桌面的桌子前，把盤子放下，桌子的一角有一灘不知道是誰留下的燉菜，骯髒的流體物質看起來像是嘔吐物。溫斯頓拿起自己那杯杜松子酒，停頓一下鼓起勇氣，然後把那杯嘗起來像機油的東西吞下去，他眨眨眼睛，把眼淚眨掉，這時才突然發現自己餓了，他開始狼吞虎嚥，一湯匙接一湯匙吃著燉菜，雖然燉菜像是一大團黏呼呼的東西，不過裡面還有幾塊軟綿綿的粉紅色塊狀物，有可能是肉製品。兩人吃完盤內的食物之前都沒有再交談。溫斯頓坐的桌子左後方，有人正不斷快速說話，聲調尖銳刺耳，幾乎像是鴨子呱呱叫的聲音，穿透了餐廳裡的喧嘩聲。

「辭典編得如何了？」溫斯頓提高聲音問，好蓋過這裡的嘈雜。

「進度很慢。」塞姆說，「我正在編形容詞的部分，真是有趣。」

一提到新語，塞姆整個人馬上興致就來了，他把小盤子推到一旁，一手輕輕拿著麵包，另一手拿著乳酪，然後傾身向前，這樣他才不用大吼大叫。

「第十一版就是最終版本，」他說，「我們要塑造出這種語言的最終形式，等到大家不再說其他語言的時候，新語就會採用這個形式。等到我們的工作完成了，像你這樣的人就得從頭再學一次。我敢說你以為我們主要的工作是創造新詞，可是完全不是這麼一回事！我們是在摧毀詞語，每天都要毀掉幾十個、幾百個，我們要把這種語言拆毀到只剩骨架。第十一版辭典裡收錄的所有字詞，一直到二〇五〇年都不嫌過時。」

他飢餓地咬下一口麵包，吞了好幾口，然後又拿出老學究的熱情繼續說話，消瘦的深色臉龐忽然變得生氣勃勃，眼神裡已經看不到那種嘲諷的樣子，而是幾近沉迷。

「摧毀字詞還真是美好，當然最常濫用的就是動詞和形容詞，不過有好幾百個名詞其實也可以去掉，不只是同義詞，還有反義詞，畢竟，如果一個詞的意義只是另一個詞的相反，那這個詞的存在有何意義？一個字本身就包含了反義。就拿『好』來說，如果你已經有一個詞叫做『好』，幹嘛還要一個詞叫做『壞』呢？說『不好』就可以啦，甚至還更好呢，因為這就是完全相反的意思，但『壞』就不一定了。另外還有，如果你需要比『好』更強烈的措辭，為什麼要有一大串意思不清的廢詞，像是『優越』、『傑出』，還有其他一大堆像這樣的詞？『更好』就很清楚了，如果你還需要更強烈的詞，也可以用『好上加好』。當然我們已經在用這些詞了，但新版的新語辭典裡不會收錄其他那些詞，到最後，要提到好或壞只需要六個詞，事實上，只需要一個字。溫斯頓，你不覺得這樣很美嗎？當然，這些原本就是老大哥的主意。」他想了想又加了最後那句話。

聽到老大哥的名字，溫斯頓臉上掠過渴望的神情，但並不是很熱切，而塞姆馬上就發現溫斯頓似乎興趣缺缺。

「溫斯頓，你不是真的喜歡新語。」他說，似乎是真的很傷心，「即使你在用新語書寫，但仍然用舊語思考，我有時候會讀到你幫時報寫的文章，雖然寫得很好，但都是從舊語翻譯過來的。在你心裡，還是比較希望沿用舊語，保存舊語所有的語意模糊和毫無用處的細微差異，你不了解摧毀字詞的美好。你知道新語是世界上唯一逐年減少字彙的語言嗎？」

溫斯頓當然知道。他揚起微笑，至少他可悲地希望自己微笑了，因為他不敢讓自己開口說話。塞姆又咬了一口深色麵包，咀嚼了幾下，然後繼續說：「你難道看不出來嗎？創造新語的目的只有一個，就是為了縮減思想的範疇。到最後，我們可以讓思想犯罪變成零，因為已經沒有文字可以表達犯罪意圖了。我們所需要的每個概念，都只需要一個字詞就能表達，嚴格定義字詞的意義，抹去所有附帶的次要意義，然後拋諸腦後。在第十一版中，我們已經離目標不遠了，不過這項工作還會一直持續到我們兩個死後很久很久之後。當然，就算現在，也沒有理由或藉口犯下思想罪，這完全只是自我約束和真相控管的問題，但到了最後，就連這個也沒有必要了。等到語言臻於完美之時，革命就成功了。新語就是英社黨，英社黨就是新語。」他又用一種神祕的滿足感繼續說，「溫斯頓，你有沒有想過？到了二〇五〇年，最後的最後，到那時候不會有一個活人聽得懂我們倆現在的談話。」

「除了……」溫斯頓語帶懷疑地說，然後又停住了。

他原本就快脫口而出，說：「除了無產階級之外。」但是自己審查了一番，不是非常確定這樣說是不是可能違反黨規，但是塞姆已經猜到他想說什麼。

「無產階級不是人。」他毫不在乎說，「說不定不用到二〇五〇年，所有舊語的相關知識都會消失殆盡，過往的文學全都會被摧毀，喬叟、莎士比亞、米爾頓、拜倫等人的作品，都會只存在新語版本，不僅僅是變得不一樣，其實是會變得和原作完全相反。就連黨本身的文學都會改變，甚至口號都要改變，如果自由的概念已經被廢除，又怎麼能說出『自由即奴役』這樣的口號呢？思想的趨勢會變得完全不一樣，事實上，思想會完全不復存在，再也不像我們現在所知的這樣。所謂的正統就是不思考，完全不需思考，正統就是無意識。」

溫斯頓突然深深確信，塞姆總有一天會人間蒸發，他太聰明了，他看得太透徹，說得太明白了，黨不喜歡這種人，有一天他會消失，看他的臉就知道了。

溫斯頓已經吃完他的麵包和乳酪，他在椅子上微微轉過身去喝咖啡。左邊桌子的那個男人還繼續扯著尖銳的嗓子喋喋不休，有個女人背對著溫斯頓坐在同一桌，大概是那個男人的祕書，仔細聽著他的話，而且似乎非常同意他說的每一句話，溫斯頓不時會聽見她說：「我想你說的對。」「我真的非常同意。」女人的聲音相當年輕，但又嬌柔到有些愚蠢，然而另外那個聲音一刻也沒停下來過，即使女人在說話的時候也一樣。溫斯頓認得男人的臉，不過只知道那個男人負責虛構局裡相當重要的職位。男人大約三十歲，脖子粗壯，還有一張動個不停的闔嘴，他的頭微微後仰，再加上他坐著的角度，光線正好反射在他的鏡片上，讓他的眼睛在溫斯頓看起來反而像是兩個空盤子。有點讓人毛骨悚然的就是，從男人口中迸出的一連串聲響，溫斯頓幾乎一個字也聽不懂，只有一下下，他聽到一段「最終完全消滅葛斯登──」，也是一下子就過去，而且好像是一排鉛字版一樣同時脫口而出，至於剩下的部分都只是呱呱呱的噪音。但是，雖然聽不見那個男人實際上在說什麼，不用懷疑也知道他的談話內容大概是什麼，他可能在咒罵葛斯登；可能希望對思想犯和破壞份子採取更嚴苛的手段；可能在譴責歐亞國軍隊的殘暴行為；可能在讚揚老大哥或是身在馬拉巴前線的英雄，反正都一樣。不管他在說什麼，都能肯定他所說的每一句話絕對符合規範，完全遵從英社黨綱領。溫斯頓看著那張沒有眼睛的臉，下巴迅速開開合合，他心裡有種怪異的感受，眼前的男人彷彿不是真人，而是某種人偶，不是那個男人的大腦叫他這樣說話，而是他的喉頭自己動了起來。男人嘴裡吐出來的東西雖然是用字詞組成，卻不是真正的談話，而是無意識下吐出來的噪音，就像鴨子呱呱叫一樣。

塞姆沉默了一會兒，拿著湯匙的柄攪拌燉菜，畫出軌跡。隔壁桌的人依舊呱呱叫個不停，即使週遭鬧哄哄一片，還是很清楚。「新語裡有個詞，」塞姆說，「不曉得你知不知道，叫做鴨語，就是像隻鴨子一樣呱呱叫，有一些像這樣有趣的詞有兩個互相矛盾的意思，如果用在敵人身上，是一種辱罵，但如果是用在自己認可的人身上，則是一種讚美。」

毫無疑問，塞姆絕對會人間蒸發，溫斯頓心裡又升起這個念頭。想到這裡，他有些傷感，雖然他很清楚塞姆瞧不起他，甚至還有點討厭他，如果讓塞姆抓到一點小辮子，塞姆絕對會毫不猶豫指責他是個思想犯。塞姆有一點不太對勁，好像缺少了什麼東西：謹慎、冷漠，還有某種大智若愚的智慧。不能說他不遵循黨規，他信奉英社黨的綱領，他崇拜老大哥，為了勝利而歡欣鼓舞，討厭異端份子，不只是真心厭惡，更是無時無刻都不痛恨他們，總是即時收到關於異端份子的第一手消息，一般的黨員根本不可能知道。但是，他這個人的名聲總是不太好，老說些最好不要說出口的話，讀了太多書，經常出入畫家和音樂家聚集的栗樹咖啡館。雖然沒有明文規定，就連不成文規定也沒說不得經常出入栗樹咖啡館，但是那個地方似乎被下了惡毒的詛咒。黨內身敗名裂的前領導者們經常在那裡聚會，之後通通俯首認罪，據說在幾十年前，就連葛斯登本人有時候也會在那裡出現。由此就不難預見塞姆的命運。不過事實是，如果塞姆發現了溫斯頓的本性，即使只有三秒，讓他發現了溫斯頓的私密想法，塞姆就會馬上把他出賣給思想警察。這件事換做其他人也會這麼做，但塞姆會比其他人更狂熱，或許狂熱還不足以形容，應該說黨的教條已經深入他的潛意識。

塞姆抬起頭，「帕森斯來了。」他話語裡的音調彷彿還加了一句：「這個該死的笨蛋。」帕森斯和溫斯頓都是勝利大廈裡的住戶，帕森斯正從餐廳另一頭穿過人群走過來。他是個中等身材的微胖男子，一頭金髮下是一張像青蛙的臉。今年才三十五歲的他，脖子和腰部已經長了一圈又一圈的肥肉，但他的動作還是像個男孩般輕快。他整個人的外表看起來就像是長太大的小男孩，正是因為如此，即使他穿著規定的連身工作服，還是很難不去想像他穿著間諜組織制服的樣子（藍色短褲、灰色襯衫、紅色領巾）。想到帕森斯這個人，腦海中的印象總是一臉笑容，捲起褲管和衣袖，露出粗短四肢的樣子，而他確實只要抓到機會，像是社區健行或是其他體育活動等等，一定會換上短褲。他一臉雀躍跟溫斯頓兩人打招呼：「哈囉！哈囉！」然後就在同桌坐下，身上散發出濃濃的汗臭味，粉紅色的臉上佈滿水珠，他真的很容易流汗，簡直超乎常人，在社區中心，只要發現桌球拍柄上濕濕的，那一定是他剛才打過桌球。塞姆拿出一張長條紙，上頭寫了一長串字詞，手指間夾著一支墨水筆，正研究著那堆字。

「你看他，午餐時間還在工作。」帕森斯推推溫斯頓，「還真熱心工作呢。嘿，老朋友，你手裡那什麼呢？我想肯定是挺花腦力的東西，不適合我。老溫，你知道我怎追著你嗎？你忘了給我認購款啦。」

「哪一筆款項？」溫斯頓說著，兩手自動摸摸口袋，看看自己有多少錢。每個人的薪水大概有四分之一都得挪作自願認購，認購的事項實在太多了，很難記清楚。

「給憎恨週用的。你知道，挨家挨戶都得捐錢的。我是咱們那區的總務，咱這次打算使出渾身解數，一定要搞個驚天動地的展示。我告訴你，要是咱那勝利大廈擺不出整條街最大面的旗子，我可不負責的。你說要給我兩塊錢的。」

溫斯頓找到兩張皺巴巴又髒兮兮的紙鈔，把錢交給帕森斯，帕森斯在一本小筆記本上記下這筆，雖然他沒受什麼教育，字倒是挺漂亮。

「對了，老朋友，」他說，「聽說我家那臭小子昨天用他的彈弓打你是吧？我好好罵了他一頓，而且我還告訴他，要是他再敢這麼做，我就要沒收他的彈弓。」

「我想他只是因為不能去看絞刑，有點不開心。」溫斯頓說。

「唉，總之，我是想說，也不能怪我那兩個小的這麼想是吧？臭小子就知道調皮搗蛋，那兩個，不過他們對黨可狂熱得很！他們腦袋裡想的全都是間諜組織，當然啦，還有戰爭。你知道我那小女兒上星期六怎麼了嗎？她們小組到柏克漢斯德那兒去健行，她帶著另外兩個小姑娘一起脫隊了，整個下午都跟在一個陌生男人後頭，她們跟著那男人的行蹤整整兩個鐘頭，直直穿過樹林，然後呢，等她們走到艾默斯漢的時候，就直接把那人交給巡警了。」

「她們為什麼要這麼做？」溫斯頓有點驚訝。

帕森斯倒是得意洋洋繼續說：「我孩子肯定說他是什麼敵人的特務，可能是用降落傘跳下來什麼的啦。不過重點來囉，老朋友，你想是什麼讓她一開始注意他的？原來啊，她看見那傢伙穿著一雙怪異的鞋子，她說她從來沒看過人家那樣穿鞋，所以他有可能是外國人，就一個七歲的小密探來說，挺聰明的是吧？」

「那男人後來怎麼了？」溫斯頓問。

「唉，那我當然不能說啦，不過要是那傢伙……我也不會太驚訝的。」帕森斯做了個拿步槍瞄準的動作，舌頭彈了一下表示發射的聲響。

「很好。」塞姆漫不經心說，依然低頭研究他那張紙。

「沒錯，我們不能冒險放過任何人。」溫斯頓順從地贊同。

「我要說的是，咱現在可是在打仗哪。」帕森斯說。

彷彿是在確認這句話一樣，他們頭上的電屏此時傳出號角的聲響，不過這次並不是宣布戰事勝利，只是豐隆部有消息要宣布。「同志們！」一個年輕的聲音熱切說著，「同志們，請注意！我們要告訴各位天大的好消息，我們打贏了生產這一仗！根據回報的數據顯示，以目前各種類別的消耗品已生產的總產量，過去這一年的生活水準上升了至少百分之二十。今天早上在大洋國境內，到處都有民眾壓抑不住自己的熱情，自動自發上街遊行慶祝，工人們走出工廠和辦公室，在大街上揮舞著旗幟，向老大哥表達他們的感激，感謝老大哥的英明領導，帶領我們走向如此幸福的新生活。以下是幾項已完成統計的數據，食物類——」

報導中說了好幾次「幸福的新生活」，最近豐隆部很喜歡這個詞。帕森斯的注意力被號角聲吸引了過去，瞪著眼睛坐在椅子上一臉正經聽著，有點像是被訓練出來般地無趣。他聽不懂那些數據是什麼意思，不過他知道這些數據在某個程度會讓人覺得滿足。他吃力拉出一個骯髒的大菸斗，裡面已經塞滿了燒焦的菸草。現在菸草的配給是一星期一百公克，幾乎不可能裝滿一只菸斗。溫斯頓抽著勝利牌香菸，小心地讓香菸維持水平位置，新的配給制度要到明天才生效，而他只剩四根香菸了。現在他不去聽較遠處的噪音，專心聆聽電屏傳出的消息，聽起來那些遊行當中，有人甚至感謝老大哥將巧克力的配給提高到一星期二十公克，他回想著，昨天才宣布說巧克力配給會降到一星期二十公克，難道才過了二十四小時，他們就有辦法接受這種說法嗎？沒錯，他們接受了，帕森斯笨得像野獸一樣，輕易就接受了；另外一桌那個沒眼睛的傢伙滿懷熱誠，狂熱接受了，要是有人敢說出上星期的配給其實有三十公克，他會追捕到底，嚴厲譴責，直到那人人間蒸發為止。就連塞姆也是，他的心情比較複雜一點，需要雙重思考的技巧，但他也接受了。這麼說來，只有他才記得這件事嗎？

電屏裡持續傳出漂亮的數據，跟去年比起來，他們現在擁有更多食物、更多衣物、更多房屋、更多家具、更多廚具、更多燃油、更多船隻、更多直升機、更多書籍，以及更多新生兒，每樣東西都愈來愈多，但沒有增加的只有疾病、犯罪和瘋狂。年復一年，日復一日，每個人和每樣東西都如旋風般向上攀升。溫斯頓學著塞姆剛剛做過的動作，拿起湯匙浸入顏色黯淡的肉汁，肉汁滴在桌上，拉出長長的一道軌跡。他心懷憤恨，沉思著由物質建構出的生活，生活一直都是像這樣的嗎？食物的味道一直都是像這樣的嗎？他環視員工餐廳，天花板低垂，餐廳裡擠滿了人，人的身體經常會靠在牆上，留下污穢的痕跡。破舊的金屬桌椅一套挨著一套擺放著，坐下來的時候經常碰到別人的手肘。彎曲的湯匙、骯髒的托盤、品質粗劣的白色馬克杯，每件餐具的表面都是油膩膩的，每條裂縫裡都藏污納垢。餐廳裡瀰漫著一股酸掉的味道，混合了劣質杜松子酒、難喝的咖啡、金屬味的燉菜和骯髒的衣服。你的胃裡和皮膚裡總是會發出某種抗議，你會覺得自己彷彿被欺騙了，你不應該得到這樣的待遇。不過溫斯頓確實也不記得過去和現在有什麼太大的不同，他只能確切地記得，無論何時都沒有足夠的食物，每個人的襪子和內衣都有破洞，家具總是破破爛爛又不牢固，房子裡沒有暖氣，地鐵車廂裡老是擠滿了人，隨時都能看見房子倒塌，放了太久的麵包，顏色都變深了，難得才能喝到茶，咖啡又難喝得要死，香菸更是供不應求——除了人工合成的杜松子酒之外，沒有什麼東西是便宜又大量的。雖然隨著年紀增長，身體自然每況愈下，但這樣難道不就意味著現況並非依循自然秩序而成嗎？如果生活不舒適、環境骯髒、生活用品不足、冗長的冬天難以忍受、穿著濕濕黏黏的襪子、再怎麼健身也不見效果、使用冰冷的水和粗糙的肥皂、一碰就支離破碎的香菸，還有味道詭異難吃的食物，人心豈有不生病的道理？人為什麼會覺得這樣的生活無法忍受？難道不是因為腦海裡有某種古老的記憶，讓人知道我們的生活曾經不一樣嗎？

他又環顧餐廳四周，幾乎每個人都是樣貌醜陋，就算不是穿著藍色連身工作服這樣的制服，樣貌還是一樣醜陋。在餐廳遙遠的另一頭，一個身材矮小的男人獨自坐在一張桌前，怪怪的看起來像隻甲蟲，他正喝著咖啡，一雙小眼睛不斷對四周投射懷疑的眼光。溫斯頓心想，如果你不去看四周的人，或許很容易就會相信黨所設立的標準體型，高大又肌肉發達的年輕男子，以及胸部雄偉的年輕女子，金髮又充滿活力、一身陽光洗禮過的肌膚、看起來無憂無慮的這些人真的存在，而且比比皆是。實際上，就溫斯頓看起來，住在第一起降跑道地區的人大部分都是身材矮小、皮膚黑黑的醜陋傢伙。真是奇怪，政府部門裡怎麼到處都是長得像甲蟲的人，這些矮矮胖胖的男人，從很小的時候就往矮壯的體型發展，兩隻短腿跑起來動作靈活急促，圓胖到不可思議的臉上長著一雙小小的眼睛。在黨的領導之下，這種體型的人似乎是愈來愈多。

豐隆部的報告結束，又吹了一聲號角，然後電屏便轉成尖細的音樂。帕森斯被這些數據連番轟炸，好像激起他心裡一點熱情，將菸斗從嘴裡拿出來。

「豐隆部今年可真是幹得好啊。」他說著，頭若有所思晃動起來，「對了，老溫，你那兒有沒有刮鬍刀啊？能不能給我一把？」

「沒有。」溫斯頓說，「我自己也已經六個星期都用同一把了。」

「唉，是吧——想說問問看也好。」

「對不起。」溫斯頓說。

隔壁桌的鴨子叫在豐隆部報告的時候暫時沉默了一會兒，現在又開始呱呱叫了，而且還更大聲。不知道為什麼，溫斯頓突然發現自己想起了帕森斯太太，想到她稀疏的頭髮，以及臉上皺紋裡卡著的灰塵，兩年之內，那些孩子就會向思想警察舉發她，帕森斯太太將會人間蒸發，塞姆會人間蒸發，溫斯頓會人間蒸發，歐布萊恩也會人間蒸發。但是，帕森斯卻永遠不會人間蒸發，在政府部門如迷宮般的走道裡靈活穿梭的甲蟲男人也不會人間蒸發，還有那個深色頭髮的虛構局女孩，她也永遠不會人間蒸發。溫斯頓似乎可以馬上看出來誰能生存下來，誰會被消滅，只是到底那些人為什麼可以生存，原因就很難說了。

這時溫斯頓突然跳了起來，從白日夢中醒過來。隔壁桌的女孩側過身看著他，原來是那個深色頭髮的女孩，她斜眼看著他，但眼裡充滿了濃濃的好奇。他們倆的眼神一交會，女孩立刻撇過臉去不看他。溫斯頓的背上開始冒汗，一股強烈的恐懼傳遍全身。這種感覺幾乎馬上就消失了，但是卻留下某種讓人如坐針氈的不適感。她為什麼要看他？她幹嘛一直跟著他？很可惜他記不得他到這裡的時候，那個女孩究竟是已經坐在隔壁了，還是後來才坐下的。但是無論如何，昨天的兩分鐘憎恨時間，她馬上就在他身後坐下，可是她何必要挑那個位置呢？她的真正目的很可能是要仔細聽聽看，確定他憎恨的大喊夠大聲。

他腦海裡又出現之前那個想法：或許她不是真正的思想警察，那些業餘間諜才是最危險的人。他不知道女孩已經盯著他多久，也許至少有五分鐘，他可能並沒有完美控制好臉上的表情。待在公共場所或是電屏監視範圍內的時候，讓自己的思緒隨意漫遊是非常危險的，因為即使是最細微的細節都會出賣你，像是臉上緊張抽動、下意識露出焦慮的表情，還有自言自語的習慣等等，任何事情只要可能代表你這個人不正常或者有所隱瞞，都非常危險。在任何情況下，臉上只要出現不適當的表情，例如聽到勝利的消息時卻面露懷疑，這本身就是值得受罰的褻瀆行為，新語裡甚至還有一個字專指這種罪，稱之為「臉部犯罪」。

女孩又背對著他。或許她其實並不是真的在跟蹤他，或許她接連兩天都坐在他附近只是巧合。溫斯頓的香菸熄了，他小心翼翼把菸放在桌子邊緣，如果可以把菸草留在香菸裡，他下班後會把這根菸抽完。隔壁桌的那個男人很可能是思想警察的間諜，很可能不出三天他就會被抓到仁愛部的地窖裡，但香菸屁股可不能浪費掉。塞姆折起那張長條紙塞進口袋裡，帕森斯又開口講話了。「老溫，我有沒有跟你說過，」他嘴裡含著菸斗咯咯笑著，「有一次我家那兩個小鬼放火燒了市場裡一個老女人的裙子，因為他們看見她用老大哥的海報包香腸？他們倆偷偷摸摸從她背後走過去，拿了一盒火柴就放火燒了她的裙子。我想她應該燒傷得挺嚴重的，小鬼靈精哪，是吧？但可嗆辣得很哪！現在的間諜組織給他們的是第一流的訓練——比我那時候還好太多囉。你知道他們最近給我孩子啥玩意兒嗎？可以從鑰匙孔竊聽的竊聽喇叭！我小女兒前幾天晚上帶了一副回家，還在家裡客廳的門上試用了，說這比她光把耳朵貼在門上能聽見的還多兩倍哪！當然啦，跟你說，那只是玩具，不過這樣他們就知道是怎麼回事了嘛，是吧？」

這時候從電屏傳出刺耳的哨音，這個信號表示該回去工作了。三個男人都站起身來，加入擠著要進電梯的人群。溫斯頓香菸裡剩下的菸草掉了出來。

6

溫斯頓在日記裡寫著：

三年前，昏暗的傍晚，一處大火車站附近一條狹窄的小巷道裡，她站在牆邊一個出入口旁，頭上的街燈幾乎投射不出什麼光線。她的臉很年輕，化了很濃的妝。真正吸引我的是她臉上的妝，她的臉好白，就像戴了面具，嘴唇塗成了大紅色。女黨員從來不化妝。街上沒有其他人，也沒有電屏，她說兩塊錢，我

這個時候，溫斯頓實在沒辦法再寫下去了。他閉上眼睛，雙手緊壓著雙眼，想要抹去這個腦海裡不斷出現的畫面。他胸口湧起一股衝動，幾乎快要控制不住，他想要用最大聲的音量叫喊出一連串髒話，或者抓著自己的頭拼命撞牆，用腳踢翻桌子，掄起墨水瓶砸向窗戶

——做出任何暴力、嘈雜或痛苦的行為，這樣或許可以蓋過那段不斷折磨他的記憶。

他想著，你最大的敵人就是自己的神經系統，你體內的壓力隨時都可能轉化成可見的癥狀。他想起幾個禮拜前在街上曾經過一個男人身邊，看起來就像個很平常的一般黨員，年紀大約三十五至四十歲，身材瘦高，手裡提著一個公事包。他們兩人的距離大概剩幾公尺的時候，男人的左臉突然一陣痙攣而扭曲起來，兩人擦肩而過的時候，男人又發作了一次，他的臉頰只是微微抽動一下，顫抖的時間快得就像按下相機快門一樣，但顯然這是男人的習慣性動作。溫斯頓記得自己當時心裡想著：可憐的傢伙完蛋了。可怕的是，男人很可能根本沒意識到自己這個動作。最致命的危險則發生在睡夢中的囈語，你根本沒辦法預防這種事，溫斯頓目前還找不到方法。他深吸一口氣，然後繼續寫：

我跟著她進去，穿過一處後院，進到一間地下室的廚房，那裡有一張床靠著牆放著，桌上有一盞燈，光線調得非常暗，她

溫斯頓緊咬著牙，他很想啐一口口水。跟著那個女人進到地下室廚房的時候，他想起他的妻子凱薩琳。溫斯頓已經結了婚——至少是結過婚的，或許他仍是已婚的身分，就他所知，他的妻子還沒死。他似乎又能聞到那間地下室廚房裡溫暖而擁擠的味道，那股味道混合

了蟲子、髒衣服，還有噁心的便宜香水，但卻相當吸引人，因為女黨員從來都不用香水，也沒人想像得到她們會用，只有無產階級才會用香水。在他心裡，那股味道免不了會讓他想到通姦這件事。

他跟著那個女人走的那一次，是他差不多兩年以來第一次犯錯。當然，黨規禁止和妓女來往，但是這種黨規，偶爾會讓人鼓起勇氣違反一次，雖然很危險，不過也不是什麼冒著生命危險的大事。被抓到和妓女在一起，可能會被判在強迫勞動營待上五年，但也僅只如此，只要不要違反其他規定就沒事。而且要躲避抓緝也很簡單，只要不是正在辦事的時候被逮到就行。比較貧窮的社區裡，到處都有準備好出賣身體的女人，有的甚至只要一瓶杜松子酒就願意辦事，因為無產階級喝不到杜松子酒。黨對這樣的情況默不作聲，甚至傾向鼓勵賣淫，反正他們也沒辦法完全禁止宣洩身體的慾望。如果只是發洩性慾倒是沒什麼關係，只要不被發現，也不會讓人沉溺享樂，只跟低下的貧民階級發生關係就好。不可原諒的重罪是黨員之間的雜交，不過雖然在大清黨的時候，許多犯人都一定會坦承自己犯過這項罪，卻很難想像這種事情真的發生過。

黨的目的不只要防止男人和女人之間形成忠誠的關係，以免難以控制，但真正隱而不說的目的其實是要消滅性行為帶來的所有歡愉。與其說黨視愛情為敵人，其實真正的敵人是性慾，不管有沒有婚姻關係都一樣。所有黨員之間的婚姻關係都要經過一個專為此而成立的委員會批准，雖然沒有明文規定，但要是兩人讓委員會認為彼此是受對方的肉體吸引，那麼申請就一定會被駁回。唯一被認可的婚姻目的就是要製造新生兒來為黨服務，性交應被視為有點噁心的操作過程，不是很重要，就像浣腸一樣，這點也從來沒有明文規定，但是每個黨員從小就一直接受這種觀念的潛移默化，甚至還有像青年反性聯盟這樣的組織，提倡兩性完全的獨身生活，若要生小孩就透過人工授精（新語裡稱為人授），然後在公家機構裡長大。溫斯頓知道事情不是非得要這樣做不可，但總之這樣很符合黨內普遍的意識形態。黨努力要抹殺性慾，或者，如果性慾沒辦法抹殺的話，就要扭曲玷污性慾的本質。他不知道為什麼要這樣，但事情似乎自然而然就應該如此，就女性的想法來說，黨的努力大致上是成功的。

他又想到凱薩琳，他們分開想必有九年、十年——將近有十一年了吧。很奇怪，他很少想到她，有時候一連好幾天，他都會忘記自己曾經結過婚，他們只在一起了大概十五個月。黨不容許離婚，但如果兩人沒有孩子的話，則會鼓勵分居。

凱薩琳是個高高的金髮女孩，背挺得很直，動作敏捷。她的臉輪廓分明，像隻老鷹般，有人看到她的臉會覺得她很高貴，一旦發現她那張臉背後可能完全腦袋空空，那就不一定了。他們才剛結婚沒多久，溫斯頓就知道她絕對是他遇過最笨、最粗俗、最無腦的人，不過或許這是因為他比較認識她的緣故。她的腦裡除了黨的口號之外，什麼也不想，但她也不是智能有問題，因為她完全能夠接收黨丟給她的資訊。他在心裡偷偷叫她「人體錄音帶」，但他還是忍耐著跟她一起生活，就只為了一件事──性。

溫斯頓一碰到凱薩琳，她好像就會瑟縮僵硬，擁抱她的感覺就像擁抱一尊木偶。奇怪的是，即使她緊緊擁抱著他，他卻感覺她同時也正全力推開他，從她僵硬的肌肉就能感受到這點。她會閉上眼睛躺著，不抗拒也不合作，就只是順從，辦起事來真是尷尬到了極點，而過了幾次之後就變得感覺很糟。但是即使當時他同意兩人只要住在一起而不發生關係，凱薩琳卻拒絕了這項提議，她說如果可以的話，他們就必須生孩子。所以同樣的場景持續發生，幾乎是規律地一週一次，除了無法發生性關係的時候才暫停。她以前甚至還會在早上的時候提醒他，當作是晚上的例行工作，而且不能忘記。她對這件事有兩個稱呼，一個是「製造小孩」，另一個則是「我們對黨的責任」。（沒錯，她真的是這麼說的。）很快地，溫斯頓在約定的時間當天開始會感到害怕。幸好他們沒生小孩，到最後她也同意不要再試了，然後兩人很快就分居了。溫斯頓無聲嘆了口氣，又拿起筆來寫：

她自己躺到床上，完全沒有任何前戲，馬上就撩起自己的裙子，那真的是你能想像得到最猥褻、最可怕的畫面。我

他看到自己站在昏暗的檯燈燈光裡，鼻腔裡聞到蟲子和廉價香水味，即使當時他還想著

凱薩琳蒼白的身軀，因為黨的催眠力量而永遠凍結在原地，但他心裡還是覺得既挫敗又憤恨。為什麼一定要這樣？為什麼他不能擁有自己的女人，而非得要像這樣隔了好幾年才找個骯髒的女人纏綿？但是真正的愛情幾乎是連想都不能想的事情。黨內的女人都是一個樣，對貞節的堅持就像她們對黨的忠誠一樣深深銘刻在心。黨非常謹慎，從很小的時候就開始控制她們的思想，用競賽的方式或者潑冷水，在學校、間諜組織和青年聯盟裡，灌輸她們那些垃圾思想，編成教材、歌曲、口號和軍樂，用遊行的方式教導她們，剝奪她們身體的自然感覺。溫斯頓的理智告訴他，一定會有例外，但他內心卻不相信。她們的貞操意識堅不可摧，正是黨希望她們成為的樣子。而溫斯頓希望的，甚至比想被愛的慾望更強烈，就是推倒她們守貞的高牆，就算一生只有一次也好。順利結束的性行為是反叛；慾望是思想犯罪。即使溫斯頓能成功喚醒凱薩琳的慾望，看起來也像是引誘，就算她是他的妻子，也屬於不當行為。

但是他必須繼續寫接下來的故事，於是他寫道：

我把檯燈調亮，當我在燈光下看到她

經歷過黑暗之後，煤油燈微弱的燈光看起來相當明亮，溫斯頓終於能夠把那個女人看清楚。他往前靠近女人一步，然後停在原地，心裡充滿慾望和驚恐。他感覺很痛苦，因為他很清楚自己來到這裡是冒著什麼樣的風險，很有可能他走出這裡的時候就會被巡警抓住，若是如此，他們可能現在就在門外等著了，要是他連來這裡的目的都還沒達成就離開——！

他一定要寫下來，一定要坦承一切。在燈光下，他突然發現的是，那個女人很老，臉上擦了厚厚的妝，看起來彷彿快要像紙面具般裂開一樣。她頭髮裡冒出了幾根白髮，但真正讓人害怕的事情是，她的嘴微微張開，溫斯頓只看到一個深深的黑洞，原來她已經一顆牙齒也沒有了。他振筆疾書，寫下歪歪斜斜的筆跡：

當我在燈光下看到她，她已經是個老女人了，至少有五十歲，但我還是跟她做了。

他又用手指壓著眼皮。他終於寫下來了，但卻沒有什麼作用，這種治療法沒效，他還是感到一股強烈的衝動，好想扯開嗓子，用最大聲的音量喊出髒話。

7

溫斯頓寫道：如果我們還有希望，應該就在無產階級身上。

如果我們還有希望，應該就在無產階級身上，因為這一大群不受重視的人口佔全大洋國人口的百分之八十五，他們有能力可以打倒黨所能動員的人力。黨是沒辦法從內部推翻的，如果真的有人想與黨為敵，他們根本沒辦法聚在一起，或者甚至知道彼此的心意。就算傳說中的兄弟會真的存在，如果這種組織可能存在的話，也很難讓人相信他們每次的聚會人數能超過兩、三人。只要眼神稍有不對、聲音音調有變，或者最多是偶爾低聲說出的話，都會被視為反叛。但是那些無產階級，只要他們能夠有辦法察覺到自己的力量，根本就不需要策劃什麼，他們只要站起身來擺動身體，就像馬要趕走蒼蠅那樣簡單。如果他們想要在明天早上把黨摧毀殆盡，他們可以辦到的。他們遲早都會想到可以這麼做的吧？可是——！

溫斯頓記得他有一次走在擁擠的大街上，突然聽到幾百個女人大叫的巨大聲響，聲音就從前方不遠處的小巷子裡傳出來。大叫的聲音洪亮無比，包含了憤怒和絕望的情緒，一陣深沉又響亮的聲音叫著：「喔——喔——喔！」就像是鐘聲迴盪的餘韻般嗡嗡響著。他的心臟狂跳起來，想著：開始了！暴動！無產階級終於爆發了！當他趕到事發地點，看到兩、三百個女人在街市上圍住一個小攤子，臉上帶著悲苦的表情，彷彿她們是沉船上注定沒救的乘客。但在這時，人群中的絕望消失了，取而代之的是無數互相爭吵。好像是市場裡有個攤子在賣長柄錫鍋，鍋子已經有凹痕而且好像很容易損壞，但因為已經很難買得到廚房用的鍋子，現在卻突然出現在市場上，成功買到鍋子的女人和其他女人碰撞爭搶，她們想盡辦法要帶著鍋子離開，同時還有幾十個女人圍著攤販，指控那個小販偏心，而且認為小販在其他地方一定還有存貨。突然又傳出大叫，是兩個身形壯碩的女人，其中一個披頭散髮，抓住另一個女人手上的鍋子，想辦法要把鍋子從對方手中搶過來，兩人拉扯了一陣子，結果鍋子的把手掉了下來。溫斯頓厭惡地看著她們，卻又不得不佩服，雖然只有一下子，但她們僅僅幾百人的喉嚨就能發出這麼可怕的叫喊聲！為什麼她們就不能為了重要的事情叫喊呢？他寫道：

除非他們認清這一點，否則他們不可能造反；但他們若不造反，就無法認清事實。

他想，這句話簡直就像是從黨內的教科書上抄下來的。當然，黨宣稱是他們將無產階級從束縛中解放出來，在革命之前，卑鄙的資本家一直壓迫他們，他們沒東西吃又飽受鞭打，女人也得到煤礦坑裡工作（其實現在還是有女人在煤礦坑裡工作），小孩子六歲就被賣到工廠裡工作。但在此同時，依據雙重思考的原則，黨也教育大眾：無產階級天生就比較低下，就像動物一樣，必須實施幾條簡單的規範來控制他們。事實上，大家對無產階級了解不多，也沒有必要知道太多，只要他們繼續工作生育，他們其他的活動都不重要。把他們放著不管，就像在阿根廷平原上放養牲口，他們選擇了對他們來說似乎是很自然的生活方式，接近古早的生活。他們在貧民窟出生長大，十二歲就開始工作，度過短暫的青春期，享受青春和性慾，二十歲就結婚，三十歲就算是他們的中年，大部分無產階級都在六十歲過世。沉重的勞力工作、照顧家庭和小孩、和鄰居為了瑣事爭吵、看電影、足球比賽、啤酒，還有最重要的，賭博，這一切雜事塞滿了無產階級的腦袋。要控制他們並不難，思想警察總會派幾個密探在無產階級身邊，散播不實的謠言，追蹤並消滅幾個被認為可能是危險人物的傢伙，但並不打算用黨的意識形態教化他們。黨不希望無產階級有太強烈的政治意識，只要他們單純地愛國，這樣如果要增加他們的工時或者要減少配給時，就會很有用。就算他們心生不滿，有時候他們真的會有這種感覺，他們的不滿也無處發洩，因為他們實在太無知了，只能針對特定的小事發牢騷，所以他們經常沒注意到更明顯的惡行。大多數無產階級的家裡甚至沒有電屏，就連公民警察也很少去打擾他們。倫敦有無數罪犯，但這裡彷彿是別有天地一般，特有一群小偷、強盜、妓女、毒販，和騙子等等，各式各樣的都有，不過因為這些罪行都發生在無產階級身上，也就毫不重要了。基於道義上的考量，黨允許他們遵循古早的生活方式，黨所推行的寡慾生活並不適用於他們，雜交不會受到處罰，也准許離婚。因為這樣，如果無產階級表現出需要或想望的話，就連宗教崇拜都可以批准。他們不會被懷疑，就像黨的口號：

「無產階級和動物皆自由。」

溫斯頓手往下伸，小心抓了抓自己靜脈潰瘍的地方，患處又癢了起來。事情總是會繞回同一個地方，那就是你不可能知道革命發生之前的生活究竟是什麼樣子。他從抽屜裡拿出一本給兒童的歷史課本，這是他跟帕森斯太太借來的，他在日記裡抄下一段：

> 課本裡寫著：過去，在偉大的革命尚未發生之前，倫敦並不是我們今日所見到的這個美麗城市，而是一個陰暗、骯髒又悲慘的地方，大家都沒有足夠的食物，成千上百的人民腳上沒有鞋子可穿，甚至睡覺的時候也沒有遮風避雨的屋頂。年紀與你相當的孩童每天得工作十二個小時，如果動作太慢還會遭到殘酷的雇主鞭打，只能吃不新鮮的麵包屑跟喝水。
>
> 城市裡有這麼多窮苦無依的可憐人，但卻有少數幾棟富麗堂皇的房屋，裡面住著有錢人，家裡有多達三十個僕人來服侍他們。這些有錢人被稱為資本家，他們腦滿腸肥、醜陋無比、長相邪惡，就像下一頁的圖片那樣。你可以看到他穿著長長的黑外套，那是在正式場合穿的禮服大衣，還戴著閃閃發亮的古怪帽子，看起來就像鍋爐煙囪一樣，還說這叫禮帽。這就是資本家的制服，其他人都不准這樣穿。資本家擁有這世界上的一切東西，其他的人都是他們的奴隸，他們擁有所有土地、所有房屋、所有工廠和所有金錢。如果有人不服從他們，就會被關進牢裡，或者他們會奪走那人的工作，任其餓死。要是一般人想跟資本家說話，就得向他們卑躬屈膝，脫帽致敬，並稱呼他們「閣下」。所有資本家的首領叫做國王，而且

他已經知道剩下的部份是怎麼記載了。課本裡會提到主教的衣袖都是用細棉布做的，法官則穿著貂皮大衣，記載種種封建時代的事物，包括活動式或置地式的頸手枷、踏車，還有九尾鞭等，市長設宴款待名流，還有親吻教宗腳趾等等，還有一種叫初夜權的東西，不過兒童的課本裡大概不會提到這個，這條法律讓資本家有權力跟工廠裡任何一名女性上床。

怎麼知道其中有多少是謊言呢？普通民眾的生活或許真的比革命之前好多了，唯一反對這個說法的證據就是你骨子裡無聲的抗議，你直覺認為你的生活條件實在難以忍受，以前一定跟現在不一樣。溫斯頓突然了解，現代生活真正的獨特之處並非其殘酷和危險，而是其空虛、骯髒，以及百無聊賴。如果你看看四周，你的生活和電屏裡傳達出的謊言毫不相符，甚至也達不到黨努力想達到的理想目標。甚至以一個黨員來說，生活中有一大部分都是模糊且無關政治的，就只是要熬過無聊的工作、在地鐵車廂裡搶位子、縫補破舊的襪子、跟人乞討一塊糖片、保存香菸屁股。黨所設定的理想目標宏大雄偉，閃閃發光，那是一個鋼筋水泥建構的世界，擁有巨大的機器和嚇人的武器，屬於戰士和狂熱份子的國度，人民組成完美的團隊往前邁進，擁有相同的思想，呼喊相同的口號，一輩子不斷工作、戰鬥、勝利、迫害，三億人民都是一個模樣。但現實的生活卻是一座衰敗髒污的城市，飢餓的人民穿著破鞋，拖著沉重的步伐來來去去，住在十九世紀就留下來的破爛房子裡，永遠聞得到高麗菜和廁所的臭味。他彷彿看見了倫敦，是個空曠而破敗，塞滿了百萬個垃圾桶的城市，然後他還看見帕森斯太太，滿臉皺紋又頭髮稀疏的女人，無助地修理堵塞的廢水管。

溫斯頓又伸手下去抓了抓腳踝。電屏從早到晚都用一大堆數據轟炸你的耳朵，保證今天大家有更多食物、更多衣物、更好的房子，以及更優質的娛樂，也就是說跟五十年前相比，大家可以活得更久、工時更短，身材長得更高大、更健康、更強壯、更快樂、更聰明，也能受到更好的教育。不過沒有證據證實這些話是真是假。例如，黨宣稱現在無產階級的成人識字率達百分之四十，據說在革命之前，他們的識字率只有百分之十五。黨宣稱現在的幼兒夭折率是一千人中只有一百六十人，而在革命之前，一千名幼兒中就有三百名會夭折，類似的數據還有很多。這就好像有兩個未知數的單一方程式，歷史課本裡寫的每一個字，就算是那些大家毫無疑問都接受的說法，很有可能完全都是編造出來的幻想。就溫斯頓所知，可能根本就沒有什麼初夜權，也沒有資本家這種東西，更沒有一種衣物叫做禮帽。

一切都消失在迷霧當中，過去被抹滅了，大家也忘了這件事，於是謊言便成真了。溫斯頓一生中只有一次掌握了具體確切的證據，能夠證明某件事實遭到竄改，當然重要的是，那件事實已經被竄改了。他掌握證據的時間大約有三十秒。無論如何，那一定是一九七三年發生的事。大概是他和凱薩琳分開的時候，但真正跟事件相關的日期卻是在七、八年之後。

故事真正的起點應該是六〇年代中期，那時正是大清黨的時候，許多在革命中原本是領袖的人物都被一舉殲滅。到了一九七〇年，除了老大哥自己，其他的革命領袖一個不剩，這時他們都被揭發為叛徒和反革命份子。葛斯登已經逃離，不知藏身何處，另外幾個人就憑空消失，而絕大部分的人都經過特別盛大的公開審判，坦承自己的罪過之後遭到處決。最後還存活下來的只剩三個人，分別為瓊斯、亞倫森和路瑟福，這三個人一定是在一九六五年被逮捕的。事情通常是這樣發展，他們會先消失一年以上，這樣大家就不知道他們是死是活，然後再突然按照一般程序將他們帶到世人面前自首認罪。他們承認自己提供情報給敵國（那時的敵國也是歐亞國）、侵吞公共基金、殺害許多值得信賴的黨員、在革命開始之前就密謀推翻老大哥的領導，還有進行破壞行動，害死成千上百條人命。不過他們認罪之後卻得到原諒，恢復黨籍，還被安排了職位，雖然沒什麼實質作用，但聽起來卻很了不起。三個人都寫了一篇冗長而淒苦的文章，刊登在時報上，詳述他們背叛的原因，並保證會彌補過錯。

在他們被釋放後不久，溫斯頓在栗樹咖啡館親眼看到他們三位本人，他還記得自己用眼角餘光盯著他們的時候，心裡感到一種帶著恐懼的迷醉。他們年紀比他還要大得多，是舊世界的遺族，是黨的英雄時代留下來最後的偉大人物，身上彷彿還帶著在地下組織奮鬥及參與內戰的榮光。不過溫斯頓有種感覺，即使在那時候他對事實和日期的記憶漸漸模糊，但他在知道老大哥的名字之前，就已經聽過這三個人了。話說回來，他們再過一、兩年，絕對會變成罪犯、敵人、不可接觸的人物，註定要消失在人世間。從來就沒有人落到思想警察手中最後還能全身而退，他們已經是等著被丟回墳墓的死人了。他們三人桌子旁邊的座位空無一人，就算只是被看到坐在這些人附近，也不是明智之舉。他們靜靜坐著，面前擺著加入丁香味的杜松子酒，這是栗樹咖啡館才有的招牌飲料。在這三人當中，路瑟福的外表最讓溫斯頓印象深刻。路瑟福以前曾經是知名的諷刺漫畫家，他的漫畫嚴苛批評時政，在革命之前和革命當中都成功點燃輿論。即使是隔了這麼久的現在，他的漫畫依然會出現在時報上，不過只是模仿他早期的畫風，而且不知道為什麼，看起來毫無生氣也毫無說服力，僅僅是老調重彈：骯髒破爛的居所、挨餓的孩童、街道的混戰、戴著禮帽的資本家等等，即使是在爭議之處，資本家似乎依然抓著他們的禮帽做永遠徒勞無功的掙扎，還想著要回到過去。他的塊頭很大，長著一頭油膩的濃密灰髮，臉頰下垂，滿布皺紋，還有一張像是黑人的厚嘴唇。在過去，他一定是非常強壯，但現在他壯碩的身體已經衰弱，彎腰駝背，肥肉上身，全身上下的每一個部位都像快要掉落，就好像山崩一樣，在人眼前崩潰解散一般。

那時是下午三點，沒什麼人，溫斯頓現在已經想不起來自己為什麼會在那個時候走進那家咖啡館。那個地方幾乎空無一人，電屏中傳出微弱的音樂聲。三個人動也不動地坐在角落，也沒人說話。雖然沒有點，服務生還是送上新的杜松子酒。他們旁邊的桌上有一副西洋棋盤，棋子都擺好了，但棋局卻沒有開始。然後，大概過了半分鐘，電屏開始有了動靜，演奏的旋律改變了，音樂的音調也改變了。然後來了——實在很難描述到底是什麼，是一聲奇怪的音符，像是破裂的聲音，尖細而刺耳，溫斯頓在心裡稱之為黃色音符，然後電屏裡傳出一個聲音唱著：

枝葉茂密的栗樹下，
我出賣了你，你出賣了我，
他們在那裡，我們在這裡，
枝葉茂密的栗樹下。

三個男人沒有動作，但是當溫斯頓再看一眼路瑟福不堪入目的臉，他看見路瑟福眼裡充滿淚水，而他第一次注意到了，心裡忍不住顫抖，但是又不知道自己為什麼會顫抖，他發現亞倫森和路瑟福兩人的鼻樑都斷了。

在這之後不久，三個人又被逮捕了，原來他們從被釋放的那一刻起就密謀策劃著再度叛變。他們的第二次審判中，三人又承認了過去的種種罪行，還加上一大串新罪名。三人遭到處決，而他們的命運也記載在黨史之中，用來警惕後世。這件事過了大約五年，一九七三年的時候，溫斯頓展開一捲文件，這是剛從氣動管裡掉到他桌上的工作，然後他發現一小張紙，看來是不小心跟其他文件一起塞進來的。他一展開之後就發現這張紙的重要性，這是從約十年前的時報上撕下來的半版報紙，是報紙的上半部，所以看得見日期，上面是一張黨代表團到紐約參加集會時拍下的照片。團體照中央顯眼的位置站著瓊斯、亞倫森和路瑟福，他絕對不會認錯，況且照片底下的小標還寫出他們的名字。

重點是，兩次審判中，他們三人都承認在這張照片的日期，他們都在歐亞國。他們從加拿大一處祕密機場起飛，到西伯利亞會合，然後跟歐亞國總參謀部成員商談要事，向對方透露重要的軍事機密。溫斯頓之所以會記得這個日期，因為那時剛好是仲夏，不過這整段故事的紀錄一定也出現在無數其他地方，所以只有一個可能的結論：他們的認罪自白是謊言。

當然，這件事也算不上什麼大發現。即使是在那時候，溫斯頓也不認為大清黨時被消滅的那些人真的犯下他們被指控的那些罪名。但這是明確的證據：這是一段被捨棄的過去，就像一塊骨頭化石出現在不應該出現的地層，進而毀掉一個地質理論。如果他可以找到方法將證據公諸於世，讓大家知道其重要性，那麼就能把黨徹底摧毀。

溫斯頓直接開始工作。他一發現那張照片是什麼、代表什麼意思之後，就拿另一張紙把照片蓋住。幸好他把報紙展開的時候，從電屏的角度看去，照片是顛倒的。

他把寫字板放在膝上，將椅子往後挪，這樣才能盡可能拉長與電屏間的距離。要面無表情並不困難，只要努力控制的話，呼吸也能保持平穩，但是你無法控制自己的心跳，而電屏是相當敏感的，就連心跳聲都能聽見。他自忖時間應該過十分鐘了，在這當中他一直飽受折磨，害怕會突然出什麼意外，例如突然又來一份文件飛過他的桌子，那他一定會被發現有異。然後，他沒有掀開蓋住照片的那張紙，就直接把照片跟幾張廢紙一起丟進記憶洞裡，也許不用到一分鐘，照片就會化為灰燼。

那已經是十、十一年前的事了，如果是今天，他可能會把照片留下來。他覺得好奇怪，他曾經把那張證據拿在手裡，即使是現在他還是覺得這件事有重大的意義，即使那張照片以及照片裡所記錄的事件只能存在記憶中。他想，這份證據能夠存在，即使現在已經消失了，是不是代表黨對過去的管制沒有那麼強了呢？

不過到了今天，就算有辦法把那張照片從灰燼中恢復原狀，可能也稱不上是證據了。在他發現那張照片的時候，大洋國已經沒有跟歐亞國打仗了，而那三個死去的男人一定是將國家機密出賣給東亞國的密探。從那之後還有其他更動——兩個？還是三個？他記不得多少個了。他們的認罪自白很可能不斷被重寫再重寫，直到原始的真相和日期已經不再重要了。過去不只是改變了，而且不斷在改變，而如同噩夢一般不斷折磨他的是，他從來就無法完全了解為什麼要進行這樣大規模的欺騙，他很清楚捏造不實的過去會有什麼立即的好處，但卻不明白其最終的動機是什麼。他又拿起筆寫下：

我知道怎麼回事：因為我不知道為什麼。

他心想，以前自己也這樣想過好多次，他是不是瘋了？也許，所謂的瘋子不過是因為只有他一人才知道真相。曾經，相信地球繞著太陽走的人會被說成是瘋子，而到了今天，相信過去不能改變的人才是瘋子。也許只有他這麼相信，而如果只有他一人，那他就是個瘋子。但是變成瘋子的想法並不會很困擾他，恐怖的是，可能他也錯了。

他拿起那本兒童的歷史課本，看著卷頭的老大哥插畫，那雙蠱惑人心的眼睛直視著自己。那種感覺就好像有股巨大的力量從你頭上壓下來，鑽進你的腦殼，不斷敲擊你的大腦，讓你嚇得捨棄信念，幾乎是逼著你否認自己意識到的證據。到最後，黨會告訴大家二加二等於五，而你也得相信。他們遲早一定會做出宣示，處在他們那樣的位置，他們的思考邏輯會驅使他們這麼做，不僅僅是經驗的可靠性，就連物質世界中的真實是否存在，都會被他們的思想哲學巧妙地否決掉，異端思想中的異端思想反而成為常識。讓人害怕的並不是他們會因為你想法不同而殺掉你，而是他們可能是對的，畢竟，我們怎麼知道二加二就是四呢？或者重力是怎麼作用的？或者過去是無法改變的嗎？如果過去和物質世界只存在於我們的心智中，如果心智是可以控制的，那又會如何呢？

不！溫斯頓的勇氣好像突然壯大了起來，他的腦海中掠過歐布萊恩的臉，但並不是因為看到什麼明顯的連結才想起他。他知道，他比之前更加確定，歐布萊恩跟他有同樣想法，他的日記是為歐布萊恩寫的，是寫給歐布萊恩的，就好像一封永遠寫不完的信，也沒有人會讀到，但卻是寄給某個人的，因此這封信就有了意義。

黨告訴你不能相信自己的眼睛和耳朵，這是他們最終，也是最重要的命令。他的心情無比沉重，想到自己要對抗的力量集結在一起是多麼強大，想到內黨的知識份子要在辯論中擊潰他是多麼容易，他們會提出狡猾的論點，他可能連聽懂都有困難，更遑論要回應。可是他才是對的！他們錯了，他才是對的，他得為顯而易見、連笨蛋都會懂的真相辯護，真理是愈辯愈明，他要緊抓著這一點！物質世界確實存在，而自然法則不會改變，石頭是硬的、水是溼的、沒有支撐物的物體會往地心掉落。他抱著自己是在跟歐布萊恩說話的感覺，同時也是提出一條重要的公理：

自由就是有說出二加二等於四的自由，如果能得到這樣的自由，一切都沒問題了。

8

從通道底的某個地方飄來烘焙咖啡的香味，是真正的咖啡，不是勝利牌咖啡，香味飄到街上來了。溫斯頓不由自主停下腳步，大概有兩秒的時間，他彷彿又回到童年那個大半被遺忘的世界，然後一扇門突然關上，似乎也把香味像是聲音一樣突然隔絕。

他已經在人行道上走了好幾公里，腳踝上的靜脈潰瘍正隱隱抽痛。這是三個星期以來，他第二次缺席社區中心的晚間集會，這樣的行為很草率，因為他很清楚有人會仔細確認社區中心的出席人數。原則上來說，黨員是沒有空閒時間的，除非是上床睡覺，否則也不應該獨自行動。如果黨員不是在工作、吃飯，或者睡覺，那他就應該要參加某種社區的娛樂活動。若做出任何讓人覺得你喜歡獨自一人的行為，甚至只是自己去散散步，也是有點危險的。新語裡有個詞叫「獨生」，就是形容這樣的情形，意指個人主義和怪癖。但今天傍晚時分，當他走出真相部的時候，四月清爽宜人的空氣讓他心動難耐，天空是溫暖的藍色，比他那年看到的天空都要藍。突然之間，要在社區中心裡度過漫長又吵雜的夜晚，參加無聊又費力的遊戲、演講，而用杜松子酒交心換來的同黨情誼其實又脆弱不堪，這一切都讓他無法忍受。他衝動之下就轉身離開公車站牌，漫步走進倫敦市區的迷宮裡，先是往南走，然後往東走，接著又往北走，在不知名的街道中迷失方向，也不想管自己到底走向何方。

「如果我們還有希望，」他在日記裡寫著，「應該就在無產階級身上。」他一直想起這句話，這句宣言道盡了神祕的真相以及顯而易見的荒謬。他現在人在北方一處貧民窟，那裡看不出建築物的形狀，只有一片褐色風景，從這兒的西邊過去曾經是聖潘克拉斯車站。他走在一條圓石鋪成的道路上，兩旁都是兩層樓的房子，門口破敗不堪，直接跟人行道連成一氣，不知道為什麼，感覺好像一個個老鼠洞，圓石之間到處都是一窪一窪的髒水。昏暗的門口有人進進出出，數量多到嚇人，就連兩旁分岔出去的狹窄巷道裡都有人，有正值青春年華的少女，嘴上擦著不符合年齡的口紅，後面跟著一票追求的年輕人；有一些身材圓滾滾的女人，走起路來搖搖晃晃的，看著她們就知道十年後那些少女會變成什麼樣；幾個彎腰駝背的老人，雙腳開開地拖著沉重的步伐；還有衣衫襤褸的小孩，光著腳在髒水塘裡玩，一聽到媽媽生氣的喊叫聲就一哄而散。這條街上大概有四分之一的窗戶玻璃都已經破掉，用板子遮蓋起來。大部分的人都沒注意到溫斯頓，只有幾個人抱著某種警戒的好奇心看著他。兩個體格龐大的女人穿著圍裙，曬紅的前臂環抱胸前，站在門口外頭講話，溫斯頓走近的時候聽到了一些片段。

「我就說：『對啦，這樣很好啦，可是如果你是我的話，你也會跟我一樣啊，要說人家都比較簡單啦，可是你又沒有我這種問題。』」

另一個女人說：「啊，都是這樣，最後都會變這樣啦。」

兩人看到他的時候，交談時刺耳的聲音突然停止了，她們充滿敵意看著他，默不作聲，直到他走遠為止。不過那也不真的算是敵意，只是一種謹慎，暫時按兵不動，就像看到不熟悉的生物靠近時會有的反應。在這樣的街道上，不可能常常看見黨員穿的藍色連身工作服。確實，被看到出現在這樣的地方並非明智之舉，除非你有很重要的工作要做。如果遇到巡警的話，可能會被攔下來，「同志，我可以看看你的文件嗎？你在這裡做什麼？你幾點下班的？這是你平常回家的路線嗎？」問個沒完沒了。當然法律並沒有規定回家一定要走平常的路線，但要是讓思想警察知道了，就足以讓他們盯上你。

突然，整條街一陣騷動，四面八方傳來警告意味濃厚的喊叫，人們像是兔子一樣迅速衝進建築物門口。一個年輕的女人從溫斯頓前方不遠處的門口跳了出來，抓住一個正在水塘裡玩的小孩，用圍裙包住小孩，然後又跳了回去，動作一氣呵成。同時，一個男人穿著好像六角形手風琴的黑色西裝，從一個小巷子裡冒出來，朝著溫斯頓跑過來，激動地指著天空。

「蒸汽機！」他叫著，「小心哪，大人！要打下來了！快點趴下！」

不知道為什麼，無產階級的人稱火箭炮為「蒸汽機」。溫斯頓立刻趴下，臉朝下。無產階級發出這種警告的時候，幾乎百分之百都是對的，他們好像有某種直覺，會在火箭炮落下來前幾秒鐘告訴大家，就算火箭炮應該跑得比音速還快，他們還是會猜中。溫斯頓的雙臂緊緊抱著頭，他聽見一聲轟然巨響，彷彿連人行道都震動起來，然後一陣閃亮的光點打在他的背上。他站起身來，發現自己身上都是鄰近窗戶的碎玻璃。

他繼續往前走。炸彈摧毀了這條街上範圍兩百公尺內的所有房屋，一股黑煙直往空中竄升，底下是一朵灰泥塵所形成的蕈狀雲，裡頭的廢墟旁邊已經開始有人圍攏過來。溫斯頓前方的人行道上有一小堆灰泥，他可以看見從灰泥堆中間流下一道鮮紅，他走近一看才發現那是一隻從手腕處斷開的人手。撇開血淋淋的殘缺部分不看，那是一隻完全慘白的手，就跟石膏模一樣。他把那隻手踢進水溝裡，然後轉身走進右邊一條小巷子裡好避開人群。走了三、四分鐘之後，他已經遠離炸彈的影響範圍，街上的生活是一貫的骯髒擁擠，彷彿什麼都沒發生過。快接近晚上八點了，無產階級勞工經常造訪的飲品店（他們稱之為「酒吧」）已經擠滿了顧客。飲品店骯髒的旋轉門不停開開闔闔，帶出一陣尿騷味，還有碎木屑跟酸啤酒的味道。一棟房子的前院比較突出，形成一個角度，三個男人站在那裡靠得很近，中間那個拿著一份摺起來的報紙，另外兩個則從他背後仔細看著報紙。溫斯頓跟他們的距離還沒有近到能看出他們臉上的表情，但他已經能從他們的肢體看出他們相當專心認真，顯然他們正在讀一篇重要的新聞。他距離他們只剩幾步距離的時候，三人突然散開來，其中兩人還發生激烈爭吵，有那麼一會兒，兩人好像就快打起來了。

「你他媽的聽清楚好不好？我跟你講，已經超過十四個月沒開過尾數七的號碼了！」

「就有！」

「就沒有！我在家裡全寫下來了，這兩年的號碼我全都寫在一張紙上，就跟時鐘一樣那麼勤快。我告訴你，尾數七的號碼——」

「有，尾數七有中過！我還可以告訴你他媽的那個號碼是什麼，四〇七，結果就中了，是二月的時候——二月的第二個禮拜。」

「二月你個阿嬤啦！我都白紙黑字寫下來了，我跟你說，沒有——」

「不要吵了啦！」第三個男人說。

他們是在講樂透。溫斯頓走了三十公尺之後回頭看，他們還在爭吵，臉上的表情狂熱而激動。樂透每個禮拜會送出巨額獎金，這是無產階級十分注意的公開活動，可能對上百萬的無產階級來說，樂透就算不是他們生存的唯一理由，也是他們人生的準則。樂透讓他們開心、讓他們顯露愚蠢、消除他們的痛苦，還能刺激他們的智能運作。如果是為了中樂透，就連不認得幾個字的人好像也有辦法做出複雜精細的計算，還能展現出驚人的記憶能力，有一大群人就靠著販售運算系統、預測明牌和幸運符維生。溫斯頓的工作跟樂透的運作沒有關係，那是豐隆部負責營運的，不過他知道（其實所有黨內的人都知道）大部分的獎項都是虛幻的，只有小額獎金真的會付給中獎人，大獎得主都是不存在的人。因為大洋國各個地方並沒有實際的內部溝通管道，所以這件事也不難安排。

可是如果我們還有希望，應該就在無產階級身上。必須牢牢記住這點。當你把這個想法訴諸語言，聽起來就比較有道理了，當你站在人行道上，看著身邊經過的人們，這個想法變成了信仰。溫斯頓轉進一條路，路的方向是往下走，他覺得自己以前好像來過這裡，不遠處就有一條主要幹道，前方傳來有人大聲吼叫的喧嘩聲。這條路突然一個急轉彎，盡頭是一道階梯，往下可走進一條凹陷的小巷子，幾個小攤販賣著看起來不太新鮮的蔬菜。這時，溫斯頓記得自己身在何處了，這條小巷子通往主要大路，然後再走不到五分鐘就會到下一個彎，那裡就是他買下那本空白書籍的二手商店，那本書現在變成他的日記，然後他還曾在附近一家小文具店買了筆桿和一瓶墨水。

他在階梯頂端停了一下，巷子的另一頭有一家髒髒的小酒吧，酒吧窗戶看起來好像是結了一層霜，但其實只是覆了一層灰罷了。有個非常老的老人，雖然駝了背但還是活力十足，嘴上留著兩撇白色八字鬍，好像蝦子的觸鬚般豎立著，老人推開旋轉門走了進去。溫斯頓站在原地看著，他突然想到，這個老人肯定至少有八十歲，那麼革命發生的時候他已經是個中年人了，老人和少數幾個跟他年紀相當的人，是現在這個世界和已經消失的資本世界之間最後的連結。黨內大部分人的想法都是在革命後才形塑出來的，老一輩的人在五〇、六〇年代的大清黨行動中幾乎都被消滅了，存活下來的幾個人也老早被嚇得完全臣服在黨的意志之下。現在活在世界上的人，如果還有誰能夠告訴你這個世紀初的真實情況，那也只可能是個無產階級的人了。突然，溫斯頓腦海裡浮現他在日記裡抄寫的歷史課本段落，胸口湧起一股瘋狂的衝動，他要走進那家酒吧，跟那個老人盡量混熟，然後問問題，他要跟老人說：「跟我說說您小時候的生活吧，那時候人們過著什麼樣的生活？一切比現在好嗎？還是更糟？」

他要快一點，時間一長他就會開始害怕。他走下階梯，走過狹窄的街道。這麼做當然是瘋了。一如平常，並沒有確切的規定禁止和無產階級談話，禁止造訪他們的酒吧，但這樣的行為實在太不尋常，一定會引起注意。如果巡警出現了，他可能會說他突然感到暈眩，希望他們諒解，不過他們不太可能會相信他。他推開門，迎面而來的是一股酸啤酒發出的噁心低俗味道。他一走進酒吧，說話的聲音馬上音量降了一半，他的背後可以感覺大家的眼睛都盯著他的藍色連身工作服看。酒吧另一頭有人正在玩射飛鏢，這時候也停了大概有三十秒。走在他前面的老人站在吧台前，跟酒保不知道在吵什麼。酒保是個高大壯碩的年輕人，臉上的鷹勾鼻很顯眼，前臂的肌肉非常發達。吧台旁邊有一小群人，手裡拿著酒杯在看好戲。

「我都已經好聲好氣問你了，不是嗎？」老人說，肩膀挺直，準備要大吵一架，「你居然跟我說你整間該死的酒吧裡連一個品脫杯都沒有？」

「他媽的什麼品脫啊？」酒保一邊說，手指指尖撐在吧台桌面上，身體往前傾。

「喂！大家看看哪！還說自己是酒保呢，居然連品脫都不知道！靠，一品脫就是半夸脫，四夸脫就是一加侖，再來我就要教你唸A、B、C了。」

「聽都沒聽過。」酒保簡單回答，「要嘛一公升，要嘛半公升，我們就給這兩種，你前面的架子上就是我們的玻璃杯。」

「我喜歡品脫。」老人堅持說，「你很容易就能幫我調出一品脫嘛，我年輕的時候才不用這些該死的公升呢。」

「你年輕的時候我們都還住在樹上呢。」酒保說完看了其他人一眼。

大家都大笑起來，因為溫斯頓走進酒吧而引起的不舒服感似乎也消失了。老人滿是白色鬍渣的臉頓時紅了起來，他轉過身自言自語，撞到了溫斯頓，溫斯頓溫柔地扶住他的手臂。

「我請您喝一杯好嗎？」他問。

「你人真好。」老人說著，肩膀又挺直起來，好像沒注意到溫斯頓的藍色工作服。「一品脫！」他對酒保挑釁著說，「我就要一品脫爽酒！」

酒保拿了兩個玻璃杯，在吧台下的水桶裡洗了洗，各裝半公升的黑啤酒。無產階級的酒吧裡只能喝到黑啤酒，無產階級應該是不能喝杜松子酒的，不過其實他們很容易就能取得。射飛鏢的遊戲再度展開，酒吧裡的人群開始談論樂透的話題，他們暫時忘記了溫斯頓的存在。窗戶底下放了一張小方桌，溫斯頓和老人坐在那裡談話可以不用怕人偷聽。這麼做實在是太危險了，但至少酒吧裡沒有電屏，溫斯頓一進這裡就先確認了這一點。

「他可以幫我倒一品脫的。」老人坐下來，面前放著酒杯，他不滿地說，「半公升哪夠啊，根本喝不過癮，可是一公升又太多了，喝了會一直跑廁所，而且也太貴了。」

「您年輕的時候一定見過許多劇變吧。」溫斯頓試探性地說。

老人淡藍色的眼睛從飛鏢盤看到吧台，又從吧台看到男士洗手間門口，好像覺得這個酒吧內即將要發生什麼改變。「啤酒比較好喝，」他終於開口，「而且也比較便宜！我年輕的時候，淡啤酒——我們以前都說是爽酒——一品脫是四便士，當然那是戰爭前的事了。」

「是哪一場戰爭？」溫斯頓問。

「反正都是戰爭嘛。」老人含糊地說。他拿起酒杯，肩膀又挺了起來，「這杯祝你身體健康無病。」他的喉嚨相當細瘦，喉結突出得很明顯，此時喉結上下活動的速度快得驚人，然後啤酒就沒了。溫斯頓走到吧台，又拿了兩杯半公升啤酒回來。老人好像已經忘記自己剛剛還在批評喝下一公升的壞處。

「您的年紀比我大非常多，」溫斯頓說，「我還沒出生之前，想必您已經是成年人了，應當還能記得過去的日子是什麼樣子，就是革命之前的時光。我這個年紀的人並不真正了解那段過去，我們只能從書裡讀到，而書裡寫的又不一定真實，我很想聽聽您的想法。歷史課本說革命之前的生活跟現在完全不一樣，壓迫人民、不公不義、貧窮的問題都非常嚴重，情況糟到我們無法想像。在倫敦這裡，廣大的民眾從出生到死亡都沒有吃飽過，有一半的人連鞋子都沒得穿。他們一天要工作十二小時，九歲就離開學校，一個房間睡了十個人。而同時，有極少數的人，大概只有幾千人——就是所謂的資本家，他們既有錢又有權，他們擁有世界上所有的一切，住在極度奢華的房子裡，擁有三十名僕人，開著汽車和四匹馬拉著的馬車到處跑，喝香檳，戴禮帽——」

老人的眼神突然亮了起來。「禮帽！」他說，「你怎麼會提起這東西，還真巧，我昨天才正好想起這東西，也不知道是怎麼回事，我就是想到我好多年沒看到過禮帽，這東西肯定都沒了吧。我最後一次戴上那東西，是在我嫂子的葬禮上，那是——我說不出是什麼時候的事了，但肯定是五十年前吧，當然你也知道，只有在那種場合才會戴那東西。」

「禮帽的事情不是很重要，」溫斯頓耐著性子說，「重點是那些資本家——這些人和幾個律師、牧師，還有那些依賴著他們生存的人，他們是地球的主宰，所有一切都是為了他們的利益而存在。你——只是一般人，是工人，就是他們的奴隸，他們想怎樣對你就怎樣對你。他們可以把你像牲口一樣用船運去加拿大；如果他們看上你的女兒，就可以跟她上床；他們一聲令下，就可以讓人揮著叫做九尾鞭的東西抽打你。不管資本家走到哪裡，身邊都會圍著一群僕人，他們——」

老人的眼睛又亮了起來。「僕人！」他說，「啊，我好久好久都沒聽到有人用這個詞了，僕人！聽到這個詞帶我回到從前了，真的。我還記得，喔，很多很多年以前——以前星期天下午的時候，我偶爾會去海德公園聽那些傢伙演講，基督教救世軍、羅馬天主教、猶太教、印度教——什麼樣的都有。然後有個傢伙——嗯，我不能告訴你是誰，可是他講起話來真是鏗鏘有力，他甚至還沒使出全力呢！『僕人！』他說，『中產階級的僕人！統治階級的奴隸！』寄生蟲——他還說了寄生蟲，還有土狼——他絕對有叫他們是土狼，當然，他是在說勞工黨，你懂吧。」

溫斯頓覺得他們兩人的談話完全沒有交集。

「我真正想知道的是，」溫斯頓說，「你覺不覺得自己現在比過去那些年更自由？別人對待你有更把你當個人看待嗎？以前的日子，那些有錢人，在上位的人——」

「上議院。」老人懷舊地說。

「好，上議院，你高興就好。我要問的是，這些人的地位之所以比你高，只是因為他們有錢而你沒有嗎？比方說，你真的得稱呼他們『閣下』嗎？經過他們身邊的時候真的要脫帽致敬嗎？」

老人看起來似乎陷入沉思，在他回答之前，喝掉了大概四分之一杯的啤酒。

「沒錯，」他說，「他們希望你看到他們的時候要摸帽沿致意，表示尊敬吧，我想。我自己是不太同意這種做法，不過還是常常照做，你大概也可以說是不得不做吧。」

「那麼這些人——我只是轉述我在歷史課本裡讀到的——這些人和他們的僕人是不是常常把你擠出人行道，害你掉進水溝？」

「有一次有個人推了我一把，」老人說，「我還記得很清楚，就像昨天才發生的一樣。那天是賽船之夜，這些人到了賽船之夜總會變得很粗魯，我在雪夫特伯里大道上撞到一個年輕人，他外表看起來風度翩翩，穿著正式的襯衫、戴禮帽，還穿著黑色大衣，他好像在人行道上穿過來穿過去的，我不小心就撞到他了。他說：『你走路怎麼不看路啊？』我說：『這條該死的人行道又不是你買的。你喝醉了，我半分鐘內就能撂倒你。』然後呢，你相信嗎，他的手搭上我胸口用力一推，差點就把我推到公車輪子底下。我那個時候還年輕，本來打算要以牙還牙，可是——」

溫斯頓心裡突然充滿了無力感。這個老人的回憶只剩下毫無用處的細節，就算問上他一整天也得不到任何有用的資訊。黨的歷史仍然可能是真的，只是寫得很拙劣，甚至可能完全是真的。他又試了最後一次。「也許我說得不夠清楚，」他說，「我想說的是：您已經活了很久一段時間，您的上半生都是在革命發生之前度過，例如說一九二五年的時候，您已經長大成人了，就您記憶所及，您能說一九二五年的生活比現在好還是糟嗎？如果您有得選擇的話，您會希望活在當時還是現在呢？」

老人看著飛鏢盤沉思著，他喝完自己那杯啤酒，速度比先前還慢。他開口說話的時候，帶著一種寬容達觀的態度，彷彿啤酒讓他更成熟了。「我知道你希望我說什麼，」他說，「你想要我說，我多希望能再年輕一次，如果你問別人的話，大部分都會說他們多希望能變年輕。人年輕的時候既健康又強壯，等你到了我這年紀，就沒有安穩的日子過了。我的腳有毛病，膀胱更是糟糕，每天晚上都得爬起來六、七次。不過回頭想想，當個老人也有很多好處，不用老是煩惱一樣的事情，不必跟女人打交道，這可是大大的好處，我將近有三十年沒碰過女人啦，你覺得了不起嗎？還有更了不起的呢，我連想都沒想過。」

溫斯頓往後靠在窗台上，繼續問下去也沒有意義。他正準備再去買啤酒時，老人突然站起來，迅速地跌跌撞撞走到酒吧旁邊臭氣沖天的小便池，看來多喝的那半公升已經對他起了作用。溫斯頓坐了一、兩分鐘，盯著他的空杯子看，再回過神來的時候，兩隻腳已經帶著他又走回街上了。他想，最多不用到二十年，「革命前的日子比現在好嗎？」這個簡單的大哉問就會變得完全無法回答。不過其實就算是現在也已經沒有答案了，因為各地從舊時代存活到現在的少數倖存者，已經沒有辦法比較兩個時代的差別。他們記得一百萬件無用的小事：跟同事的爭吵、尋找不見的腳踏車打氣筒、去世很久的姊妹臉上的表情、七十年前一個起風的早晨，颳起的塵土不停打轉等等，但是他們的眼裡看不見真正重要的事實。他們就像螞蟻一樣，可以看到微小的事物，卻忽略了大的東西，當記憶已經靠不住，書面紀錄也經過偽造，到這個時候，黨宣稱他們改善了人們的生活條件，人們也只能相信了，因為沒有任何標準，往後也不可能有任何標準，可以用來檢驗黨的說法。

這時候，他突然中斷自己的思緒，停下腳步抬頭看，發現自己正處在一條狹窄的街道上，路旁幾家燈光黯淡的店家，零星分布在住家之間。就在溫斯頓正上方掛了三顆褪色的金屬球，看起來以前好像是漆成金色的，他好像知道這個地方，對了！他就站在他買日記本的那家二手商店門外。一陣恐懼的刺痛傳遍他全身。一開始買下那本書已經是草率到不能再草率的行為，他發誓絕對不會再靠近這個地方，可是一旦他放任自己的思緒漫遊，他的雙腳卻依循著自己的記憶帶他回到這裡，而他開始寫那本日記的用意，正是為了隱瞞自己這種近乎自殺的衝動。同時，他發現雖然現在已經二十一點了，店仍然在營業。他覺得自己進到店裡可能沒那麼可疑，至少比在人行道上亂晃好，於是他踏進店門口。如果有人問他，他就假裝說自己是想買刮鬍刀。

店主人才剛點亮一盞懸掛的油燈，油燈升起一股不太乾淨但可以接受的味道。店主人的年紀大約六十歲，一把老骨頭彎腰駝背，長長的鼻子看起來很有親切感，溫和的眼神藏在厚重的鏡片後面，視線看似被扭曲了。他的頭髮幾乎全白，但眉毛卻依然茂密烏黑。店主人的眼鏡、他輕柔翻動商品的動作，再加上他穿著一件頗有年份的黑色天鵝絨外套，讓溫斯頓覺得店主人應該很有智慧，以前可能是什麼文人雅士，或者是音樂家。他的聲音很輕，好像快要消失一般，他的口音跟大部分無產階級比起來也沒那麼粗俗。

「你在人行道上的時候我就認出你了。」他一見到溫斯頓就說，「就是你這位先生買了那位年輕小姐的紀念相本，那相本用的紙可真美哪，真美，以前是叫做米白書寫紙，那種紙有多久沒人做了呢？喔，我想至少有五十年吧。」他抬起眼睛從鏡片頂端看著溫斯頓，「有什麼特別的事情我能為你效勞嗎？還是你只是想四處看看？」

「我剛好經過，」溫斯頓淡淡地說，「就探頭進來看看，沒特別想找什麼東西。」

「這樣也好。」店主人說，「我想我也沒什麼能讓你滿意的東西。」他疲軟地抬起手，做了一個抱歉的手勢，「你也看到這裡的情況，這家店可說是空了。我只跟你說，古董交易就快做不下去了，再也沒人想買，也沒有庫存。家具、瓷器、玻璃器皿都漸漸毀壞，而金屬呢，當然大部分都鎔掉了。我已經好幾年沒看到銅製的燭臺了。」

店裡小小的空間其實擁擠到讓人很不舒服，而裡頭的東西幾乎一點價值都沒有。腳下的空間非常狹窄，因為四周牆邊堆滿了無數積滿灰塵的畫框。櫥窗裡擺著一盤一盤的螺帽和螺栓、生鏽的鑿子、鈍掉的小刀以及一些手錶，錶面黯淡無光，指針好像連走都不走了，另外還有各式各樣的垃圾。不過角落一張小桌子上放了一堆零星的小東西，像是上過塗漆的鼻菸盒、瑪瑙胸針什麼的，看起來裡面可能會有一些有趣的東西。溫斯頓慢慢踱步走向那張桌子，突然看見一個表面光滑的圓形物體，在燈光下反射出柔和的光線，他把那東西拿起來。

那是一塊很重的玻璃，一面是弧形，而另一面則是扁平的，幾乎形成一個半球體，不管是玻璃的顏色或構造，看起來都有一種奇異的平靜感，就好像雨滴一樣。在玻璃中心有一個奇怪的粉紅色物體，弧形表面有放大鏡的效果，那個東西呈迴旋狀，讓溫斯頓想起一朵玫瑰或是海葵。

「這是什麼？」溫斯頓驚奇地說。

「是珊瑚啊，這個。」老人說，「一定是從印度洋來的，他們以前不知道用什麼方法把珊瑚嵌進玻璃裡，肯定至少有一百年的歷史吧，從外表看起來，可能更久。」

「很美麗。」溫斯頓說。

「很美麗。」老人讚嘆說，「不過現在已經看不到很多美麗的東西了。」他咳了幾聲，「好啦，如果你剛好想買的話，那要花你四塊錢。我記得以前像那樣的東西可以賣到八英鎊，八英鎊呢——嗯，我算不清了，不過那可是一大筆錢。但是現在還有誰在乎真正的古董呢？就算再稀少也沒用了。」

溫斯頓馬上付了四塊錢，然後把這夢寐以求的寶貝塞進口袋裡。這東西吸引他的地方並不全然是美麗的外表，主要是這樣東西所屬的年代與現在實在太不相同了，那種感覺似乎才是真正吸引他的地方。那塊靜謐如雨滴般的玻璃和他以前看過的玻璃完全不同，而更加吸引他的是這塊東西顯然一點用處都沒有，不過溫斯頓大概猜得到以前這塊玻璃應該是用來當做紙鎮。玻璃在他的口袋裡沉甸甸的，幸好不是突出得太顯眼，身為黨員擁有這樣的東西很奇怪，甚至可說是危險，只要是老舊的東西，尤其是美麗的古物，總是帶點讓人疑心的成分。老人收了四塊錢之後，心情明顯變好許多，溫斯頓知道就算自己只出三塊錢，甚至是兩塊錢，老人都會願意賣。

「樓上還有一個房間，也許你有興趣想看看。」老人說，「裡面沒什麼，只有幾樣東西，如果要上樓的話，我們就帶盞燈上去。」老人點了一盞燈，彎著腰慢慢帶他走上樓，樓梯很陡，梯階已經很老舊了，然後他們穿過一條狹窄的通道，走進一個房間，從街道上看不見這個房間的存在，不過房間的窗外卻能看見鋪了鵝卵石的庭院，還有一片櫛次鱗比的高聳煙囪。溫斯頓注意到這裡的傢俱還擺放得好像可以住人一樣，地上鋪了一條地毯，牆上掛著一、兩幅畫作，壁爐旁邊則擺著一張老舊的扶手椅，人一坐下就好像會陷進去，壁爐架上方掛著一座玻璃面的老鐘，鐘面有十二個小時，指針還在走著。在窗戶底下有一張很大的床，幾乎佔去房裡四分之一的空間，上面還鋪著床墊。

「我太太過世之前，我們一直都住在這裡。」老人有點不好意思說，「我打算一件一件把傢俱賣掉。您看，這張床用的可是漂亮的桃花心木，咳，只要您把蟲除一除，就會很漂亮。不過我看得出來，您覺得這張床太笨重了吧。」

老人把燈舉得高高的，才能照亮整個房間，在溫暖微弱的燈光照耀下，這個地方看起來居然還滿舒適的。溫斯頓腦裡突然掠過一個想法，如果他敢冒這個險的話，或許他很輕易就能用一星期幾塊錢的租金租下這個房間。這個想法很瘋狂，幾乎不可能實現，才剛形成就得放棄，可是這個房間讓溫斯頓心裡升起某種懷舊情緒，喚醒某段久遠的記憶，彷彿他確確實實知道坐在這樣一個房間裡是什麼感覺，坐在壁爐旁的扶手椅上，腳放在爐邊，爐火上燒著一壺茶，只有自己一個人，全然安全，不會有人看著你，沒有聲音催促著你，只能聽見茶壺咕嘟咕嘟的歌聲，還有時鐘讓人愉悅的滴答聲。

「這裡沒有電屏！」他忍不住低聲說。

「啊。」老人說，「我從來沒買過那種東西，太貴了，反正我好像也不需要。對了，您看角落那張摺疊桌不錯吧？只是如果您想把桌面展開，當然得換新的蝴蝶夾。」

另一個角落擺了一個小書櫃，溫斯頓已經忍不住走了過去。書櫃上都是沒用的東西，搜索書本並加以摧毀的行動，在無產階級活動的區域也和其他地方一樣徹底。在大洋國內，幾乎不太可能找到一本一九六〇年前印行的書。老人還拿著油燈，站在壁爐另一邊，他面前的牆上是一幅紫檀木裱框的照片，就在大床正對面。

「好了，如果您剛好對老照片有興趣的話——」他溫文地開口。

溫斯頓走過來看著那張錫版照片。照片是用一塊錫版雕出一座有長方形窗戶的橢圓形建築，前面還有一座小塔，建築物周圍圍了一道欄杆，後面則有一座看起來像是雕像的東西。溫斯頓盯著照片看了好一會兒，覺得很眼熟，可是卻不記得那裡有一座雕像。

「相框是固定在牆上的，」老人說，「可是當然啦，我可以幫您拆下來。」

「我知道這座建築物，」溫斯頓終於開口說話，「現在已經變成廢墟了，就在正義殿堂外面那條街上的中央。」

「沒錯，就在法院外頭。是什麼時候被炸的啊？喔，好多年前了。以前曾經是教堂，叫做丹麥聖克萊蒙教堂。」他不好意思地笑了笑，好像突然發現自己講的話有點荒謬，然後又說：「鐘聲唱出柳橙和檸檬，就在聖克萊蒙！」

「那是什麼？」溫斯頓說。

「喔，『鐘聲唱出柳橙和檸檬，就在聖克萊蒙！』這是我小時候唱的兒歌，我不記得怎麼唱了，可是還記得最後一句：『蠟燭帶著光亮，陪著你上床；屠夫帶著斧頭，砍下你的頭。』還可以跟著跳舞，大家伸手搭橋讓別人從底下走過去，然後唱到『屠夫帶著斧頭，砍下你的頭』的時候，手就會低下來抓住你。這首歌就是在唱教堂的名字，倫敦所有教堂都唱到了，我是說比較重要的教堂。」

溫斯頓不經意想著，不知道這座教堂是哪個世紀的建築，要說出倫敦建築的年代總是很困難。只要是又大又漂亮的建築，外表看起來還算新穎，就會自動被歸類為是革命後才建造的，而其他顯然是比較早期的建築則會被歸類到某個模糊的年份，統稱中古時期。資本主義時代創造出來的東西都被認為是毫無價值的，從建築物上學到的歷史也不比書本裡講述的多。雕像、碑文、紀念碑、街道名……等等，任何只要有可能讓人一窺過往歷史的東西都被有系統地竄改了。

「我從來都不知道那裡有教堂。」他說。

「還留下來了很多，其實。」老人說，「只是都被拿去做別的用途了。好了，那首歌是怎麼唱的？啊！我想到了！」

鐘聲唱出柳橙和檸檬，就在聖克萊蒙，

「好啦，我就記得這麼多了。四分之一便士是小小的銅幣，看起來有點像一分錢。」

「聖馬丁教堂在哪裡？」溫斯頓問。

「聖馬丁啊？還站在那兒啊，就在勝利廣場上照片畫廊的旁邊，就是那棟門廊有點像三角形的建築，前面還有柱子和長長的階梯。」

溫斯頓對這個地方很熟，那裡是一座博物館，用來展示各種不同的宣傳用模型，像是按比例縮小的火箭炮模型和海上堡壘，還有用蠟像呈現敵人兇殘行為的場面，諸如此類。

「以前我們都叫那裡是原野中的聖馬丁，」老人補充說，「不過我已經不記得那個地方哪裡還有原野了。」

溫斯頓沒有買下那張照片，擁有這張照片會比那個玻璃紙鎮更怪異，而且要帶回家也不方便，除非把照片從相框裡拿出來。儘管如此，溫斯頓還是多待了幾分鐘，跟老人聊天，他發現老人的名字不是週間，看到店門口刻著這幾個字，還以為就是店主人的名字，其實老人姓查靈頓。看來查靈頓先生是一位六十三歲的鰥夫，住在這間店裡已經三十年。這些年來，他一直想換掉窗戶上方的店名，可是總找不到機會實現。他們兩人在談話的時候，那首還記得一點的兒歌一直迴盪在溫斯頓腦海裡，鐘聲唱出柳橙和檸檬，就在聖克萊蒙；你欠我四分之三便士，鐘聲迴響聖馬丁！奇妙的是，當你自言自語說出來的時候，就彷彿真的能聽見鐘聲一樣，從失落的倫敦傳出鐘聲，或許這個倫敦還存在於某個地方，不為人知也已被遺忘，他彷彿能聽見洪亮的鐘聲從一個又一個鬼魅般的尖塔中傳出，可是就他記憶所及，他的真實人生中從來沒有聽過教堂鐘聲響起。

他從與查靈頓先生的談話中抽身，自己走下樓梯，這樣老人就不會看到他踏出店門口的時候還四處查探。他已經下定決心，等到適當的時候，例如一個月之後，他會冒險再來，這麼做可能還沒有比一天晚上沒去社區中心危險。這件愚蠢的事情中最嚴重的部分就是他居然還敢回來這裡，先是買了日記本，也不知道店主人值不值得相信，儘管如此——

他又心想，對，他會再回來的，還會多買幾樣美麗的廢物，他會買下丹麥聖克萊蒙教堂的錫版照片，把照片從相框裡取出來，藏在連身工作服的外套底下帶回家。他要從查靈頓先生的回憶中挖出那首兒歌剩下的片段，他腦海中甚至又短暫掠過想租下樓上那個房間的瘋狂計畫。他愈想心裡愈得意，放鬆戒心了五秒鐘，他踏上人行道之前連先從窗戶查看一下都沒有，甚至還自己亂編一首曲調，哼了起來：

> 鐘聲唱出柳橙和檸檬，就在聖克萊蒙；你欠我四分之三便士，鐘聲

突然他的心臟似乎凍結了，腸子也翻攪起來。一個穿著藍色連身工作服的人影在人行道上迎面走來，距離他不到十公尺，是虛構局那個女孩，那個深色頭髮的女孩。燈光相當黯淡，可是他輕易就認出是她。她直直盯著他的臉，然後快步向前走，好像沒看到他似的。

有好幾秒，溫斯頓全身動彈不得，然後他向右轉，踩著沉重的腳步離開，好一會兒都沒意識到自己走錯了方向。無論如何，有個疑問已經得到解答，不必再懷疑下去了，那個女孩絕對是在監視他。她一定是跟著他來到這裡，她絕對不可能這麼碰巧就剛好選在同一天晚上，跟他一樣走在同一條不知名的小巷道上，這裡距離黨員居住的區域都有好幾公里遠，這未免也太巧了。不管她是不是真的思想警察，或者她只是業餘間諜，因為多管閒事才來跟蹤他，這些都無關緊要，只要知道她在監視他就夠了。或許她還看見他走進那間酒館了。

走路還不太好走，溫斯頓每走一步，口袋裡那塊玻璃就會撞擊他的大腿，而他也沒想到要把玻璃拿出來丟掉。最糟糕的是他的肚子還痛了起來，有好幾分鐘，他感覺自己要是再不趕快進廁所就會死了，但是這樣的區域哪裡有公共廁所，然後疼痛的高峰過去了，只剩下一點微弱的痛感。這條街是個死胡同，溫斯頓停下腳步，愣了幾秒鐘，胡亂想著該怎麼辦，然後就轉過身往回走。他轉身的時候突然想到，那個女孩三分鐘前才剛經過他身邊，如果他用跑的，說不定可以追上她。他可以跟在她身後，等他們走到某個安靜的地方，就找顆鵝卵石敲碎她的頭骨，他口袋裡的玻璃也挺重的，應該也能勝任。不過他馬上拋棄這個想法，因為他光想到要做任何肢體運動都覺得受不了，他跑不動，也沒辦法揮動石頭攻擊。再說，那個女孩既年輕又健壯，可以保護自己。溫斯頓也考慮要不要趕快跑到社區中心，然後待在那裡直到中心關門為止，這樣還可以為今晚建立部分的不在場證明。不過這也是不可能的，他全身都疲倦得要命，現在只想要趕快回家，然後靜靜坐著。

溫斯頓回到公寓的時候已經過了二十二點，照明會在二十三點三十的時候從總開關切斷。他走進廚房，吞了幾乎滿滿一杯勝利牌杜松子酒，然後走到壁龕裡的書桌前坐下，從抽屜裡拿出日記。但是他沒有馬上打開，電屏中一個刺耳的女聲扯著嗓子高唱愛國歌曲。他坐著直盯著筆記本的大理石紋封面，努力想要忽略歌聲對他意識的影響，但卻徒勞無功。

他們都是晚上來抓人，一定是晚上。最好在他們抓到你之前就自殺，肯定有些人這麼做，很多失蹤事件其實都是自殺。不過在這個世界裡，自殺需要極大的勇氣，這裡完全接觸不到槍械或是任何快速有效的毒藥。他不禁詫異，痛苦和恐懼在生理上來說竟然毫無用處，就在你最需要特別努力達成目的的時候，身體卻背叛你，讓慣性掌控了一切。如果他動作能快一點的話，他可能會殺了那個深色頭髮的女孩滅口，但就是因為他陷入了極端的險境，讓他失去行動的力量。他頓然醒悟，在危機發生的時候，人從來就不是在對抗外在的敵人，而是在對抗自己的身體。即使是現在，雖然他已經喝了幾口杜松子酒，但肚子仍然隱隱作痛，讓他沒辦法好好思考。而且他想，在所有看來英勇或者悲慘的情況下也是如此，在戰場上、刑求室裡、即將沉沒的船上等等，你總是會忘掉自己為何而戰，因為身體的需求會不斷漲大，直到填滿整個宇宙為止，而且就算你沒有讓自己嚇到癱軟或者痛苦尖叫的經歷，生活中還是不時得對抗飢餓、寒冷或者缺乏睡眠，對抗胃酸過多或者牙痛。

溫斯頓打開日記，這很重要，他一定得寫下什麼。電屏中的女人開始唱一首新歌，她的聲音就像尖銳的玻璃碎片一樣刺中他的大腦。溫斯頓努力想著歐布萊恩，這本日記是為了他或者說是對著他寫的，但是他卻開始想著思想警察把他帶走之後會發生什麼事。如果他們直接殺了你還沒關係，反正你本來就預計會被殺掉，可是在死之前（沒有人會談起這件事，可是大家都知道），還必須經過認罪的過程：趴在地板上哭喊著請他們發發慈悲，聽見骨頭碎裂的聲響，還有被打掉的牙齒，血液在頭髮間凝結成塊。既然結果都是一樣的，為什麼你還得忍受這一切？為什麼不能就讓你少活幾天或幾個禮拜？從來沒有人逃得過偵查，也沒有人不肯認罪，一旦你承認自己是個思想犯，肯定會在某一天接受死刑，既然如此，為什麼你未來的那段日子非得藏著恐懼？而恐懼又改變不了任何事情。

他比以前更努力了一番才能想起歐布萊恩的樣貌。「我們會在沒有黑暗的地方見面。」歐布萊恩曾經這樣跟他說。他知道這是什麼意思，或者至少他覺得自己知道。沒有黑暗的地方就是想像中的未來，你永遠也看不到，但是卻預知得到這樣的未來，那麼就可以祕密跟別人分享。但是電屏裡不斷傳來那個聲音，不停糾纏著溫斯頓的耳朵，讓他沒辦法再繼續思考下去。他嘴裡叼了一根菸，裡面一半的菸草馬上掉到他舌頭上，害他嚐到苦澀的菸灰，很難再吐出來。他腦海裡浮現老大哥的臉，取代了歐布萊恩的影像，他學著自己前幾天的動作，從口袋裡拿出一枚硬幣看著上面的圖樣，那張臉往上盯著他，眼神沉重冷靜，充滿警戒：可是那把深色大鬍子底下藏著什麼樣的微笑？他想起了幾句話，就像沉悶的鐘聲在他心底迴盪：

戰爭即和平．自由即奴役．無知即力量

9

早上過了一半，溫斯頓離開工作隔間去上廁所。

燈光明亮的長廊另一端，有個單獨的身影朝著他走過來。是那個深色頭髮的女孩。自從那天晚上他在二手店外撞見她，已經過了四天。她走近的時候，他看見她的右手用吊腕帶吊著，因為繃帶顏色跟她的連身工作服一樣，所以遠遠的還看不出來。虛構局裡有好幾個大萬花筒，小說的情節大綱都靠這幾台萬花筒「草擬」，或許她在轉動萬花筒的時候碰傷了手，這種意外在虛構局經常發生。他們兩人相隔大約四公尺的時候，女孩腳下絆了一下，幾乎是摔了個狗吃屎，她痛苦地迸出一聲尖銳的喊叫，顯然是跌倒的時候壓到了受傷的手。溫斯頓愣在原地。女孩爬起來跪著，她的臉變成淡淡的黃色，因為她的嘴唇實在發紅得太顯眼了。她的雙眼直盯著他，露出哀求的表情，比起痛苦，那表情看起來更像是害怕。

溫斯頓心裡升起一股異樣的情緒，眼前正站著一個想要殺死他的敵人，而眼前的同時也是一個人，痛苦不堪，可能還把骨頭摔斷了。他已經直覺地上前去幫她，他看見她跌倒時正好壓到她吊著吊腕帶的手，那時他覺得自己的身體好像也能感覺到那股痛楚。

「妳受傷了嗎？」他問。

「沒什麼，我的手，等一下就沒事了。」她講話時心臟好像亂跳一通，臉色非常蒼白。

「沒摔斷哪裡吧？」

「沒有，我沒事，只會痛一下子，就這樣。」

她伸出自己沒事的那隻手，溫斯頓扶著她站起來。她臉上已經恢復了幾許血色，看起來好很多了。「沒事。」她又簡短說了一次，「只是撞到手腕。謝謝你，同志！」

說完之後，她就順著自己原本的方向走去，腳步輕快，彷彿摔那一跤真的沒事。整件事發生大概不會超過半分鐘。雖說臉上不顯露感情已經是直覺的習慣，更何況事情發生的時候他們正站在一架電屏前面，儘管如此，在那一瞬間，溫斯頓還是很難不表現出驚訝的樣子，當他扶著女孩站起來的那兩、三秒間，女孩塞了某樣東西到他手裡。不用說，她當然是故意這麼做的。那樣東西小小扁扁的，溫斯頓一進到廁所門裡就把東西放進口袋，然後用指尖感覺那東西的形狀，那是一張折成四方形的紙。

他站在小便斗前的時候，努力用手指把那張紙攤平，上面顯然一定是寫了某種訊息，他考慮了一下，要不要進去廁所隔間馬上讀那張紙條，但是他很清楚這麼做就太過愚蠢了，別的地方他不敢說，但電屏絕對會持續監視那個地方。

他回到自己的工作隔間坐下，故作輕鬆地把那張紙丟到桌上，跟其他紙張混在一起，然後戴上眼鏡，把說寫器拉到面前。「五分鐘，」他對自己說，「至少五分鐘！」他的心臟在胸膛裡劇烈跳動，聲音大到讓他害怕，幸好他手上的工作都只是例行公事，修正一長串的數據，不太需要全神貫注。

不管那張紙上寫了什麼，一定都有某種政治意涵，到目前為止他可以想到兩種可能性。一個比較有可能的是，那個女孩正如他所害怕的是思想警察的探員，他不知道思想警察為什麼要選擇這種方法傳遞訊息，但或許他們有他們的原因。紙上寫的可能是威脅、傳喚令、自殺命令，或是寫些要逮捕他的廢話。但是也有另一種可能，這個想法雖然瘋狂，卻愈來愈清楚，就算他想壓下念頭也沒辦法，那就是這個訊息不是來自思想警察，而是來自某個地下組織，或許兄弟會真的存在！或許那個女孩就是其中一份子！當然這個想法很荒謬，但是那張紙塞到他手裡的時候，他腦海中馬上就浮現這個想法。過了幾分鐘之後，他才想到前面那個比較可能的解釋。而即使是現在，雖然理智告訴他這訊息可能就代表死亡，但是他不相信，心裡還是懷抱著那個毫無道理的希望，他心臟快速跳動著，費了很大力氣才讓聲音保持平穩，讓說寫器記錄下他喃喃唸出的數字。

他把完成的工作捲起來，塞進氣動管裡。已經過了八分鐘。他推一推鼻樑上的眼鏡，嘆了口氣，把下一批工作拉到面前，最上頭就是那張紙。他把紙攤平，上頭用不成熟的字跡大大寫著：

我愛你。

他嚇到呆了好幾秒鐘，甚至忘記要把這張有犯罪意圖的紙張丟進記憶洞裡。他準備要把紙丟掉的時候，雖然他很清楚如果表現出對這張紙太有興趣的話很危險，但還是忍不住又讀了一次，只是想確定上面真的寫了那幾個字。

早上接下來的時間溫斯頓都沒辦法好好工作，除了要專心處理一大堆繁瑣的工作之外，更糟的是還得小心別讓電屏記錄下他的躁動不安。他感覺胃裡好像有一把火在燒。午餐時間在又熱、又擠、又吵的餐廳裡用餐，簡直是一種折磨。他希望午餐時間能獨自一人安靜一下，可是天不從人願，那個愚蠢的帕森斯又在他身邊一屁股坐下，帕森斯身上可怕的汗臭味幾乎要蓋過燉菜裡的金屬味，他嘴裡又滔滔不絕談論著如何準備憎恨週。帕森斯非常熱切積極，他想用紙漿材料塑造一個老大哥的頭像，寬兩公尺，這是為了他女兒的間諜小組活動準備的。最惱人的是因為餐廳裡實在太吵了，溫斯頓幾乎聽不見帕森斯在說什麼，老是得要他重覆一些無聊的重點。他只看到那個女孩一眼，她和另外兩個女孩子坐在餐廳另一頭。她好像沒看見他，他也沒有再注意那個方向。

下午就比較好捱。午餐之後馬上來了一份難度高的工作，需要謹慎處理，大概要花好幾個小時，必須把所有其他事情都暫放一旁。工作內容包括要竄改兩年前一份產量報告上的數字，如此才能幫助一位重要的內黨成員，洗刷他的污名，一掃籠罩在他頭上的烏雲。這是溫斯頓擅長的那種工作，他忙了兩個多小時，終於成功把那個女孩完全屏除在腦海之外。然後他又想起女孩的臉，他忍不住怒火中燒，快要壓抑不住想要獨處的想望，除非他是獨自一人，不然他不可能好好思考這個最新狀況。今晚他得到社區中心，在餐廳裡扒了一頓乏而無味的晚餐，然後快步趕到社區中心參加嚴肅又愚蠢的「討論會」，玩了兩局桌球，灌了好幾杯杜松子酒，然後又坐了半小時聽演講，題目是「英社黨與西洋棋的關係」。他的靈魂因為無聊而扭曲成一團，但今天晚上他卻沒有想翹掉社區中心活動的衝動，他滿心想著看到我愛你那三個字的感覺，充滿了想要活下去的慾望，而一點小冒險突然之間顯得愚蠢。一直到了晚上十一點，他回到家躺在床上，在黑暗之中，只要你保持安靜，就算在電屏旁邊也是安全的，這時候他才能不斷思考。

現在有個實質上的問題需要解決：怎麼聯絡那個女孩，跟她安排見面？他不再去想這有沒有可能是她設下的陷阱，他知道不是這麼一回事，女孩把紙條交給他的時候，他注意到她的躁動不安，這是假不了的。他甚至也從沒考慮過拒絕她的心意。就在五天前的晚上，他還計畫要拿顆鵝卵石敲碎她的頭骨，但那也不重要了。他想到她年輕的裸體，就像他在夢裡見到的一樣。他以為她跟其他人一樣蠢，腦袋裡塞滿了謊言和仇恨，身體內也冷冰冰的。一想到他可能失去她，溫斯頓好像發起高燒一樣，想到那個潔白的年輕肉體可能就這樣從他身邊溜走！他最害怕的就是如果不趕快跟她接觸，她可能就會改變心意。但是現實中兩人要見面的阻礙實在太多了，這就好像在下西洋棋的時候，明明對方已經喊將軍了，你卻還想著下一步。不管到哪裡，面對哪個方向，電屏總是看著你。其實讀到那張紙條後，他在五分鐘之內就想到了所有可能跟她接觸的方法，不過到了現在才有時間思考，他一個一個檢視，就好像把所有工具一樣一樣擺在桌上。

顯然，像今天早上那種會面的方法不能再用了，如果女孩本來就在紀錄局上班，那還比較簡單一點，可是他連虛構局的辦公室在大樓裡哪個地方都不太確定，而且也找不到理由去那裡。如果他知道她住在哪裡，知道她什麼時候下班，他還可以想辦法在她回家的路上跟她碰面，可是如果想跟蹤她回家也不安全，因為這樣就表示你在政府機關外逗留，一定會被注意到。至於用寄信的方式嘛，就更不用考慮了，大家都知道郵寄信件的慣例，所有信件在運送途中都會被拆開，老實說現在也沒什麼人寫信了，有時候如果需要傳遞訊息的話，可以用明信片，上面已經印好了一長串不同的詞句，刪掉不適合的就好了。再說，他也不知道女孩的名字，更別說是她的住址。最後，他決定最安全的地方就是餐廳，如果他可以趁她自己一個人坐一桌的時候，挑個餐廳中間的位子，離電屏遠一點，旁邊又有眾人吱吱喳喳的聊天，湊齊這些條件，如果能有三十秒的時間，他就有可能跟她講幾句話。

在這之後的一個禮拜，溫斯頓的生活像是醒不過來的夢境。收到紙條的隔天，女孩一直到溫斯頓要離開餐廳了才出現，上班的哨聲已經吹響了。她的上班時間大概是換到比較晚的班次。他們擦肩而過的時候都沒有看對方。又過了一天，她按照正常的時間出現在餐廳，可是旁邊還有三個女孩，而且馬上又坐在電屏下方。接下來的三天她更是完全沒出現，真是太慘了。溫斯頓的身心都飽受折磨，整個人敏感得不得了，好像隨時會被人看穿一樣，隨時隨地，他所聽到的每個聲音、和別人的每次接觸、說出口或聽到的每個字，都讓他苦惱，就連在睡覺的時候也無法完全忘掉她的身影。這些日子他都沒碰日記，要說有什麼能讓他喘口氣的時候，那也只有他的工作才能讓他偶爾忘記自己，最多能撐過十分鐘。他完全不知道她發生了什麼事，他沒辦法四處去打聽。或許她人間蒸發了，或許她自殺了，或許她被送到大洋國的另一端，最糟糕也最有可能的情況就是，她可能已經改變心意，決定躲著他。

隔天她又出現了，手臂上的吊腕帶拿掉了，手腕上纏著黏性繃帶。溫斯頓見到她的時候真是大大鬆了一口氣，忍不住直盯著她看，看了好幾秒鐘。接下來的那天，他差一點就可以跟她說到話了。他走進餐廳的時候，她正坐在一張離牆邊很遠的位子上，而且只有一個人。時間還早，那個地方的人還不是非常多，取餐的隊伍慢慢前進，溫斯頓好不容易快要排到櫃檯前了，然後又等了兩分鐘，因為前面有個人在抱怨自己沒拿到該分到的糖片，等到溫斯頓拿好托盤，開始走向女孩的時候，她還是獨自一人。他一派輕鬆地走向她，眼睛搜尋著她面前的空桌，她大概只離他三公尺了，再走兩秒就可以了。然後後面突然一個人出聲叫他：「史密斯！」他假裝沒聽見。「史密斯！」那人又出聲叫他，而且更大聲。沒辦法了，他轉過身，對方是一個長相呆呆的金髮年輕男人，名叫威雪，溫斯頓根本不太認識他，可是威雪卻臉上掛著微笑，邀他在自己那桌的空位坐下。被認出來之後，要是拒絕邀請的話很不安全。他不能過去跟那個獨自吃飯的女孩坐，這樣太引人注目了。他帶著友善的微笑坐下，那個呆呆的金髮男孩也笑了。溫斯頓幻想自己拿著十字鎬直接往威雪臉上劈過去。幾分鐘之後，女孩那桌就坐滿了人。

但是她一定看見他朝著她走過去，也許她接收到了暗示。隔天他特地早一點到餐廳，果不其然，女孩就坐在跟前一天差不多的位子上，而且又是獨自一人。在溫斯頓隊伍裡的前一個人是個矮小的男人，像隻甲蟲一樣一直動來動去，扁平的臉上長了一雙好猜疑的小眼睛。溫斯頓拿著托盤轉身離開櫃檯的時候，他看到那個矮小的男人直接朝著那個女孩的位置走過去，他的願望又落空了。更前面一點有張空桌，但是那個矮小男人的外表透露出某種訊息，溫斯頓覺得他選位子的時候一定會很注意讓自己坐得舒服，所以一定會選最空的位置。溫斯頓懸著一顆心跟在後面，要是不能跟那個女孩獨處就沒用了。這時候傳出一聲巨大的聲響，矮小的男人面朝下摔了下去，托盤飛出去，湯和咖啡像兩道噴泉一樣灑在地板上。矮小男人自己站了起來，惡毒地看了溫斯頓一眼，顯然在懷疑是溫斯頓絆倒他的。不過沒關係，五秒鐘之後，溫斯頓帶著一顆狂跳的心在女孩那一桌坐下。

他沒有看她，只是把食物從托盤上拿起來，馬上開始用餐。現在是最要緊的時刻，一定要在別人過來之前趕快跟她說上話，可是現在溫斯頓心裡卻湧起巨大的恐懼。自從她主動來找他已經過了一個禮拜，她肯定改變心意了！這段關係不可能有圓滿的結果，現實生活中不可能發生這種事。他本來已經打消跟她說話的念頭，可是這時候他看見了艾波佛，那個耳朵毛茸茸的詩人，艾波佛拿著托盤一拐一拐在餐廳裡繞來繞去，想找地方坐下。艾波佛不知道為什麼很喜歡纏著溫斯頓，如果讓他發現自己在這裡，他一定會過來坐下。大概只剩一分鐘可以行動了。溫斯頓和那個女孩都低頭吃著午餐，他們吃的東西是一種不太濃稠的燉菜，其實算是湯了，用扁豆煮的。溫斯頓開始低聲喃喃說話，兩人都沒有抬起頭，只是一口又一口把那些湯湯水水送進嘴裡，在每一口之間交換幾句必要的話，聲音盡量壓低且不帶感情。

「妳幾點下班？」

「十八點三十。」

「我們可以約在哪裡？」

「勝利廣場，紀念碑附近。」

「到處是電屏。」

「人多就沒關係。」

「信號？」

「不。除非看到我身邊很多人，不然別來找我，不要看我，只要跟在附近就好。」

「什麼時候？」

「十九點。」

「好。」

艾波佛沒有看見溫斯頓，坐到另一張桌子去了。他們兩人沒有再交談，而且就算兩個人可以面對面坐同一張桌子，但他們連眼神交會都沒有。女孩很快吃完午餐就離開了，溫斯頓則留下來抽一根菸。

溫斯頓在約定的時間以前就到了勝利廣場，他在刻有凹槽的巨大圓柱底下閒晃，上面矗立著老大哥的雕像，望向南方的天空，他在第一空降跑道戰役中，在那裡消滅了歐亞國敵機。（幾年前的話就會說是東亞國敵機。）前方的街道上有一尊雕像，是個騎在馬上的男人，應該是奧利佛．克倫威爾的雕像。約定的時間已經過了五分鐘，女孩還是沒出現，溫斯頓心裡又出現無比恐懼，她不會來了，她改變心意了！他慢慢往廣場北邊走，當他認出聖馬丁教堂時，有種淡淡的欣喜，聖馬丁教堂如果現在還有鐘的話，鐘聲響起時就會唱出「你欠我四分之三便士」。然後他看見那個女孩站在紀念碑底座旁，正在讀（或者假裝在讀）繞著柱子貼滿的海報。現在走近她還不安全，要等多一點人聚集才行。山形牆附近全都是電屏，不過這時候到處都有嘈雜的叫喊聲，左方某處還有重機械的轟隆聲響。突然，大家好像都邁開腳步，用跑的穿越廣場。女孩敏捷繞過紀念碑底座的獅子，跟著眾人一起奔跑，溫斯頓也跟上去。他一邊跑，一邊聽見有些人議論紛紛，說是歐亞國囚犯會被押解經過這裡。

廣場南方已經有黑壓壓的人群聚集。溫斯頓通常遇到這種混亂的場面都會站在外圍，但今天他卻又推又擠，硬是逼自己走進人群中心。很快地，他只要伸手就能碰到那個女孩了，可是眼前的路卻被一個壯碩的無產階級和另一個幾乎同樣壯碩的女人擋住了，這兩人可能是夫妻，好像一堵無法穿透的人牆一般。溫斯頓擠到一旁，然後往前奮力一衝，總算把肩膀擠到兩人中間。有那麼一會兒，他覺得自己的五臟六腑快被這兩個肌肉發達的屁股壓成肉泥了，然後他終於突破人牆，還出了一點汗。他站在女孩身邊，兩人肩靠肩站著，都直直盯著前方。一輛輛卡車排成長長的隊伍，四個角落分別站著面無表情的警衛，手拿著半自動步槍，站得直挺挺的，車隊在街上緩緩經過廣場。卡車裡擠滿了身材矮小的黃種男人，穿著破爛的綠色制服，緊緊蹲坐著挨在一起。屬於蒙古人種的臉上帶著悲傷，盯著卡車兩側外的景色，卻是一副漠然。有時卡車比較顛簸的時候，就會聽見叮叮噹噹的金屬碰撞聲：所有囚犯都戴著腳鐐。卡車一輛接著一輛經過，上面滿滿都是一臉悲傷的人。溫斯頓知道自己應該看著那些囚犯，可是他的注意力卻斷斷續續的。女孩的肩膀和上臂都緊貼著他，她的臉頰也靠得很近，他幾乎能感覺到她的溫度。她馬上就對眼前的情況採取主動，就像在餐廳那時候一樣，她開始用跟之前一樣那種冷冰冰的口氣說話，嘴唇幾乎沒有掀動，只發出細微的喃喃聲，很容易就會被週遭的吵雜聲和卡車的轟隆聲掩蓋。

「聽得到嗎？」

「聽得到。」

「星期天下午有空嗎？」

「有。」

「那注意聽，你要記住，到派丁頓車站——」

女孩以軍隊般的精準要求，描述出她要溫斯頓走的路線，讓他覺得很驚訝。火車車程是半個小時，出了車站左轉，在路上走兩公里，有一道大門頂端的樑柱不見了，走一條小路穿過田野，有條路上長滿了草，草叢間還有條小徑，看到一棵長了青苔的枯樹，彷彿她腦海中就有一張地圖似的。「都記住了嗎？」最後她低聲說。

「記住了。」

「左轉，然後右轉，再左轉，大門上方的樑柱不見了。」

「知道了，什麼時候？」

「大概十五點。你得等一下，我會用其他方式過去。你確定都記下來了嗎？」

「確定。」

「那盡快離我遠一點。」

她不用說他也知道，可是這個時候他們沒有辦法從人群中脫身，卡車仍然一輛接一輛開過去，人們仍然目瞪口呆地看著。一開始還有人發出幾聲噓聲和叫罵聲，不過都是人群裡的黨員發出來的，很快就停止了。眾人顯現出的情緒就只是好奇，只要是外國人，不管是歐亞國還是東亞國的人，都很像奇珍異獸。除了囚犯之外，大眾可以說幾乎沒機會看到外國人，就連囚犯也只能短暫看到幾眼，也沒有人知道這些囚犯後來怎麼了，除了幾個被當成戰犯吊死以外，其他人就只是消失了，推測大概是被送進勞動營了。蒙古人種原本比較圓潤的臉形，現在變得比較有歐洲人種的味道，全身髒兮兮，留著大鬍子，疲累不堪。他們的顴骨比較細小，眼睛直直看進溫斯頓眼底，有時候強烈到讓人覺得奇怪，然後又馬上撇開。押解隊伍快要走完了，在最後一台卡車上，溫斯頓看到一個老人，臉上長滿了斑白的鬍鬚，直挺挺站著，手腕在身前交叉擺著，好像已經習慣讓人把手綁起來。溫斯頓和女孩差不多該分開了，可是在最後一刻，人群依然包圍著他們的情況下，她的手碰觸了他的手，然後很快捏了一下。

這件事大概不出十秒，但是感覺他們倆的手握在一起握了好久，讓他有時間好好熟悉她的手，他感覺她手指的長度，修剪乾淨的指甲，因為工作而粗糙的手掌，上頭結了一排繭，還有手腕底下滑順的肌膚。只要這樣感覺到她的手，他就能記住這隻手的樣子。在此同時，他突然想到自己還不知道女孩的眼珠是什麼顏色，可能是棕色的，不過深色頭髮的人有時候也會是藍眼珠。要是他現在轉頭去看女孩的樣子，那就真的蠢到難以想像了。兩人的手還握在一起，不過因為人群太擁擠而沒人看見，溫斯頓沒有看著女孩的眼睛，反而是那個老囚犯哀傷的眼神穿透層層毛髮，盯著溫斯頓。

10

陽光透過樹葉間的縫隙照射下來，溫斯頓就著斑駁的光影沿著小路前進，頂頭樹枝的分岔，在腳下形成一畦金色。他左邊那叢樹下長了一片藍色鐘形花，空氣清新可人，彷彿親吻著你的肌膚。這天是五月二日。樹林深處某個地方傳來斑鳩的啼叫聲。

他有點早到了。這趟旅途中沒遇到什麼困難，而顯然那個女孩也很有經驗，所以他不像平常那樣害怕，他應該可以相信她，她會找到一個安全的地方。通常的情況下，你沒辦法保證自己在鄉下的時候比在倫敦安全，當然這裡沒有電屏，不過還是有危險，不知道哪裡藏著麥克風，如果錄到你的聲音，就可能有人認出你。況且，自己旅行本來就很容易引人注意，雖然移動範圍不出一百公里的話是不用在護照註記，可是火車站經常有巡警走來走去，只要看到黨員出現就會過去檢查證件，然後問些奇怪的問題。但是一路上都沒看到巡警，離開車站後，一路上他都謹慎回頭查看，確定沒有人跟蹤他。火車上載滿了無產階級，今天的天氣有如夏日一般，所以大家都抱著度假的心情。溫斯頓坐的車廂內，一個大家庭擠了進來，把木頭座椅都佔滿了，成員從沒牙的曾祖母到一個月大的嬰兒都有，他們要到鄉下的親戚家去玩一個下午，而且還跟溫斯頓毫無顧忌說，他們打算買一點黑市的奶油。

道路越來越寬，過一會兒他就走到女孩告訴他的鄉間小路，其實只是一條雜草叢生的羊腸小徑。他沒戴錶，但是應該還沒十五點。腳下的藍色鐘形花長得十分茂盛，很難不踩到花。溫斯頓蹲下來開始採花，部分原因是要打發時間，不過他也隱約希望自己見到女孩的時候，手裡能捧著一束花送給她。他採了一大束鮮花，聞著花朵有點讓人作嘔的香味，突然背後傳來聲響，讓他整個人定住不敢動，不會錯，那一定是腳踩到樹枝發出的碎裂聲。他繼續採著藍色鐘形花，現在最好這麼做。可能是那個女孩，或者他根本就被人跟蹤了。要是四處張望只是代表心虛，他採了一朵又一朵，這時有隻手輕輕放到他肩膀上。

他抬頭看，是那個女孩。她搖搖頭，顯然是警告他不要出聲，然後就分開草叢，帶著他快步沿著小徑往樹林裡走。看來她以前就走過這條路，所以避過沼澤地的部分，已經習以為常了。溫斯頓跟著她走，手裡還握著那一束鮮花。他一開始是覺得鬆了一口氣，不過當他看著走在前方的那具年輕又苗條的身體，腰間繫著那條猩紅色束帶，貼身到讓人看出她臀部的線條，他又感覺到自己的條件有多差，胸口不禁往下一沉。即使到了現在，等她轉過身看著他，她還是非常有可能終究會退縮，宜人的空氣、樹葉的綠意讓他覺得沮喪。自從從車站走出來之後，五月的陽光就讓他覺得自己骯髒又蒼白，他大部分時間都待在室內，皮膚毛孔裡都是倫敦煤煙的灰塵。他現在才想到，女孩大概從來都沒在大白天的時候光明正大看著他。他們走到女孩提到的那棵枯樹，旁邊的草叢密密麻麻的，好像沒有入口，女孩跳了過去，硬把草叢撥開，溫斯頓也跟在後面，然後他發現他們進入一處天然形成的空地，一塊小小的草丘，周圍是高高的幼樹，把這塊地方完全封閉起來。女孩停下腳步轉過身。

「到了。」她說。

他面對著她，兩人中間距幾步之遙，但是他卻不敢靠近她。

「我不想在路上說話。」她繼續說，「免得那裡藏了麥克風。我想應該是沒有，但是有可能，總是有可能會有哪個豬頭認出你的聲音。我們在這裡就沒關係。」

他還是提不起勇氣靠近她，「我們在這裡沒關係？」他有點遲鈍地重複她的話。

「對，你看看那些樹，」這些都是小白蠟樹，以前曾經被砍掉過，不過後來又發芽長成一片樹林了，每一棵都沒有手腕粗，「還不夠大到可以藏麥克風。再說，我以前就來過這裡。」他們只是在聊天，他現在可以靠近一點了。她挺直了背站在他面前，臉上帶著微笑，但看起來有點像在挖苦他，彷彿在想說為什麼這麼久他還沒有所行動。藍色鐘形花像瀑布一樣從他手中滑落，宛如是花朵自己想要掉下去的。他牽起她的手。

「妳相信嗎？」他說，「我到現在都還不知道妳的眼珠是什麼顏色。」她的眼珠是棕色的，他發現那是一種比較淺的棕色，還有深色的睫毛。「妳現在看到我的真面目，妳還能忍受看著我嗎？」

「對，完全沒問題。」

「我三十九歲了，有一個甩不掉的老婆，腳上有靜脈性潰瘍，有五顆假牙。」

「我才不在乎。」女孩說。

下一刻，不知道究竟是誰主動的，女孩已經在他的懷抱裡。剛開始，溫斯頓什麼感覺都沒有，只覺得不敢置信，那副年輕的身體正緊緊靠在他身上，濃密的黑髮也貼在他的臉上，而且，沒錯！她抬起頭來，他吻著她的鮮紅厚唇。她的雙臂勾著他的脖子，她喚他親愛的寶貝，最愛的寶貝。他把女孩拉倒在地上，她完全沒有抗拒，他可以對她為所欲為。但事實是，他一點生理反應都沒有，除了兩人的肉體接觸，他只能感覺到不可置信及自己的男子氣概。他很開心能遇到這種事情，但他沒有生理慾望。一切發生得太快，她的年輕貌美讓他卻步，他已經太習慣沒有女人的生活了，自己也不知道為什麼。女孩撐起身體，拿掉頭髮上的一朵藍色鐘形花，她坐在他身邊，伸手摟著他的腰。

「沒關係，親愛的，不急，我們有整個下午的時間。這個祕密基地是不是很棒？我有一次參加社區健行的時候迷路，結果就發現這裡，如果有人靠近的話，一百公尺以外就聽得見。」

「妳叫什麼名字？」溫斯頓問。

「茱莉亞，我知道你的名字，你叫溫斯頓，溫斯頓．史密斯。」

「妳怎麼知道？」

「親愛的，我想我比你更懂得調查。你說說看，我給你紙條之前，你對我有什麼想法？」

他完全不想對她說謊，一開始就把最糟糕的事說出來，甚至有點為愛情獻祭的味道。

「我一看到妳就討厭。」他說，「我想強暴妳之後再把妳殺掉。兩個禮拜以前，我認真考慮過要用鵝卵石敲碎妳的頭。如果妳真的想知道的話，我以為妳跟思想警察有關係。」

女孩開心笑了，顯然覺得這番話是稱讚她偽裝得很好。「思想警察？你是認真這麼想的嗎？」

「嗯，可能不完全是這樣，可是從妳的外表，妳也知道，就憑妳這麼年輕有活力，身體又健康，我覺得說不定——」

「你覺得我是優秀黨員，言語和行為都是純潔的，標語、遊行、口號、競賽、還有社區健行這些所有活動，我全都有份。而且你覺得只要我有一點點機會，就會向思想警察告發你，害死你？」

「對，大概就像這樣。很多很多年輕女孩都是這樣，妳懂吧。」

「都是這個該死的東西害的。」她一邊說，一邊扯下腰上那條代表青年反性聯盟的猩紅繫帶，把繫帶丟到草叢。然後，她碰觸腰際的時候好像想起什麼，就伸手摸摸工作服的口袋，拿出一小塊巧克力。她把巧克力掰成兩半，其中一半給了溫斯頓。那塊巧克力顏色深沉又閃閃發光，用銀色包裝紙包著。巧克力通常都是呈現暗褐色，很容易就碎掉，嚐起來的味道如果真要形容的話，大概就像燃燒垃圾時冒出來的黑煙味道。可是偶爾有一、兩次，他會嚐到像她拿出來的這種巧克力，一嗅聞到巧克力的味道，就會讓他想起過去的日子，但究竟是何時他不太清楚，但那段回憶感染力很強，讓人苦惱。

「妳從哪裡弄來這東西？」他問。

「黑市。」她無所謂地說，「其實我是那種做足表面功夫的女孩。我在競賽中表現很好，是間諜組織的小組組長，每個禮拜有三天晚上會在青年反性聯盟做義工，花好幾個小時在倫敦街頭貼滿那些該死的標語。我在遊行裡總會幫忙拉標語布條，一直保持愉快的表情，絕不逃避責任。我都會說，一定要跟著群眾大吼，這樣才會安全。」

巧克力在溫斯頓舌尖溶化了一小段，那種滋味真是讓人心情大好，不過在他腦海邊緣又浮現那些回憶，他的感覺很強烈，可是又沒辦法看清楚回憶的片段，就好像是用眼角餘光看到的東西。他把回憶拋開，只知道那段回憶是他曾經做過的某件事，而他很希望挽回，卻已經沒辦法。「妳很年輕，」他說，「妳比我還小十歲、十五歲，像我這種男人，妳怎麼看得上眼？」

「我從你臉上看見某種特質，我覺得值得冒個險。我很會找出不屬於黨的人，我一看到你就知道你是反對他們的。」

看來，他們指的是黨，尤其是所有內黨的人，她講到這些人的時候，毫不掩飾自己對他們不齒的憎恨，讓溫斯頓覺得有點不太自在，雖然他知道他們在這裡很安全，不過那是說如果還有哪裡算得上是安全的話。她最讓他驚訝的一點就是她滿口粗話，黨員不應該罵髒話，而溫斯頓自己也很少罵髒話，至少不會大聲罵出來。但是茱莉亞只要一提到黨，特別是內黨，好像就一定要用些不堪的字眼，就像在潮濕的小巷子牆壁上看到的那些字。他不是不喜歡，這只是她因為厭惡黨及其一切作為而顯出的反應，而且似乎也還滿自然健康的，就好像馬聞到品質不良的乾草就會打噴嚏一樣。他們離開那片空地，回到那片錯綜複雜的光影裡漫步，只要空間能容納下兩人並肩散步，他們就伸手攬住對方的腰。他注意到拿掉繫帶之後，她的腰居然變得這麼柔軟。他們兩人交談的音量不比講悄悄話大聲，茱莉亞說出了空地以外，最好安靜走。他們現在已經走到小樹林的外圍，她拉著他停下來。

「不要走到外面去，可能會有人在監視我們。我們只要待在草叢後面就不會有事。」

他們站在榛木叢的陰影底下，雖然陽光是穿透無數枝葉照射下來，但還是讓他們臉上發燙。溫斯頓看著前方的田野，心中突然慢慢升起一種奇異的驚訝，他記得這個畫面。一片存在已久的草地，幾乎被啃得精光，一條小徑蜿蜒通過，四處散佈著鼴鼠丘。對面參差不齊的樹籬中，榆樹叢在微風中輕輕擺動，大量樹葉一齊擾動，就像女人的髮絲一樣。雖然溫斯頓沒看到，不過這裡附近肯定有條小溪匯成翠綠的水泊，裡頭有鰷魚游來游去吧？

「這裡附近是不是有條小溪？」溫斯頓低聲問。

「沒錯，是有條小溪。其實就在隔壁那片田野邊上，裡頭有魚，是很大的魚喔，可以看到魚兒在柳樹下的水池裡擺動尾巴游來游去。」

「這是黃金國度——很接近了。」他喃喃說。

「黃金國度？」

「沒什麼，真的，是我有時候作夢會夢見的場景。」

「你看！」茱莉亞小聲說。

一隻歌鶇飛了下來，落在不到五公尺遠的樹叢上，幾乎跟他們的臉同高。也許小鳥沒有看見他們，牠落在陽光下，而他們躲在陰影裡。歌鶇展開翅膀，又小心收回來，低下頭停了一會兒，彷彿在向太陽敬禮，然後開口唱出一連串曲調。在寧靜的午後，鳥兒的歌聲音量相當驚人，溫斯頓和茱莉亞抱在一起，聽得相當入迷。鳥兒不斷高歌，一曲接著一曲，唱了一陣又一陣，變化多到讓人驚呼不已，完全沒有重複的曲調，就好像這隻鳥是故意想炫燿自己精湛的歌藝。偶爾鳥兒會停下幾秒，拍拍翅膀再收回，然後鼓起色彩斑斕的胸膛，又再唱出新歌。溫斯頓懷著淡淡的崇敬之心看著鳥兒，那隻鳥是為了誰，又是為了什麼而歌唱呢？旁邊又沒有異性或者敵人在看著牠，是什麼讓牠在這片孤寂的樹林邊緣對著一片虛無引吭高歌呢？他懷疑附近會不會其實藏了麥克風。他和茱利亞只用低聲交談，麥克風錄不到他們的聲音，但一定會錄到歌鶇的聲音。或許在麥克風線路的另一頭，有個矮小得像甲蟲一般的男人正專心傾聽——聽著歌鶇的歌聲。不過流動的音符漸漸消弭了溫斯頓心頭所有的疑慮，音樂就好像某種瓊漿玉液覆滿他的全身，和透過樹葉間隙照射下來的陽光交融在一起。他不再思考什麼，只是專心感受。女孩的腰靠在他的臂彎裡，感覺柔軟又溫暖。他把她拉過來，兩人面對面相擁著，她的身體好像要融化在他的身體裡了，不管他的手在哪裡游移，都像在水裡一樣一撥就陷進去了。兩人的嘴唇連在一塊，這跟他們先前的那個熱吻很不一樣，兩人的臉分開的時候，都發自內心嘆出一口氣。鳥兒受到驚嚇，拍拍翅膀飛走了。

溫斯頓把嘴湊近她的耳朵：「現在。」他低聲說。

「這裡不行。」她也低聲說，「回去那塊空地，比較安全。」

於是兩人踩著飛快的腳步，不時聽見腳下的枯枝被踩碎的聲音，他們沿著來路回到空地。當他們又回到那片樹林圍繞的空地時，茱莉亞轉身面對他。兩個人的呼吸都很急促，但是她的嘴角又揚起一抹微笑。她站在原地看了他一會兒，然後伸手去拉她連身工作服的拉鍊。沒錯！幾乎就跟他的夢境一模一樣，她的動作幾乎就跟他想像的一樣流暢，她把衣服扯開扔到一邊，就跟夢裡的動作一樣精采，就好像整個文明都無關緊要了。她的身體在陽光下透出白光，但此時他卻沒有看著她的身體，而是盯著她的臉，她臉上長了雀斑，掛著無所畏懼的淡淡微笑。他跪倒在她身前，握住她的雙手。

「妳以前做過嗎？」

「當然，幾百次了——喔，總之有幾十次了。」

「跟黨員做的。」

「對，都是跟黨員做。」

「有內黨的黨員嗎？」

「沒有，才不要跟那些豬頭做呢。不過他們有很多人只要有一點點機會就不會放過，他們可沒有表面上那麼聖潔。」

他的心臟狂跳不已。她做過幾十次了，他希望是幾百次、幾千次。只要是腐敗的可能跡象都會讓他充滿天馬行空的希望，誰知道呢，或許黨在檯面下早就爛透了，他們像邪教一樣鼓吹辛勤勞苦和自我否定，只是想掩蓋罪惡的騙局。如果他可以讓他們全都染上痲瘋病或梅毒，如果可以這樣的話，他一定會開心到飛上天！只要能讓他們腐爛、衰弱，讓他們垮台最好！他把她拉下來，讓兩人面對面跪著。

「聽著，妳有過越多男人，我就越愛妳，妳懂嗎？」

「懂，完全懂。」

「我討厭純潔，我討厭善良！我不希望美德存在在這個世界上。我希望每個人都爛到骨子裡。」

「喔，這樣的話，我應該很適合你，親愛的。我就是爛到骨子裡了。」

「妳喜歡做嗎？我不是說只有跟我，我是說妳喜歡做愛這件事嗎？」

「愛死了。」

這就是他最想聽到的一句話，不只是愛一個人，而是那種動物的本能，那種簡單而無分別的慾望，那是能夠將黨擊垮的力量。他把她壓倒在草地上，躺在散落的藍色鐘形花上。這一次毫無困難。不一會兒，兩人起伏的胸膛都慢了下來，恢復到平常的速度，帶著一種愉悅的無力感分了開來。太陽好像愈來愈強了，他們都睏了。溫斯頓伸手去拿扔在一旁的工作服，遮住她部分的身體，兩人幾乎是馬上就睡著了，睡了大概半個小時。

溫斯頓先醒來，他坐起身來看著身邊那張長著雀斑的臉，依然平靜睡著，手掌墊在頭底下當枕頭。除了她的雙唇之外，她其實算不上美麗，如果仔細看的話，可以看到她的眼睛旁邊有一、兩條皺紋，一頭深色短髮非常厚重柔軟。他這時才想到，他還是不知道她姓什麼，也不知道她住在哪裡。

那副年輕強壯的身體，在睡夢中顯得如此無助，讓他心裡升起一股憐惜的保護慾，但是他在榛樹下聽到歌鶇唱歌時，感覺到一種油然而生的溫柔，此時卻感受沒那麼明顯了。他把工作服拉開，細細看著她柔滑白皙的腰部，他想，在過去的日子，一個男人看著女孩子的身體，覺得自己想要，然後故事就可以結束了。不過現在已經沒有純粹的愛或純粹的慾望了，沒有一種情緒是單純的，因為所有一切都參雜了恐懼與憎恨。他們相擁在一起就是一種戰鬥，達到高潮的瞬間則代表了勝利，對黨揮出重重一擊。這是政治行動。

11

「我們可以再來這裡一次。」茱莉亞說，「通常來說，一個藏身處用兩次還算安全，但是當然這一、兩個月之內不行。」

她一醒過來就變了個人，變得提高警覺，又一副在談生意的口吻，穿上衣服，在腰間綁上猩紅色緊帶，然後開始安排回家路線的細節。讓她負責這件事似乎很自然，顯然她的狡猾在這時候就派上用場，這是溫斯頓缺乏的特質，而且她對倫敦附近鄉間的路況似乎十分熟稔，這是她無數次參加社區健行累積下來的知識。她幫他安排的路程和他來時的路非常不同，而且會讓他在不同的車站下車。「絕不要沿著出門時走的路回家。」她說，好像是在宣布一條重要的通則。她會先離開，然後溫斯頓等半個小時之後再走。

她還說了一個地方，他們下班後可以在那裡見面，時間就約在四天後的晚上。那條街位於比較貧窮的地區，有一個開放的市場，經常都擠滿了人，十分吵雜。她會先在攤位間閒逛，假裝要找鞋帶或者縫衣線。等到她判斷情況安全的時候就會擤一下鼻涕，這時他就可以上前，不然的話他就得假裝不認識她，直接走過她身邊。但如果幸運的話，有一大群人圍在旁邊，他們就可以安全交談十五分鐘，然後安排下一次見面。

「現在我得走了。」他一把路線指示搞清楚以後，她就這樣說，「我七點半以前要回去，得到青年反性聯盟去服務兩小時，發傳單什麼的，煩死了對不對？幫我全身上下看一遍好嗎？我頭髮裡有樹枝嗎？真的嗎？那就再見了，親愛的，再見！」

她投入他的懷抱中，親吻他的時候幾乎有點粗暴，然後過了一會兒才擠出樹林，靜悄悄地消失在樹林裡。即使是現在，他還是不知道她姓什麼、住哪裡，但是不要緊，因為他根本無法想像他們能在室內會面，或者交換什麼手寫的訊息。

結果，他們一直都沒有回到這片樹林中的空地。在五月裡，他們只有在一次會面的時候真的有辦法做愛，是在茱莉亞知道的另一個藏身處，那裡是一座廢棄教堂的鐘樓，三十年前一次原子彈攻擊之後，這個鄉間地區就幾乎荒廢了。只要到了這個藏身處就非常安全，但是來的路途上卻非常危險。其他時候他們只能在街上見面，每天晚上都要換不同的地方，而且一次絕對不能超過半小時。在大街上，只要依循一定的方式，大概都有辦法講幾句話。他們在擁擠的街道上漫步，不會靠得太近，也從來不會看著對方，但卻進行著奇異的間歇性談話，時有時無，就像燈塔的燈光一樣，一看到穿著黨制服的人接近，或者附近有電屏的時候就馬上噤聲，然後過幾分鐘再從句子中間接下去談話，最後在約定地點分開時又馬上結束，接著隔天也不用前情提要就直接繼續。茱莉亞似乎是很習慣這種對話方式，稱之為「分期談話」。讓人驚訝的是，她也很擅長不動嘴巴說話。這樣晚上見面幾乎過了整整一個月，他們才有機會接吻一次。某天，他們安靜走過一條巷道（他們離開主要街道的時候，茱莉亞絕對不會說話），突然傳來一聲震耳欲聾的巨大聲響，地面一陣劇烈晃動，週遭都暗了下來，接著溫斯頓就發現自己倒在地上，全身瘀青，滿是驚恐。肯定有枚火箭炮落在附近不遠處。突然，他發現茱莉亞的臉就倒在自己面前幾公分的地方，慘白得就像粉筆一樣，就連她的嘴唇也是白的。她死了！他緊緊抱住她，然後發現自己正親吻著一張活生生溫暖的臉龐，他自己的嘴唇上也沾粘著一些粉末，他們兩人的臉上都覆蓋著一層厚厚的石膏灰塵。

有幾個晚上，他們到達會面的地點但卻得擦身而過，因為附近正好來了一個巡警，或者頭頂上有直升機在盤旋。就連比較不危險的時候，也還是很難找機會見面。溫斯頓每個禮拜要工作六十小時，茱莉亞的工時更長，他們放假的日子因為工作量的不同而有所調整，不會經常落在同一天。再說，茱莉亞也難得有一天完全沒事的晚上，她把絕大部分的空閒時間都用在參加演講和遊行，幫青年反性聯盟發傳單，幫憎恨週準備標語，幫節儉運動收集物資，還有其他這類的活動。她說，這些辛苦都是有代價的，這是一種偽裝。只要遵守這些小規矩，就能觸犯一些大條的。她甚至勸溫斯頓多挪出一個晚上的時間到軍火工廠兼差，這裡的工作都是熱心黨員自願加入的。於是，每個禮拜的一天晚上，溫斯頓得花四個小時做一些讓人麻痺的無聊工作，把小金屬片用螺絲鎖在一起，可能是炸彈導火線的一部分。工廠是個通風良好但很陰暗的地方，鐵鎚的敲打聲混合著電屏的音樂聲，讓人昏昏欲睡。

他們在教堂鐘樓裡見面的那次，把這些片段談話中的空白都填滿了。那天午後的陽光十分強烈，大鐘上方那塊小空間裡的空氣窒熱難耐，瀰漫著一股鴿糞味道。他們坐在佈滿灰塵、細枝的地板上聊天聊了好幾個小時，兩人之中有一個不時會站起來，從牆壁上長長的縫隙中張望，確定沒有人過來。

茱莉亞今年二十六歲，和其他三十個女孩一起住在宿舍裡（「老是困在女人堆裡！我恨死女人了！」她順便加了一句），而她正如他所猜測的，是在虛構局裡工作，負責操作小說寫作機。她很喜歡她的工作，內容主要是操作維修強力但難搞的電子馬達。她雖然「不聰明」，但是很喜歡用雙手做事，操作機器時感覺很放鬆，她可以描述寫作小說的一整套流程，從策劃委員會所下達的大方向指令，一直到最後改寫小組的潤飾。但她對最後的成品不感興趣，她說她「不太喜歡讀書」，書本就只是必須生產的產品，就跟果醬或鞋帶一樣。

她對六〇年代早期的事情毫無記憶，只認識一個老先生，他會常常提到革命前的生活，不過在她八歲那年老人就失蹤了。她在學校的時候當過曲棍球隊隊長，曾經連續兩年贏得體操獎盃。她在間諜組織裡是小組組長，加入青年反性聯盟以前也在青年聯盟擔任過分區書記。她總是維持優秀的品行，甚至還被挑選到色情科裡工作，這絕對是名聲優異的象徵。色情科是虛構局裡的一個部門，專職製作低俗的色情刊物，在無產階級間傳播。她說在那裡工作的人都戲稱那裡是堆肥屋。她在色情科待了一年，協助生產包著封膜的小冊子，標題都像《打屁屁》或《女校一夜情》，無產階級的年輕人會偷偷摸摸購買，以為自己買的是非法的東西。

「這些書裡都寫什麼？」溫斯頓好奇問。

「喔，完全都是廢話，超無聊的，真的。他們總共只有六段情節，然後就稍微換一下次序。當然，我只負責操作萬花筒，從來沒進過改寫小組。我不懂文學，親愛的，就連那種程度的也沒辦法。」

讓他吃驚的是，在色情科裡工作的人除了主管之外都是女性，他們選人的理論是男人比較難控制自己的性衝動，會比女人更容易被自己經手的下流刊物影響而墮落。

「他們甚至不想讓已婚女性待在那裡。」她又說。少女總是被當成純潔的象徵，不過他面前這個就不是了。她十六歲的時候發生第一次性關係，是跟一個六十歲的黨員，後來對方為了逃避追捕而自殺。「死得好，」茱莉亞說，「不然他認罪的時候就會把我的名字講出來了。」在那之後又有好幾個人。生活在她眼中看來相當簡單，你想過好日子，「他們」，也就是黨，卻不想讓你好過，所以你只能盡可能去犯規。她認為「他們」想要剝奪你所有的快樂，而你就努力不要被抓到，她似乎覺得這種情況很正常。她討厭黨，而且用不堪入耳的字眼表達討厭的情緒，但是她卻不會批判黨，除非是牽涉到自己的生活，她不想理會黨規的時候才會抗議。他注意到她從來不用新語，只會用那些已經融入日常生活使用的辭彙。她從來沒聽過兄弟會的事，也不相信有這組織存在，只要是反抗黨的組織都一定會失敗，對她來說都很愚蠢，最聰明的方法就是觸犯黨規，但同時又能繼續生存。溫斯頓不經意想著，年輕一代當中不知道有多少像她這樣的人，他們在革命後的世界長大，幾乎一無所知，只知道黨就像上天一樣是不可撼動，他們不會反抗黨的權威，只會像兔子躲避獵狗一樣逃開。

他們沒有談到兩人有沒有可能結婚，這對他們來說實在太遙不可及了，連想都不用想。就算溫斯頓知道用什麼方法可以甩掉凱薩琳，他們也無法想像有哪個委員會願意批准這種婚姻。這就跟白日夢一樣無望。

「她是什麼樣的人，我是說你太太？」茱莉亞問。

「她啊——妳知道新語有個辭彙叫好思想的嗎？就是說一個人天生就篤信黨規，沒辦法有邪惡思想？」

「沒有，我不知道有這個字，但是我知道這種人，很了解。」

他開始跟她說他的婚姻生活，可是真的很奇妙，她好像已經知道其中的重點了。她向他敘述，簡直就像她是親眼所見或者親身感受，知道他一碰到凱薩琳的身體，她就全身僵硬，就算她的雙臂緊緊環抱著他，還是好像用盡全身力氣推拒他。跟茱莉亞在一起，他覺得談起這種事情很輕鬆，而凱薩琳呢，不管怎麼說，早就已經不是痛苦的回憶，僅僅是覺得不愉快罷了。

「我其實可以忍受，只是有件事我沒辦法。」他說。他告訴她那件讓人冷感的小小儀式，凱薩琳每個禮拜的同一天晚上都會逼他進行。「她明明很討厭那件事，可是什麼也阻止不了她這樣做，她以前都說那是——唉，妳一定猜不到的。」

「我們對黨的責任。」她馬上回答。

「妳怎麼知道？」

「親愛的，我也上過學校啊。十六歲以上的學生每個月要聽一次性談話，在青年運動裡也是。他們會努力好幾年，讓妳接受這個觀念，我敢說對很多人都有用，但是當然也很難說得準，人都很會假裝。」她開始對這個話題高談闊論。只要和茱莉亞聊天，所有話題都會回到她自己的性慾，只要講到這個話題，不管是什麼，她都能提出很敏銳的看法。她不像溫斯頓，她已經猜到黨的性寡欲主義有什麼深層意義，不只是因為性衝動會創造出一個自我世界，超出黨的控制範圍，所以必須盡可能摧毀，更重要的是，缺乏性愛會引發人的歇斯底里，這是黨希望的，因為這股力量可以轉化成對戰爭的狂熱及領袖崇拜。她的說法是：「做愛的時候會消耗力氣，做完之後又會覺得快樂，什麼都不想管了。他們可不能讓你有這種感覺。他們希望你隨時隨地都充滿能量，這些遊行來遊行去的、歡呼和搖旗吶喊，都只是因為爛透的性生活。如果你心裡充滿歡樂，怎麼會對老大哥、三年計畫、兩分鐘憎恨，還有其他那些破爛玩意兒感興趣？」

他覺得她說的很對。守貞和政治服從之間有相當直接的密切關聯，否則的話，黨要怎麼把恐懼、憎恨和愚蠢的信任，這三種黨員最必備的特質維持在適當的程度？不就是要控管某種強烈的慾望，然後轉化為驅動力嗎？性衝動對黨來說是危險的，而黨就把這股力量變成對自己有利的武器。他們對黨員為人父母的渴望也用了類似的小把戲，家庭組織不可能真的廢止，而且他們也確實鼓勵人們要喜愛自己的小孩，幾乎就跟以前一樣。但是另一方面，那些小孩卻被有系統地教化成反抗自己的父母，教他們要監視父母，並且舉發父母的偏差行為，所以家庭在實質上就變成了思想警察的延伸，變成一種工具，讓每個人身邊日日夜夜都圍繞著他們最親密的告密者。

溫斯頓的心思突然回到凱薩琳身上，要不是因為她實在太笨了，察覺不到他思想中的離經叛道，不然她一定會向思想警察舉發他。但是他現在真正想起一件關於她的事情，那是發生在某個窒熱的午後，想到這件事便讓他額頭上冒出汗珠。他開始告訴茱莉亞發生了什麼事，或者應該說是沒有發生的事，那是在十一年前一個悶熱的夏日午後。

那是溫斯頓和凱薩琳結婚後三、四個月的事，他們參加到肯特郡的社區健行時迷了路。他們只是落在隊伍後面幾分鐘而已，但拐錯了彎，不久就發現前面已經沒路，底下是一座老舊的白堊礦場。山路和礦場的垂直落差大概有十、二十公尺，底部佈滿圓石。他們找不到人問路，凱薩琳一發現他們迷路之後，整個人變得很不安，離開鬧哄哄的健行隊伍，就算只一下子，她也覺得好像自己做錯事了。她想要趕快沿著原路走回去，然後換個方向走，可是這時候溫斯頓卻注意到幾叢千屈菜，從腳下山崖的裂縫裡冒出來，一叢有紫紅和磚紅兩種顏色，而且看來是從同一株根莖長出來。他以前從沒看過這樣的東西，就叫凱薩琳過來看。

「凱薩琳妳看！看到那些花了嗎？山底附近那一叢。看到了嗎？有兩種顏色。」

她本來已經轉身要走了，不過還是面露焦急地回來看了一下，甚至還傾身俯瞰山崖去看他手指的地方。溫斯頓就站在她身後不遠，把手放在她的腰際讓她保持平穩。這時候他突然想到，現在身邊完全沒有其他人，連個人影都沒看見，沒有樹葉搖動，甚至連鳥兒都在休息。像這樣的地方，不太需要擔心哪裡會藏著麥克風，就算真的有麥克風，也只是錄到聲音而已。熾熱的下午，讓人昏昏欲睡，熱辣辣的陽光照射在他們身上，汗水讓他臉上發癢。然後他興起一個念頭……

「你怎麼不把她推下去？」茱莉亞說，「是我的話就會。」

「對，親愛的，我相信。如果我那時候的個性是像現在這樣，我就會推她下去，又或者我——我也不確定。」

「你後悔沒推她下去嗎？」

「對，總而言之，我很後悔沒這麼做。」

他們肩並肩坐在滿是灰塵的地板上，他把她抱得更緊一點。她把頭靠在他的肩膀上，頭髮的香氣讓人神清氣爽，蓋過了鴿糞的味道。他想，她還這麼年輕，對人生還有寄望，不能了解其實把一個礙眼的人推下山崖是解決不了問題的。

「其實也沒什麼分別。」他說。

「那你為什麼要後悔？」

「我只是喜歡往好處想。我們贏不了這場比賽，不過有些時候失敗還比較好，就只是這樣。」

他感覺她的肩膀因為不同意這番話而扭動了一下，他每次講這種話的時候總是會招來她的反對，她不相信單打獨鬥一定會失敗，也不覺得自然法則就是如此。在某個程度上，她知道她自己完蛋了，思想警察遲早會抓到她，殺了她，可是她心裡某個部分又相信，或許有可能創造出一個祕密的世界，可以過自己想要的生活，她所需要的只是一點好運、機智和勇氣。但她不知道的是，世界上並沒有幸福這種東西，勝利的唯一機會只存在於遙遠的未來，到那時候妳已經死了很久很久，從妳跟黨宣戰的那一刻起，妳就等於是死了。

「我們死定了。」他說。

「我們還沒死呢。」茱莉亞還看不清事實。

「只剩一副軀殼了，六個月、一年——我想最多五年吧。我很怕死，妳還年輕，所以我想妳應該比我更怕死。當然我們要盡量活久一點，可是也沒什麼差別了，只要人類還是人類，生與死都是一樣的。」

「胡說！你是想跟我上床還是跟副骷髏上床？你不享受活著的感覺嗎？難道你不喜歡嗎？這是我，我的手、我的腿，我是真實的，活生生的，我還活著！你不喜歡這樣嗎？」

她轉過身來，胸膛貼著他，他可以透過她的工作服感覺到她的胸部，柔軟而又堅挺，她的身體好像傳遞了一些青春活力給他。

「我喜歡。」他說。

「那就不要再說死了。好了，親愛的聽著，我們得安排下一次見面的時間。我們不如就回去樹林裡那個地方，那裡也空得夠久了，可是這次你得走另外一條路。我已經都計畫好了，搭著火車——乾脆這樣，我把路線圖畫出來給你。」

她就是這樣實事求是，她收集一小方灰塵，從鴿子的鳥巢裡拿了根樹枝，然後開始在地上畫地圖。

12

溫斯頓在查靈頓先生店鋪樓上的破舊小房間裡四處張望。在窗戶旁邊的大床已經鋪好了，只是床單破破爛爛的，靠枕也沒裝枕頭套。老式的大鐘鐘面是十二小時制的，在壁爐臺上滴滴答答運行。角落的摺疊桌上放著他上回來買的玻璃紙鎮，在昏暗的房間裡淡淡發光。

壁爐爐圍裡有一台老舊的錫製煤油爐、一個平底深鍋，還有兩個杯子，是查靈頓先生提供的。溫斯頓開火燒了一鍋水，他帶了滿滿一袋勝利牌咖啡，還有一些糖片。時鐘指針顯示時間是七點二十分，其實就是十九點二十分，她十九點三十分的時候會來。

太蠢了，太蠢了，他心裡不停說著，呆子才會這麼做，這麼做有什麼好處，簡直自尋死路。在所有黨員可能犯下的罪行中，這一項是最難掩飾的。其實一開始會有這個想法，是因為他腦海裡浮現了玻璃紙鎮在摺疊桌上投現倒影的樣子，而正如他所料，查靈頓先生毫不猶豫就讓出了這個房間，顯然他也很高興這個房間能為他帶來多幾塊錢收入，而當他知道溫斯頓打算在這個房間和情人相會時，他也沒有露出驚訝或者警覺的樣子，反而把眼神轉到不遠的前方，開始說些空泛的大道理，身邊的氛圍變得相當微妙，讓人感覺他彷彿漸漸隱形了，他說，隱私很寶貴，大家都想要有個地方，偶爾可以獨自一人待著，如果真有了這樣的地方，就算知道的人想自己獨享也不算過分，他甚至愈講就愈讓人感覺不到他的存在，然後又補充說這棟房子有兩個出入口，其中一個是從後院出去，外面就是條小巷子。

窗戶底下有人在唱歌，溫斯頓藏在棉質窗簾後面探頭去看。六月天，還是日照當空，底下陽光普照的庭院裡，一個女人猶如龐然大物，好像諾曼建築的支柱一樣壯碩，肌肉發達的上臂紅通通的，腰間繫著麻布圍裙，踩著乒乒乒的腳步在洗衣盆和曬衣繩間來來回回，繩上夾著一整排白色小方布，溫斯頓認出那是嬰兒的尿布。女人嘴巴咬著曬衣夾，拿下夾子之後就扯開女低音渾厚的嗓子唱歌：

只是無可救藥愛上他，
就像四月天，一下就過去，
他看一眼，說一句，都能攪亂我的心！
我已經陷入他的情網裡！

過去好幾個禮拜，整個倫敦都傳唱著這首歌，黨為了無產階級創作了無數首類似的歌，由音樂局裡一個小部門負責。這些歌曲的歌詞都不是真人填詞，而是一台叫做作詩器的機器產生。但是這個女人的歌聲非常悅耳，把這首糟糕的爛歌唱得幾乎像天籟一般。溫斯頓聽著那個女人唱歌、她的鞋子踩著石板路的聲響，聽得見街上小孩的哭喊，而很遠的某個地方還隱約傳來車水馬龍的嘈雜聲，但奇妙的是，房間裡卻似乎一片寂靜，多虧了這裡沒有電屏。

太蠢了，太蠢了，太蠢了！他又開始想著，他們根本不可能經常過來這裡，不出幾個禮拜就會遭到逮捕，但是他們實在太想擁有一個真正屬於兩人的藏身處，可以遮風蔽雨又在附近。他們在教堂鐘樓會面之後，有一段時間根本沒辦法安排見面，為了迎接憎恨週，工作時間大大拉長了，雖然還有一個多月的時間，可是隨之而來的準備工作非常龐雜，讓每個人都多了不少額外工作。最後兩人終於擠出同一天下午的空閒時間，他們決定要回到樹林裡的空地。前一天晚上，他們先在街上短暫碰面，溫斯頓一如往常幾乎不看著茱莉亞，兩人只是隨著人群朝著彼此漫步前進，他很快看了她一眼，發現她的臉色似乎比平常還要蒼白。

「取消了。」她一走到認為是安全距離的範圍後就低聲說，「我是說明天。」

「什麼？」

「明天下午我不能去了。」

「為什麼？」

「喔，還不就是那樣，這次比較早開始。」

有一下子他真的氣到抓狂，他認識她之後的這一個月裡，他對她慾望的本質已經改變了，一開始他並不是真的沉溺享受，他們第一次做愛只是一種表達意志的行為，但是第二次以後就不一樣了，她頭髮的香味、嘴唇的味道、肌膚的觸感，好像已經烙印在他身體裡，或者是說充滿在周圍的空氣裡。她已經成為一種實質上的需求，他不只想要她，還覺得自己握著所有權。她說她不能去，他覺得她背著他偷人，但就在這個時候，人群把兩人擠在一起，他們不經意碰到了對方的手，她很快捏了一下他的指尖，激起的似乎不是慾望而是情感。溫斯頓驚覺，一個男人跟女人住在一起的時候，一定會經常遇到這種失望的情況，於是他突然對她燃起了無限柔情，這是他之前從來沒有的感覺。他希望他們是一對結婚十年的夫妻，希望可以和她像這樣一起走在街上，但是能夠大大方方，不用害怕，聊些平凡的瑣事，採買家庭用品。他最希望的是，他們可以有一個兩人獨處的地方，也不用每次見面就一定要做愛。不過其實不是在當下，而是隔天的某個時候，溫斯頓才想起可以租下查靈頓先生的房間。他向茱莉亞提到這個主意時，她居然馬上就同意了，他們兩人都知道這麼做簡直是瘋了，就好像是故意往墳墓裡跳一樣。溫斯頓坐在床邊等待的時候又想起仁愛部的地窖，人的認知真的很奇妙，明明知道最後有怎樣恐怖的下場，還是抱著希望，其實結局就在眼前的未來，接下來就是死亡，就像九十九接下來就是一百是一樣的真理。人都不免一死，但是或許可以想辦法延長壽命，不過有時候就是有人因為一個刻意的任性行為，縮短了自己的人生，讓死亡提前到來。

這時候，樓梯傳來一陣急促的腳步聲，然後茱莉亞走進房間裡，她提著一個粗糙的褐色帆布工具袋，他有時候在部門裡也會看到她帶著這個袋子走來走去。他走向前去想把她抱進懷裡，但是她快步躲開，可能也是因為她還提著袋子。

「等一下。」她說，「先看看我帶了什麼。你有帶那些噁心的勝利牌咖啡嗎？我就知道你有，可以把那些丟掉了，我們不需要。你看。」

她跪下來打開袋子，原本擺在袋子上層的幾支扳手和螺絲起子滾了出來，底下是幾個用紙張細心包裝的包裹，她把第一包東西交到溫斯頓手上，紙包有種很陌生但又有點熟悉的感覺，裡頭裝滿了某種像沙子一樣的東西，沉甸甸的，手一碰到就凹陷一塊。

「這不是糖嗎？」他問。

「是真正的糖，不是糖精喔，是糖。這裡還有一條麵包，是真正的白麵包，不是我們吃的那種爛東西，還有一小罐果醬，這裡有一罐牛奶，不過好戲在後頭！這個才是我真正驕傲的東西，我得在外面包一層麻布袋，因為——」她不用告訴他為什麼要把東西包起來，因為那股味道已經瀰漫在房間裡，一種濃郁溫暖的香味，好像是從他的幼年時光發散出來的，但是到了現在還是偶爾聞得到，像是某扇門關上之前會飄散到走廊間，走在擁擠的街道上時，這種味道也會神祕出現，才剛聞到，一下子又消失了。

「咖啡，」他喃喃說道，「是真的咖啡。」

「這是內黨咖啡，這袋整整有一公斤。」她說。

「妳怎麼有辦法拿到這些東西？」

「這些都是內黨黨員的東西，那些豬頭什麼沒有啊，要什麼有什麼，不過當然啦，那些侍從和僕人什麼的都會偷拿，而且——你看，我還拿了一小包茶葉。」

溫斯頓蹲在她身邊，撕開包裝的一角。「是真的茶葉，不是黑莓葉。」

「最近來了好多茶葉，大概他們佔領了印度什麼的吧。」她淡淡說，「親愛的聽著，我要你轉過去背對我三分鐘，去坐在床的另一邊，不要靠窗戶太近，我沒叫你的話先不要轉過來。」

溫斯頓心不在焉望著棉質窗簾的外面，底下的庭院裡，那個壯碩的女人還在洗衣盆和曬衣繩之間忙來忙去，她又從嘴裡拿掉兩枚曬衣夾，深情唱著：

人說時間能撫平一切，
人說記憶總會淡去，
但是這些年的歡樂和淚水，
依然撥動我心弦！

看來她把這整首芭樂歌都背下來了，她的歌聲隨著夏日甜膩的空氣往上飄送，相當悅耳，帶著一種愉快的愁思，讓人覺得如果這個六月的午後永遠不會結束，那些衣服永遠曬不完，就算過了一千年，她還是會快樂得不得了，一直曬尿布、唱芭樂歌。溫斯頓突然想到一件有趣的事，他從來沒有聽過黨員會一個人自然而然就唱起歌來，這樣做可能會有一點叛逆，太過古怪也很危險，就像自言自語也是一樣。或許要那種快要餓死的人才會想要唱歌。

「你可以轉過來了。」茱莉亞說。

他轉過去看，有那麼一秒，他幾乎認不出她來，他本來以為轉過來會看到她脫光衣服，但是她沒有，她的轉變比裸體更讓人吃驚，她化了妝。她一定是溜進了無產階級居住區域的某家店裡，幫自己買了一整套化妝用品，她的嘴唇擦了大紅色口紅，臉頰也塗紅了，鼻子上拍了粉，眼睛底甚至還擦了點東西，讓雙眼看起來更明亮。她的化妝技巧沒有很好，但溫斯頓對這種事的標準也不高，他從來沒有看過或是想像過黨內的女人臉上化妝的樣子。茱莉亞的外貌有驚人的改變，只是在適當的地方擦上點顏色，她不只是變得漂亮多了，最重要的是她更有女人味了，短髮和那身男孩子氣的工作服只是讓化妝的效果更突出。他把她抱進懷裡的時候，吸進一股人工的紫羅蘭香，他想起那座昏暗的地下室廚房，還有那個老女人凹陷的嘴唇，茱莉亞的香水跟她一模一樣，但是這時候好像也不重要了。

「連香水都有！」他說。

「沒錯，親愛的，還有香水。你知道我再來要做什麼嗎？我要去找一件真正給女人穿的洋裝，穿上女人的衣服，而不是這些破爛工作服，套上絲襪穿高跟鞋！在這個房間裡，我要當個女人，不當黨同志！」

他們把衣服脫掉，爬上桃花心木大床。這是溫斯頓第一次在茱莉亞面前赤身露體，以前他對自己蒼白瘦弱的身體很自卑，尤其還有小腿上的靜脈曲張性潰瘍和腳踝上一塊變色的斑。床上沒有鋪床單，但是他們躺在一張毯子上，毯子已經用了很久，觸感很柔滑，兩人都覺得很驚訝，這張床居然這麼大又這麼有彈性。「一定到處都是蟲子，可是誰在乎呢？」茱莉亞說。現在的人都沒看過雙人床了，只有無產階級的家裡還能看見，溫斯頓小時候還曾經睡過一、兩次，但茱莉亞的記憶中是從來沒有出現過。

過了不久，他們睡了好一陣子，溫斯頓醒來的時候，時鐘的指針已經指著快九點了。他沒有翻身，因為茱莉亞的頭還枕在他的臂彎裡，她的妝大部分都轉移到他臉上或靠枕上，不過臉上還殘留著一抹嫣紅，襯托出她美麗的顴骨。太陽西下，投射出一道黃色的光芒照映著床尾，照亮了壁爐，壁爐火上的那鍋水正燒滾著。底下的庭院裡，那個女人的歌聲已經停歇了，倒是隱約還能聽見街上傳來孩子的叫喊聲。溫斯頓淡淡地想著，這樣的情景在已經蕩然無存的過去是不是稀鬆平常？一對男女赤裸著身體躺在床上，享受夏日午後的清涼，想做愛的時候就做愛，想聊什麼就聊什麼，不用急著起床，只要躺著傾聽外頭平和的聲響，這樣的時光一定從來就不算平凡吧？茱莉亞醒來時揉揉眼睛，用手肘撐起身體看著煤油爐。

「水都燒乾一半了。」她說，「我這就起來煮咖啡，我們有一個小時的時間。你住的公寓什麼時候熄燈？」

「二十三點三十。」

「我的宿舍是二十三點，不過你得提早回去，因為——嘿！出去，骯髒的渾蛋！」

她突然一個翻身轉過去從地板上抓起一隻鞋，然後像個小男孩那樣彎曲手臂猛一扔，把鞋子丟往角落，就像那天早上的兩分鐘憎恨時間，溫斯頓看到她把字典丟往葛斯登一樣。

「怎麼了？」他驚訝地問。

「老鼠，我看到那畜生的鼻子從護牆板的洞伸出來。不過我想我也嚇跑牠了。」

「老鼠！」溫斯頓低聲說，「這房裡有老鼠！」

「到處都是啊。」茱莉亞躺下的時候說，好像沒什麼大不了的，「甚至連我們宿舍裡的廚房都有，牠們佔據了倫敦某些地區。你知道牠們會攻擊小孩嗎？真的，在那些街上，女人絕對不敢放著小孩單獨一個人超過兩分鐘，那些又大又肥的棕鼠都會對孩子下手，最噁心的是，那些渾蛋老是——」

「不要再說了！」溫斯頓雙眼緊閉。

「親愛的！你臉色怎麼這麼蒼白？怎麼了？牠們讓你不舒服嗎？」

「在這個世界上，我最怕的——就是老鼠！」

她緊緊靠在他身上，四肢都環抱著他，似乎是想用自己的體溫來安撫他。他沒有馬上就睜開眼睛，有好一會兒他覺得自己彷彿又回到那個夢魘裡，他這一生中都時不時遭到這個夢魘驚擾。夢境內容差不多都一樣，他站在一堵黑暗的牆面前，牆另一邊的東西讓人難以忍受，可怕到讓人無法面對。在這個夢裡，他內心深處總是有一種自欺欺人的感覺，因為他其實知道黑暗之牆的另一邊是什麼，只要他奮力一搏，就像要扯下自己一塊大腦般，他甚至有辦法把那個東西拽到亮處，可是他總是還沒看到那東西的真面目就醒來了。不知道為什麼，這好像和茱莉亞說話的內容有關連，這時他打斷了她。

「對不起，」他說，「沒什麼，我只是不喜歡老鼠罷了。」

「不用擔心，親愛的，這些噁心的渾蛋以後不會再出現了，我們離開之前，我塞一些麻布堵住洞口，然後下次來這裡的時候，我就帶些灰泥來把這個洞完全填平。」

溫斯頓內心恐慌的黑暗時刻已經消弭大半，他覺得有些困窘，起身靠著床頭坐著。茱莉亞下了床，穿上連身工作服，然後煮了咖啡。從鍋裡冒出濃烈的香氣，聞者都會為之激動不已，所以他們關上窗戶，免得外面會有人注意到而起疑心。比咖啡味道還要更好的就是咖啡加糖之後，口感如絲綢般細滑，溫斯頓吃了好幾年糖精，幾乎都快忘了這種滋味。茱莉亞一手插進口袋，一手拿著塗了果醬的麵包，在房裡走來走去，面無表情看著書櫃，談論最好怎麼修理那張摺疊桌，一屁股坐到那張老舊的扶手椅上，看看椅子舒不舒服，還讚賞起那個十二小時制的荒謬時鐘，似乎還能接受這樣的東西。她把玻璃紙鎮拿到床這邊，好在明亮的光線下欣賞。溫斯頓從她手中接過紙鎮，看著玻璃柔和如水般的外表，依然感覺目眩神迷。

「你覺得這是什麼？」茱莉亞問。

「我不覺得這是什麼，我是說，我想這東西從來沒有發揮過作用，所以我才這麼喜歡，他們忘了改變這一小段歷史，這是百年前留下來的訊息，我們只需要知道該如何解讀。」

「還有那邊那張照片，」她朝著對面牆上的錫刻照片點點頭，「那張有一百年了嗎？」

「更久，我敢說有兩百年了，不過也很難說，現在已經不可能查證東西的歷史了。」

她走過去看著照片，「那隻骯髒的渾蛋就是從這裡伸出鼻子，」她說著就往照片下方的護牆板踢了一腳，「這裡是哪裡？我好像在哪裡看過。」

「是教堂，或者說以前是教堂，叫丹麥聖克萊蒙教堂。」他腦海中回想起查靈頓先生教他的一小段童詩，他就有點懷念地補充唸出來：「鐘聲唱出柳橙和檸檬，就在聖克萊蒙！」

讓他驚訝的是，茱莉亞居然接著唸出：

你欠我四分之三便士，鐘聲迴響聖馬丁，

你何時才要還我錢，老貝利的鐘聲響連天——

「我不記得後面的詞了，可是我記得最後兩句：『蠟燭帶著光亮，陪著你上床；屠夫帶著斧頭，砍下你的頭！』」

這就好像是拆成兩句的暗號，不過「老貝利的鐘聲響連天」後面肯定還有一句，或許如果好好引導查靈頓先生，他就會想起來。

「是誰教妳的？」溫斯頓問。

「我爺爺，我小時候他常唸給我聽，我八歲的時候他就人間蒸發了——總之他就是消失了。不曉得檸檬是什麼東西？」她沒頭沒腦加了一句，「我看過柳橙，就是那種黃黃圓圓的水果，皮很厚。」

「我還記得檸檬，」溫斯頓說，「這種水果在五〇年代的時候還很常見，嚐起來很酸，酸到讓人連聞一下都受不了。」

「我看那張照片背後一定也有蟲。」茱莉亞說，「改天我拿下來好好清理一下。我想我們該走了，我得先把臉上的顏色洗掉，真沒意思！我待會就把你臉上的口紅擦掉。」

溫斯頓又躺了好幾分鐘。房裡漸漸暗了下來，他轉身面對光線，躺著凝視那塊玻璃紙鎮，這玩意兒怎麼看都看不膩，他真正感興趣的不是那塊珊瑚，而是玻璃本身的深度，珊瑚埋得那麼深，玻璃看起來卻幾乎透明得像空氣一樣，玻璃表面形成像天空一樣的弧度，包覆著一個小世界，塑造出完整的氛圍。他感覺自己好像可以走進去，而其實他已經身處其中了，還有這張桃花心木大床、摺疊桌、時鐘，以及錫版照片，包括這塊紙鎮都在裡面，紙鎮就是他所在的這個房間，那塊珊瑚就是他和茱莉亞的生活，存放在水晶中心，幻化成永恆。

13

塞姆消失了。某天早上他沒來上班，幾個講話不經大腦的人還在談論他的缺席，隔天就沒人提起塞姆了。到了第三天，溫斯頓到紀錄局的大廳看訊息公告欄，其中有一張訊息上頭用電腦打字列出西洋棋委員會的成員，塞姆曾經是委員會的一員。這張訊息看起來就和之前一樣，沒有刪掉什麼的痕跡，但卻少了一個名字。這樣就夠了，塞姆不再存在，他從來就沒存在過。

天氣熱到像在鐵板上燒烤一樣，真相部的建築有如迷宮一般，房間都沒有窗戶，靠空調設備維持常溫，但是到了外頭的人行道卻能燙傷人的腳，而氣動管在尖峰時刻發出的臭味則叫人難以忍受。憎恨週的準備工作已經全面展開，政府各部門的員工都要加班工作，遊行、會議、閱兵、演講、蠟像、展覽、電影、電屏節目，全都要組織好；還得建好基座來豎立肖像、創造出新的口號、寫新歌、散播一些謠言、造假相片。茱莉亞在虛構局的工作單位也不製造小說了，而是趕工做出一系列醜陋的宣傳手冊。溫斯頓除了平常的工作之外，每天還要花很長的時間檢視庫存的時報，修改美化幾篇會在演講中提到的新聞文章。到了晚上，無產階級紛紛出籠，佔領街頭喧嘩吵鬧的時候，整座城鎮似乎瀰漫著一股奇異的熱氣，火箭炮的轟炸更頻繁了，有時候會聽見遠方傳來大規模爆炸的聲響，沒有人能解釋原因，誇張的謠言也傳了出來。

憎恨週的主題曲已經譜了新曲調，叫做憎恨歌，不斷重複在電屏上播放。這首歌的節奏強烈，聽起來很像狗吠，實在不能稱之為音樂，反倒比較像在打鼓，如果有上百個人大聲唱出這首歌，搭配踢正步的踩踏聲，聽起來會很嚇人。無產階級很喜歡這首歌，午夜的街頭總會聽見兩派人馬對唱，一邊唱著憎恨歌，另一邊則唱著仍然很受歡迎的〈只是無可救藥的愛戀〉。帕森斯家的小孩一天到晚都在演奏這首歌，用把梳子和一張衛生紙就開始演奏。溫斯頓的晚上從來沒這麼忙過，帕森斯組織了一群志願者，為了憎恨週在街道上做準備，縫製標語旗幟、繪製海報、在屋頂上豎立旗竿，還冒險在街道上橫吊纜線好掛上橫幅，帕森斯自誇說光是勝利大廈就要掛上總長四百公尺的旗幟。這些都是帕森斯的拿手本事，他開心得雀躍不已，而且炎熱的天氣和辛苦勞動，讓他有理由在晚上換穿短褲和開襟襯衫，一個人做好幾件事情，搬動東西又推又拉的、縫縫補補、敲敲打打、即興表演、和大家打打鬧鬧，同時還會給大家身為黨同志的勸誡，全身上下每一層皮肉似乎都不斷散發出可怕的汗臭。

倫敦各地突然出現一張新的海報，上頭沒有標語，只畫了一個好像怪獸一樣的歐亞國士兵，身高有三到四公尺，帶有蒙古種特色的臉上面無表情，穿著巨大的靴子邁開大步前進，腰上帶著一把半自動步槍，槍口利用繪畫透視技法放大了，不管從哪個角度看著海報，都像是直接對著你。這張海報貼在每面牆上所有空白的地方，數量甚至多過老大哥的肖像。無產階級通常對戰爭比較無感，不過現在也被逼得陷入短暫的愛國狂熱。彷彿是要迎合大眾的情緒似的，火箭炮攻擊的死傷人數比平常還要更多，有一枚就砸中史代普尼區擁擠的電影院，數百名死者葬身在瓦礫堆下，鄰近地區所有的人都現身參加冗長的葬禮，儀式進行了好幾個小時，這次集會徹底點燃眾人的怒火。還有一次，炸彈擊中的是一塊荒地，這裡是附近小孩的遊樂場，十幾個小孩被炸成碎片，於是引起更多人的怒火，眾人上街遊行示威，葛斯登的肖像遭到焚毀，幾百張歐亞國士兵的海報也遭人撕下丟入火中，一片混亂之中有幾家商店遇到搶劫，然後傳出謠言說間諜是透過無線電波控制火箭炮，有對老夫婦被懷疑有外國血統，房屋遭人放火，在火場中窒息死亡。

茱莉亞和溫斯頓只要能在查靈頓先生店面樓上的房間相會，就會肩並肩躺在沒鋪床單的床上，打開窗戶，赤身露體讓自己涼爽。那隻老鼠沒有再回來，但是熱氣卻讓蟲子的數量激增到嚇人的地步。不過好像也沒關係，不管這房間是骯髒或乾淨，這裡就是天堂。他們一進房間會先在每個地方灑上黑市買來的胡椒粉驅蟲，然後脫掉衣服，兩副汗水淋漓的身體交纏做愛，睡著醒來後才發現蟲子又聚集起來，而且還集合起來準備反擊。

四次、五次、六次——他們在六月間就見面了七次。溫斯頓戒掉整天喝杜松子酒的習慣，似乎已經不需要酒精了；他變胖了，腳上的靜脈曲張性潰瘍也消掉了，只在腳踝上方的肌膚留下一塊棕色的斑；清晨起床後的咳嗽也沒再發作，生活中的一切不再那麼難以忍受，他再也沒有衝動想對著電屏扮鬼臉，或者聲嘶力竭罵髒話。現在他們有一個安全的藏身處，幾乎就像個家一樣，就算他們不能常常見面，每次見面也只能待幾個小時，但兩人不覺得苦，重要的是這個二手商店樓上的房間存在著，只要知道房間還在，不會受人侵擾，感覺就像待在房間裡一樣自由。這個房間自成一個小世界，這一小塊地方還停留在過去，已經絕種的動物也能漫步其中。溫斯頓想，查靈頓先生就是絕種的動物，他通常會在上樓的時候停下來跟查靈頓先生聊幾句，老人似乎是很少，或者說幾乎不出門，而店裡又可以算是沒什麼客人，他就像鬼魂一樣遊蕩在這間陰暗的小店裡，等到要準備餐點的時候又飄進後頭空間更小的廚房，而廚房裡不知道為什麼居然擺了一架古老到讓人難以相信的留聲機，張著巨大的喇叭。老人似乎很高興有講話的機會，他會在那些毫無價值的商品間留連，伸著長鼻子，戴著厚厚的眼鏡，弓著肩膀縮在天鵝絨外套裡，他總是給人一種收藏家的感覺，而不像古董商。他會帶著一種熱忱不再的心情隨意指著幾件廢物——瓷製的玻璃瓶塞、破爛鼻菸盒的彩繪盒蓋，還有一個金黃銅的盒墜，裡頭放著一綹頭髮，屬於某個死了很久的小嬰兒。老人從來不要求溫斯頓買東西，只是希望他能好好欣賞，跟老人說話就像聽一個年久失修的音樂盒發出叮鈴聲。溫斯頓已經從老人記憶深處又挖出幾句童謠，這些片段早就被人遺忘了，有一段唱著二十四隻黑鳥，有一段是說一頭牛的角被壓扁了，還有一段唱的是有關可憐的公雞羅賓之死。「我只是突然想到你可能會有興趣。」老人每次想起一段新的童謠就會這樣不經意笑著說，可是他每首歌都只想起一、兩句。

溫斯頓和茱莉亞兩人在某種程度上都知道，他們現在擁有的這一切不可能長久，他們時不時都會想起這件事。有時候覺得死期真的不遠了，就如同躺在這張床上一樣真實，這時他們會抱在一起，彷若沒有明天那樣盡情縱慾，就像受到詛咒的靈魂，而此刻不到五分鐘，鐘聲就要響起，他們只能抓住最後一點點的歡愉。不過也有些時候他們以為這樣的生活不但安全，而且還可以持續下去，只要他們真正踏進這間房間，兩人都覺得什麼也傷害不了他們。雖然來到這裡的路上很艱辛又危險，但這房間就是他們的避難所，就好像溫斯頓盯著玻璃紙鎮的中心，感覺自己好像能走進那個透明的世界，只要進去了，時間就奈何不了他。兩人經常沉溺在逃避現實的白日夢裡，不知道自己的運氣是好還是不好，但仍繼續祕密策劃著兩人的事情，就像現在這樣，希望他們的餘生都能一起渡過。或許凱薩琳會死掉，只要巧妙安排一下，溫斯頓和茱莉亞就能成功結婚；或者他們可以一起自殺；又或者他們可以搞失蹤，改變身分讓人認不出來，學著用無產階級的腔調說話，在工廠找工作，棲身在偏僻的小巷子裡過日子，不會讓人發現。當然這些全都是空話，他們兩個很清楚，事實是他們根本逃不了，只有一個計畫看來是可行的，那就是自殺，但是他們兩個也不想付諸實行。日復一日，週復一週，他們抱持著這些念頭，編織出一個沒有未來的現在，好像也抵擋不了，直覺就這樣想了，就好像只要有空氣的話，肺部就一定會吸進下一口。

偶爾他們也會談到參加對抗黨的積極行動，但是沒有提到該怎麼跨出第一步，就算神話般的兄弟會真的存在，還是很難找到加入的方法。溫斯頓告訴茱莉亞自己和歐布萊恩之間有一種奇怪的親近感，或者至少似乎有這種感覺，而且有時候他會湧起一股衝動，想要直接走到歐布萊恩面前，說他是黨的敵人，要歐布萊恩幫他。說也奇怪，茱莉亞居然不覺得這麼做簡直魯莽到不可思議，她也常常以貌取人，所以溫斯頓光靠一個眼神就這麼篤定歐布萊恩是值得信賴的，她好像覺得這樣很自然，而且她還認定每個人，或至少大部分的人其實私底下都是討厭黨的，如果覺得是在安全的情況下，人人都會違反規定，但是她不相信這會發生，或者會發生有組織的大規模反抗行動，她說那些有關葛斯登和地下軍隊的故事都只是一大堆廢話，黨散播這些謠言別有居心，讓人得假裝相信這件事。不知道有多少次，她參加黨的動員和自發性遊行示威，都扯開嗓子大喊著要處決某些人，但是她從來沒聽過這些名字，也完全不相信他們真的犯了這些所謂的罪名，公開審判的時候，青年聯盟會派出工作人員，她也是其中一人，這些年輕人從早到晚圍在法庭四周，中間休息的時候就喊著：「叛徒該死！」在兩分鐘憎恨時間裡，大家對著葛斯登大聲咒罵，她總是比別人更大聲，可是她卻不太清楚葛斯登是什麼人，代表了什麼意義。她是在革命後的時代長大，對於五〇和六〇年代期間發生的意識形態之爭，她年紀還太小，根本什麼都不記得，獨立政治運動這種事情對她來說是完全無法想像，而且不管怎麼說，黨永遠所向無敵，黨會一直存在，而且永恆不變，你的反抗只限於偷偷不守規矩，最多就是違反暴力法條，像是殺人或者用炸彈害死人。

在某些方面，茱莉亞比溫斯頓更敏銳，也比較不受黨的宣傳行動影響。有一次，他碰巧從某件事聊到和歐亞國的戰爭上，她居然漫不經心說她認為根本就沒有這場戰爭，讓他非常驚訝，她還說倫敦每天遭到火箭炮攻擊，說不定根本是大洋國政府自己幹的，「這樣人民才會害怕。」這種想法溫斯頓真的從來沒有過，她還說自己在兩分鐘憎恨時間裡，覺得最困難的就是要忍住不要爆笑出聲，這真讓溫斯頓覺得有點嫉妒。不過她只對與自己生活有關的黨教條有疑慮，通常她對官方版本的神話故事會照單全收，但只是因為她好像覺得這些事實和謊言之間的差別並不重要。例如說，她在學校裡學到說飛機是黨發明的，她就相信了。（溫斯頓上學的時候是五〇年代，他記得黨只宣稱發明了直升機，十多年後，等到茱莉亞上學時，黨已經接收了飛機，再過一個世代，連蒸汽引擎也是黨的了。）溫斯頓告訴茱莉亞，他出生以前就已經有飛機，比革命的時代還要早得多，但這件事對她來說一點意義也沒有，畢竟，誰發明了飛機很重要嗎？讓他更驚訝的是，他從她偶然幾句評論中發現，她似乎也不記得大洋國在四年前還在跟東亞國打仗，而跟歐亞國和平相處，雖說她確實認為這整場戰爭都是騙局，但看來她甚至沒有注意到敵人的名字已經換了。「我以為我們一直在跟歐亞國打仗。」她淡淡說，這種反應有點嚇到他了。飛機是在她出生很久以前就已經發明，但是戰爭對象的轉換只不過是四年前的事，她已經長大成人。他就這點跟她爭論了大概十五分鐘，最後他終於挖出她的記憶，讓她隱約想起曾經他們的敵人不是歐亞國，而是東亞國，但這件事對她來說並不重要，「誰在乎呢？」她不耐地說，「該死的戰爭老是一場接著一場，而且大家也知道啊，新聞都是謊話。」

有時候他會跟她聊到紀錄局的事，還有他在那裡做過的那些無恥偽造，這些事好像沒有嚇到她，一想到把謊言變成真相，她也不覺得彷彿腳下的地面開始陷落，墜入深淵；他告訴她瓊斯、亞倫森和路瑟福的故事，以及曾經握在他手中那張重要的紙片。她並不覺得這些有什麼了不起，老實說，一開始她還不知道這個故事的重點在哪裡。

「他們是你的朋友嗎？」她問。

「不是，我從來不認識他們，他們曾經是內黨成員，而且年紀都比我大太多了。他們是舊時代的人物，活躍於革命之前，我只認得他們的樣子。」

「那你在擔心什麼？常常都有人被殺掉，不是嗎？」

他努力想讓她理解：「這件事情很特殊，這不只是某人被殺掉的問題。妳知道所謂的過去，從昨天之前的過去其實都遭到廢除了嗎？如果過去還留存在什麼地方，就是少數不帶文字的實體物品，就像那塊玻璃。我們已經可以說幾乎不了解革命，也不知道革命之前的事，所有紀錄都遭到銷毀或者竄改，每一本書都重新寫過，每張畫作都重新畫過，每座雕像、每條街道、每棟建築都換了新名字，每個日期都被改了，而摧毀竄改的過程還在繼續，每一天、每一秒都不間斷，歷史已經停擺了，除了永無止境的當下，沒有其他東西存在，在這個當下，黨永遠是對的。當然我也知道過去已經經過竄改，不過就算竄改過去的人就是我，我卻永遠不可能提出證明，因為工作結束後就沒有證據留下，唯一的證據就在我腦海裡，我又無法確定會不會有其他人跟我有相同的記憶。我這一生當中，就只那麼一次，在事件發生了那麼多年之後，真的掌握具體的證據。」

「那有什麼值得高興的？」

「沒什麼好高興的，因為我過幾分鐘就把東西丟掉了，但要是相同的事情發生在今天，我就會留下證據。」

「我可不會！」茱莉亞說，「我隨時都願意冒險，但是只為了值得的事情，而不是為了一張舊報紙，就算你那時候把證據留下來，又能怎樣呢？」

「大概不能怎樣，不過那是證據，如果我膽子大一點，到處拿給別人看的話，或許可以讓某些人心生懷疑，我不敢想在我們有生之年可以改變什麼，不過可以想像某些地方有小部分的人聚集起來，形成反抗的力量，一小群、一小群的人再集結起來，逐漸擴大，甚至還能留下一些紀錄，這樣下個世代的人就可以繼續我們未完的任務。」

「親愛的，我對下個世代沒興趣，我只對我們有興趣。」

「妳真正叛逆的地方只有下半身而已。」他說。

她覺得這句話真是高明，開心伸出雙臂環抱著他。

對於複雜的黨規教條，她一點興趣也沒有，只要他開始講起英社黨的黨規、雙重思考、容易竄改的過去、否認客觀事實，還有他用新語說話的時候，她就表現出無聊和困惑的樣子，說她從來沒注意過這些事，大家都知道這些是廢話，那又何必擔心呢？她知道什麼時候該歡呼、什麼時候該喝倒采，知道這些就夠了。如果他一直要聊這個話題，她就習慣倒頭大睡，讓他講不下去，她這種人任何時間、任何姿勢都睡得著。

跟她談話之後，溫斯頓才了解，要表現出服從教條的樣子，但其實一點都不懂教條的意義，這是多簡單的事，就某方面來說，那些無法了解黨世界觀的人，反而最容易接受，這些人可以接受黨明目張膽破壞事實真相，因為他們從不曾真正了解黨對他們的要求是多麼可怕的罪行，也不會積極了解公共事務，所以不會注意到究竟發生了什麼事。

因為他們不了解，所以還能保持理性，只是對每件事都囫圇吞棗，而他們吞下的東西對身體其實也沒有害處，因為這些東西完全不會留下來，就像小鳥吞了一顆玉米粒，完全不會消化就排出來了。

14

這天終於來了，溫斯頓終於等到那個訊息，他覺得自己一生似乎都在等待這件事。

他走在部門裡長長的走道上，幾乎快走到茱莉亞把紙條塞進他手裡的那個地方，然後他注意到有個比他高壯的人就走在身後，雖然不知道那個人是誰，但他聽見對方低聲清了清喉嚨，顯然是準備要說話了。溫斯頓停下腳步轉過身去，是歐布萊恩。他們終於面對面了，但是溫斯頓當下的念頭只想逃跑，他的心臟劇烈跳動，都快說不出話來了。不過歐布萊恩還是維持原本的動作繼續前進，友善地拍了拍溫斯頓的手臂，讓兩人肩並肩走在一起，然後他開口說話，語氣十分有禮，感覺很奇怪，不過這正是他和其他內黨黨員不一樣的地方。

「我一直想找機會跟你說話。」他說，「我那天看到你在時報上寫了那篇新語文章，我想你對新語研究很有興趣吧？」

溫斯頓恢復了一點沉著，「算不上研究，」他說，「我只是業餘，那不是我的本業，我和這個語言實際的建構完全沒有關係。」

「可是你寫起新語來非常漂亮。」歐布萊恩說，「不只我這樣想，我最近才跟你一個朋友聊過，他絕對是新語專家，我現在一時想不起他的名字。」

溫斯頓的心又絞痛起來，這絕對是在說塞姆，錯不了，但塞姆不只是死了，他整個人都被廢除了，已經是非人了，要是讓人發現在哪裡提起他都會有生命危險，歐布萊恩這樣說肯定是想當成信號，是通關密語，犯一個小小的思想罪，把他們兩人變成共謀。他們繼續慢慢走在走道上，不過歐布萊恩突然停下腳步，推了推鼻樑上的眼鏡，不知道為什麼，這個動作總讓他看起來有種無害的友善，然後他繼續說：「我真正想說的是，我在你的文章裡注意到你用了兩個已經廢棄的字詞，不過這也是最近才廢掉的。你看過第十版的新語辭典嗎？」

「沒有，」溫斯頓說，「我想應該還沒發行，紀錄局還在用第九版。」

「我想第十版應該還要過幾個月才會發行，不過已經有幾本樣本在流通了，我自己就有一本，也許你有興趣看看？」

「非常有興趣。」溫斯頓說，他馬上就知道事情要往哪個方向走。

「有些新的成果實在是太天才了，像是減少動詞數量，我想這點你一定會有興趣。我看看，我可以派個信差把辭典送給你，可是我擔心我老是會忘記這些事情，或許你應該找時間來我家拿？等等，我把地址給你。」

他們就站在電屏前面，歐布萊恩有點心不在焉摸摸兩邊的口袋，然後掏出一本小小的皮革面筆記本，還有一隻金色墨水筆。他就站在電屏下方，不管電屏的另一頭有誰在監看，都能看到他這個位置在寫什麼東西，他寫下一個地址，撕下紙交給溫斯頓。

「我晚上通常都在家，」他說，「如果不在的話，我的僕人會把辭典給你。」

然後他就走了，留下拿著紙的溫斯頓，但這次沒必要藏起這張紙，儘管如此，他還是仔細把紙上的資訊背起來，幾小時之後就把那張紙跟著其他紙張送進記憶洞裡。

他們以前的談話最多不會超過幾分鐘，這次小插曲只可能代表了一件事，這是為了讓溫斯頓知道歐布萊恩的地址。這個訊息很重要，因為除非直接開口問，否則根本不可能知道其他人住在哪裡，也沒有什麼電話簿可以查。「如果你有任何事要見我，就來這裡找我。」這是歐布萊恩跟他說的話。也許辭典裡某個地方藏了什麼訊息，但不管怎樣，可以確定的是確實有陰謀存在，不只是一個夢，而他已經接近陰謀的外圍了。他知道自己遲早都會服從歐布萊恩的召喚，也許是明天，也許要等很長一段時間才行動，他無法知道，這次不過是幾年前就已經開始的計畫轉化成行動。第一步是不由自主冒出祕密思想，第二步是開始寫日記，他已經把思想轉成文字，現在要把文字化為行動，最後一步就可能是在仁愛部發生的事情，他已經接受自己的命運，結局一開始就註定了，不過卻很可怕，或者更清楚地說，彷彿已預見了死亡，就像少活了好幾年。就連他在跟歐布萊恩說話的時候，當他想起那些話的意義，全身不禁竄起一股涼意，讓他忍不住發抖。他感覺自己好像一腳踏進潮濕的墓穴裡，不過這樣想也不會比較好，因為他一直都知道外面有多少危險在等著他。

15

溫斯頓醒來的時候，眼眶充滿淚水，茱莉亞慵懶地翻過身靠著他，咕噥著說話，好像是在說：「怎麼了？」

「我夢到……」他剛開口就猛然停住，講起來實在太複雜了，先是他做了這個夢，醒來後沒幾秒他腦海中又浮現跟這個夢有關的記憶。

他閉上眼睛往後躺，沉浸在夢境的氣氛裡，那個夢感覺很寬廣又清晰，他的一生似乎就在眼前展開，像是夏日夜晚下雨過後的景色，一切都發生在玻璃紙鎮裡，而玻璃表面就是天空，天空下的一切都充滿了明晰又柔和的光線，讓人可以一眼望出無限的距離，這個夢也包含溫斯頓的母親挪動手臂的一個姿勢，其實就某種意義來說，這個夢本身就存在於這個手勢裡，而三十年後，溫斯頓又在新聞影片中看到那個猶太女人做出這個手勢，想要保護那個小男孩躲過子彈攻擊，但後來直升機還是將他們都炸成碎片。

「妳知道嗎，」他說，「一直到現在，我都相信是我殺了我媽。」

「你為什麼要殺她？」茱莉亞幾乎已經快睡著了。

「我沒有殺她，不是真的拿刀殺死她那種。」

在夢裡，他還記得最後一次看著母親，然後想起一連串相關的小事情，他的記憶短短幾分鐘都回來了，他這麼多年來一直刻意要把這段記憶從意識中抹去，他不確定那是什麼時候發生的事，不過他當時一定超過十歲，可能是十二歲。

他父親在當時更早之前就失蹤了，他也不記得是多早之前，比較記得是當時那個喧鬧而躁動的環境：時時空襲引起的恐慌、大家躲在地鐵站的防空洞裡、到處都是瓦礫堆、街角貼著不知所云的宣言、青年人成群結黨穿著相同顏色的T恤、麵包店外頭排著長長的人龍、遠處傳來斷斷續續的機關槍炮火聲響……最記得的就是那時候一直都吃不飽。他記得他和其他男孩子在漫漫長日的下午，在垃圾箱、垃圾堆裡四處搜尋，找些高麗菜葉的硬梗、馬鈴薯皮，有時候甚至還能找到一點受潮的麵包邊，他們會仔細刮掉上頭的煤渣；還有，他們也會在卡車行駛的特定路線上等卡車經過，因為他們知道卡車上載著牛飼料，經過修補低劣的路面會彈跳起來，有時候就會灑出一些油渣餅。

他父親失蹤的時候，母親並沒有表現出驚訝或深沉的哀悼，而是好像突然變了一個人，似乎完全失去了靈魂，就連溫斯頓都看得出來，她在等著一件她知道一定會發生的事情到來，她做著份內的事：煮飯、洗衣、縫補、鋪床、掃地、除爐灰，但動作總是慢吞吞的，奇怪的是，她也沒做其他多餘的事情，就像藝術家的人體模型突然按著自己的意識動起來，而原本豐滿勻稱的身材也似乎自然失去動感。她會坐在床上動也不動，一坐就好幾個鐘頭，只在照顧溫斯頓的小妹妹，妹妹才兩、三歲，是個嬌小體弱的孩子，非常沉默，因為身材瘦小，一張臉看起來很像猴子，偶爾她會抱著溫斯頓，緊緊抱著很長一段時間，一句話也不說，雖然當時溫斯頓還很小，只會為自己想，但是他知道大家從來不提的那件事就快要發生了，而妹妹的動作似乎也跟那件事有關。

他記得他們住的那個房間，裡頭昏暗又密不通風，一張鋪了白色床單的床占去幾乎一半空間，壁爐爐圍有一台煤氣爐，還有一個櫃子，食物都放在裡面，爐圍外則擺了一個棕色的陶製水槽，很多房間裡都有這樣的水槽。他記得母親身材高挑勻稱，在煤氣爐前彎著腰拿杓子攪動平底深鍋裡的東西。他最記得的就是自己隨時隨地都在飢餓狀態，吃飯時間就像一場使盡下流手段的戰鬥，他總是對著母親大吼大叫發脾氣，他甚至還記得自己的聲音語調，因為提早開始變聲，所以有時候聽起來像奇怪的隆隆聲，又或者他會裝出引人同情的嗚咽聲，努力想得到多一點食物。溫斯頓的母親當然也認為他是「男孩子」，理應得到最大份，可是不管她給多少，溫斯頓總是要更多，每次吃飯的時候母親總是會哀求他不要這麼自私，要記得他還有一個生病的妹妹也需要食物，但是都沒用，只要母親不再舀食物給他，他就憤怒大叫，試圖把湯鍋和杓子搶過來，從妹妹的盤子裡拿食物，他知道自己這麼做會讓母親和妹妹挨餓，可是卻沒辦法停止，他甚至覺得自己有權利這麼做，肚子裡大聲抗議的飢餓感好像讓他的行為名正言順。在兩餐中間的時候，如果他母親沒有警覺的話，他常常就會去偷吃櫃子裡已經少得可憐的存糧。

有一天，政府發放了巧克力配給，已經有好幾個禮拜或好幾個月沒有這種發放措施了，他們三人分到了兩盎司巧克力塊（那時候的單位還用盎司），當然巧克力應該分成三等份，可是突然溫斯頓開口了，他感覺這不像自己的聲音，他用低沉的聲音大聲要求全部的巧克力應該都歸他，他母親叫他不要那麼貪心，然後兩人就陷入喋喋不休的漫長爭辯，繞來繞去都講同樣的話，過程中摻雜了大叫、哀嚎、眼淚、抗議和討價還價。他的小妹妹伸出雙臂攀在母親身上，看起來完全像隻小猴子，張著悲傷的大眼睛轉頭看著身後的哥哥。最後他母親把巧克力掰成三塊，其中三分之一給了溫斯頓，另外三分之一給他妹妹。小女孩拿著巧克力呆呆看著，大概不知道這是什麼東西。溫斯頓站在原地看了她好一會兒，然後突然往前一撲就從妹妹手上搶過那塊巧克力，接著就逃出門外。

「溫斯頓！溫斯頓！」他母親在他身後叫著，「回來！把妹妹的巧克力還給她！」

他停下腳步，但沒有回去，他母親焦急的雙眼緊盯著他的臉，甚至到了現在他都還在想，究竟是什麼原因讓他做出那件事。他妹妹發現自己的東西被搶了，抽抽搭搭哭了起來，他母親伸手抱著女兒，讓女兒的臉緊貼著自己的胸脯，這個動作透露出某個訊息，溫斯頓知道他妹妹快死了，他轉身跑下樓梯，手裡的巧克力漸漸融化。他再也沒見到母親。他搶走巧克力之後覺得很羞愧，在街頭遊蕩了好幾個小時，一直到肚子餓了才回家，等他回到家才發現母親已經消失，那時候發生這種事情已經很正常了，房間裡的物品都還在，但母親和妹妹卻不見了，她們沒有帶走一件衣服，甚至連母親的外套都沒帶。直到今日，溫斯頓還是不確定母親是不是死了，非常有可能她只是被送到強迫勞動營，而至於他妹妹則可能像他一樣，被帶到某個流浪兒童之家（這些地方叫做感化中心），內戰之後這種地方就愈來愈多；或許妹妹和母親一起到了勞動營，也可能只是被丟到某個地方等死。

夢境在腦海中仍歷歷在目，特別是那個保護性的懷抱手勢，似乎就說明了一切。溫斯頓又想起兩個月前的另一個夢，母親就像是坐在那張鋪著骯髒白色床單的床上，一樣的坐姿，胸前一樣抱著孩子，不過是坐在下沉的船上，離他的腳下好遠，每分鐘都不斷往下沉，但還是抬頭望著他，眼神穿透黑暗的水。

他告訴茱莉亞他母親消失的故事，茱莉亞連睜開眼睛都沒有就翻身過去，把自己調整到比較舒服的姿勢。

「我想你當年一定是個野蠻的小豬頭，」她不置可否地說，「小孩子都是豬頭。」

「對，但這個故事真正的重點是——」

從她的呼吸聲聽來，顯然她又睡著了，他本來還想繼續聊他母親的事情。從他對母親僅存的記憶中來看，他不認為母親是什麼不平凡的女人，更不是什麼聰明的人，但她卻有一種高貴純淨的氣質，就是因為她所遵行的準則是屬於私人的，她主宰自己的感覺，不受外界影響改變，她並不認為行動如果沒有效果就沒有意義；如果你愛某個人，你就是會愛他，就算你已經無以奉獻，還是能付出自己的愛。最後一塊巧克力沒有了，他的母親就把孩子緊緊抱在臂彎裡，這樣其實並沒有用，什麼也改變不了，這樣也生不出更多巧克力，沒辦法避免這孩子或她自己死亡，不過她似乎覺得這麼做很自然。坐在船上的逃難女人也是這樣用手懷抱著小男孩，這跟拿一張紙去擋子彈一樣沒用。糟糕的是，黨迫使你相信光憑著衝動、光憑著感覺是成不了事的，甚至還會剝奪你掌控物質世界的力量，而一旦你落入黨的手中，你感覺到或沒感覺到什麼、你做了什麼或不想做什麼，基本上都沒有差別了，不管發生什麼事，你都會消失，你和你所做的一切都不會再有人知道，你已經被人從歷史的洪流中拔除得一乾二淨。但是對於兩個世代以前的人來說，這些聽起來好像不是那麼重要，因為他們也不打算改變歷史，他們對人的忠誠主宰自己的生活，而且毫無疑問，個人的關係聯繫才是最重要的，每個完全無關緊要的小動作，像是擁抱、流淚、對將死之人的低語，可能都有其價值。溫斯頓突然想到，無產階級似乎還維持著這樣的狀態，他們的忠誠不是對黨、對國家或者對任何信念，他們對彼此忠誠。溫斯頓生平第一次覺得他不討厭無產階級，或者覺得現在他們只是一股死氣沉沉的力量，總有一天會突然甦醒，讓世界改頭換面。無產階級依然保持著人性，沒有變成鐵石心腸，還保有人類原始的情緒，這是溫斯頓自己必須有意識努力重新學習的。想到這裡，他想起一件沒什麼直接關聯的事，幾個星期以前他才在人行道上看到一隻斷手，還把斷手當作高麗菜菜梗一樣踢到水溝裡。

「無產階級才是人類，」他大聲說，「我們不是人。」

「怎麼說？」茱莉亞又醒來了。

他想了一下，「妳有沒有想過，」他說，「我們現在最好趁還來得及之前離開這裡，然後永遠不要再見面？」

「有啊，親愛的，想過好幾次了，可是無論如何我都不想這麼做。」

「我們是運氣好，」他說，「可是再繼續也不能維持多久了，妳還年輕，看起來正常又無知，如果離我這種人遠遠的，或許還能多活五十年。」

「不要，我都想清楚了，你所做的事，還有我要做的事，都想過了。不要太灰心喪志，我挺懂得求生存的。」

「我們或許還能在一起六個月、一年，誰也不知道，不過最後我們一定要分開的。妳知道我們應該要有多孤獨嗎？萬一他們抓到我們，我們完全沒辦法幫彼此做什麼，一點辦法也沒有，如果我認罪，他們就會殺了妳；要是我不認罪，他們還是會殺了妳，不管我做什麼、說什麼，或者我不肯說什麼，頂多都只能讓妳多活五分鐘，我們甚至不知道對方是死是活，真的是完全一點辦法也沒有。不過最重要的是，我們不能背叛對方，就算這麼做也無法改變什麼，我們還是要堅持。」

「如果你是說認罪的話，」她說，「我們應該會認罪，一定的，大家都會認罪，沒辦法，他們會折磨到你說為止。」

「我不是說認罪，認罪不代表背叛，妳說什麼或做什麼都沒關係，只有感覺才是最重要的，如果他們能讓我不再愛妳，那就是真正的背叛。」

她仔細想了想，「他們沒辦法這樣，」她終於開口說，「這件事他們做不到，他們可以逼你說任何事——任何事——可是他們不能逼你相信，他們沒辦法侵入你的心。」

「沒錯，」他燃起了一絲希望，「沒錯，妳說的很對，他們沒辦法侵入妳的心，如果覺得保持人性還有價值的話，就算這麼做不會有結果，但其實已經打敗了他們。」

他想到電屏還有裡面永不休眠的監聽耳朵，他們可以日夜監視你，但只要保持頭腦清醒，還是能夠以智取勝，儘管他們聰明一世，但是卻從來無法知道一個人心裡在想什麼，無法了解其中奧妙。或許等你真的落入他們手中就不是這麼回事了，沒有人知道仁愛部裡發生了什麼事，但還是猜得出來：酷刑、下藥，還有利用精密儀器來記錄你的神經活動，不讓你睡覺、與外界隔離、不間斷偵訊，讓你慢慢精疲力盡，在這樣的情況下，不管是誰都沒辦法隱瞞真相，只要不斷訊問就能抽絲剝繭找到真相，或者利用酷刑折磨逼你說出真相。可是，如果你的目標並非存活下去而是維持人性，最後會有什麼不同？他們無法改變你的感覺，就這點來說，就算你想要也不能改變自己的感覺。他們可以把你做過、說過，或者想過的每件事、每個小細節都攤在陽光下，但是你的內心深處，就算你自己也不知道內心運作的奧祕，他們是無法摧毀的。

16

他們來了，他們終於來了！

他們現在所在的房間是長形的，燈光柔和，電屏的聲音轉弱到只聽得見喃喃低語，深藍色的地毯顏色十分飽和，讓人有種踩在絲絨上的感覺。房間遠遠的另一頭，歐布萊恩坐在桌前，頭頂有一盞綠色燈罩的檯燈，兩旁都放了一大疊紙。僕人帶著茱利亞和溫斯頓進來的時候，歐布萊恩連抬頭看一眼都沒有。

溫斯頓的心臟狂跳著，他都懷疑自己有沒有辦法說話了。他們來了，他們終於來了！他只能想著這句話。光只是來這裡就已經很輕率了，他們居然還一起來，這就實在是愚蠢了，不過他們是沿著不同路線來的，只是約在歐布萊恩家門口見面而已。但是單單要走進這樣的地方就需要很大的勇氣，一般人很少有機會進入內黨成員的住家，就連進入他們的居住區域都很難。這一大片區域裡的住宅都有一種特定的氛圍，每一件東西都是那麼豪華氣派，上好的食物和菸草散發出陌生的味道，電梯安靜地上上下下，移動速度奇快，穿著白色外套的僕人快步走來走去——所有的一切都讓人卻步。雖然他來這裡有很好的藉口，可是每走一步都在擔心，害怕會突然從角落衝出一個黑衣警衛叫他拿證件出來，然後叫他滾。可是歐布萊恩的僕人沒問第二句話就讓他們兩人進去。僕人是個矮小的男人，一頭深色頭髮，穿著白色外套，菱形臉上完全沒有表情，看起來可能是中國人。僕人帶他們沿著走廊往前走，走廊上鋪著柔軟的地毯，牆上貼著奶油色的壁紙，還嵌了白色的護牆板，看起來非常乾淨，這也是很讓人卻步，溫斯頓已經不記得有看過哪條走廊不是因為經常有人走動而變得髒兮兮。

歐布萊恩手上捏著一張紙，好像很認真在研究紙上的內容。他垂著嚴峻的面容，讓人清楚看到他鼻子的線條，看起來既可怕又充滿智慧。他坐著動也不動，大概過了二十秒，然後他把說寫器拉到面前，唸出一串部門裡混用的術語訊息。

「完全批准項目一點五點七句點取消項目六內含建議荒謬至極幾近思想犯罪句點停止建設預先全面評估機械管理支出句點訊息結束。」

歐布萊恩謹慎地從椅子上站起來，踩過柔軟的地毯走向他們，沒發出一點聲音。他講新語時散發出官員的氣息，不過現在好像漸漸消失了，只是他的表情看起來比平常還陰鬱，好像不喜歡受人打擾。溫斯頓本來就覺得害怕，而現在這樣的情況通常會讓他很尷尬，但此時他的恐懼突然爆發到極點，他很可能犯了一個愚蠢的錯誤，他有什麼實際的證據證明歐布萊恩在策劃什麼政治陰謀？不就是一個眼神，還有一句曖昧不明的話嗎？除此之外，只剩下他私自的想像，只存在於夢境之中。他甚至沒辦法繼續假裝他是來借辭典的，因為這樣的話就沒辦法解釋茱莉亞為什麼也在這裡。歐布萊恩經過電屏面前的時候，好像突然想到什麼，於是停下腳步，轉身去按下牆上一個按鈕，突然傳出一個劈啪聲，然後電屏的聲音就停了。

茱莉亞發出微弱的聲音，像是驚訝的尖叫。即使溫斯頓正處於恐慌狀態，他還是覺得很驚訝，所以不得不說出口。「你可以關掉電屏！」他說。

「對，」歐布萊恩說，「我們可以關掉，是特權。」

歐布萊恩現在站在他們面前，壯碩的身形光氣勢就壓倒他們兩人，而他臉上的表情依舊讓人猜不透。他在等，不曉得為什麼，他很堅決要溫斯頓先開口，可是要說什麼呢？就算是現在，他還是很有可能只是一個大忙人，覺得很煩，不知道為什麼他們要來打擾他。沒有人說話，電屏關閉之後，整個房間似乎是一片死寂，時間一分一秒匆匆過去。溫斯頓很努力才能一直保持和歐布萊恩眼神交會，然後歐布萊恩臉上陰鬱的表情突然變了，似乎揚起一絲微笑，他使出他的招牌動作，推了推鼻樑上的眼鏡。

「讓我說，還是你說？」他問。

「我說，」溫斯頓馬上回答，「那東西真的關掉了嗎？」

「對，全部都關掉了，現在只有我們。」

「我們來這裡是因為——」溫斯頓停了下來，因為他突然發現自己的動機實在很模糊，他其實不知道自己希望從歐布萊恩身上得到什麼幫助，所以也很難解釋為什麼要來這裡。他繼續說，同時也意識到他說的話聽起來一定毫無根據又自以為是。「我們認為有某種陰謀、某種祕密組織在對抗黨，而你是其中一份子，我們想要加入為其效命，我們都是黨的敵人，不相信英社黨的規章，我們都是思想罪犯，而且我們兩人還犯了通姦罪。我會告訴你是因為我們把自己的命運交到你手中，如果你想要我們去犯什麼其他罪行，我們都準備好了。」

溫斯頓停下來，感覺身後的門打開了，於是轉頭去看，果然，那個黃臉的矮小僕人沒敲門就走了進來。溫斯頓看到僕人拿著一個托盤，上面擺了玻璃瓶和幾個玻璃杯。

「馬丁是我們的人。」歐布萊恩冷冷說，「馬丁，把飲料拿過來放在圓桌上，椅子夠嗎？好，那我們就坐下來好好聊一聊吧。馬丁，拉張椅子過來坐，我們要談正事，接下來十分鐘你就不用當僕人了。」

矮小的男人坐下來，看來一派輕鬆，但感覺還是像僕人，就像個享受特權的僕人。溫斯頓用眼角餘光打量他，突然想到這個男人的一生都在演戲，他可能覺得放下偽裝的性格是很危險的事，就算只有一下子都不行。歐布萊恩握住玻璃瓶的瓶頸，在每個杯子都倒滿了暗紅色的液體，喚醒了溫斯頓模糊的記憶，好像很久以前曾經在牆上或是廣告板上看過的畫面——電燈燈管組出了一支很大的瓶子，看起來好像在上下活動，把內容物倒進杯子裡。從杯子上面看，液體幾乎是黑色的，可是在玻璃瓶裡卻閃耀著紅寶石般的光芒，聞起來酸酸甜甜的，他看到茱莉亞拿起杯子聞了聞，好奇全寫在臉上。

「這叫紅葡萄酒。」歐布萊恩淡淡笑了笑，「當然你們一定都在書裡讀到過，不過恐怕外黨成員很難喝到吧。」他的臉色又嚴肅起來，然後舉起杯子：「我想我們現在應該先為健康乾杯，敬我們的領袖，敬艾曼紐·葛斯登。」

溫斯頓帶著某種渴望拿起杯子，他曾經讀到關於紅葡萄酒的事情，也夢想過，就像玻璃紙鎮或者查靈頓先生那首記不完整的童謠一樣，都是屬於已經消失、浪漫的過往，在他私自的想像中喜歡稱之為昔日。不知道什麼緣故，他一直都覺得紅葡萄酒的味道應該是甜得不得了，就像黑莓果醬，會讓人一嚐就上癮，但他吞下第一口酒的時候，這東西卻讓他非常失望，事實是他已經喝了這麼多年的杜松子酒，已經根本嚐不出味道了。他把空杯子放下。

「所以真的有葛斯登這個人？」溫斯頓問。

「沒錯，真有這個人，而且他還活著，只是我不知道他在哪裡。」

「那陰謀呢？組織呢？都是真的嗎？這不會只是思想警察編出來的吧？」

「不，是真的，我們稱之為兄弟會，你不會知道太多，只要知道兄弟會真的存在，而你是其中一份子，這就夠了。我待會兒再談這個。」他看看手錶，「就算是內黨黨員，也最好不要關掉電屏超過半小時，這樣並非明智之舉。你們不應該一起來的，你們得分開走。妳，同志，」他向茱莉亞點點頭，「待會妳先走。我們大概還有二十分鐘可用，你們應該可以理解，我得開始問一些問題，大致上說來，你們準備做什麼？」

「只要我們能做的都做。」溫斯頓說。

歐布萊恩坐在椅子上稍微轉了個角度面對溫斯頓，他幾乎完全忽略茱莉亞，好像認為溫斯頓理所當然可以代她發言。歐布萊恩垂下眼瞼等了一會兒才開始問問題，他的聲音低沉又不帶感情，似乎把這個當成例行公事，就像天主教的教義問答一樣，其實他早就知道大部分的答案了。

「你準備好犧牲生命了嗎？」

「是。」

「你準備好殺人了嗎？」

「是。」

「你願意進行破壞行動，即使害死上百條無辜人命也可以嗎？」

「是。」

「願意背叛國家，臣服外國強權嗎？」

「是。」

「你準備好欺騙、偽造、發黑函、腐化孩童心智、發送行為制約藥物、鼓勵性交易、散播性病……你願意做一切可能導致道德淪喪的行為，削弱黨的力量嗎？」

「是。」

「假設說，對著孩童的臉潑硫酸，這樣會對我們有幫助，你也願意做嗎？」

「是。」

「你準備好放棄自己的身分，終其一生都當個服務生或跑船的嗎？」

「是。」

「如果我們命令你自殺，時候一到，你能準備好嗎？」

「是。」

「你們兩人準備好分開，永遠不再相見了嗎？」

「不！」茱莉亞突然插進來。

感覺好像過了好長一段時間，溫斯頓才回答，有那麼一會兒，他好像甚至連說話的能力都消失了，舌頭無聲蠕動著，先是移動到第一個字第一個音節的位置，然後是下一個，一次又一次反覆移動，最後他說出口了，但是並不知道他想說哪個字。「不。」他終於說。

「很好，你說出口了。」歐布萊恩說，「我們必須知道一切。」

他轉身面對茱莉亞，這次說話的口氣好像比較有感情了：「妳知不知道，就算他最後存活下來，也可能會變成不一樣的人？我們可能得給他一個新身分，他的臉、動作、手的形狀、頭髮顏色——甚至連他的聲音都會不一樣，而妳自己可能也會變得不一樣，我們的整形醫師可以把人整到認不出來，有時候這是必要手段，有時候甚至還得截肢。」

溫斯頓忍不住偷瞄身邊的馬丁，看著他蒙古種的臉，臉上看不到疤痕。茱莉亞的臉刷白了一點，雀斑變得更明顯，但她仍大膽面對歐布萊恩喃喃說了一句，似乎是表示同意。

「很好，那麼就決定了。」

桌上放了一個銀色菸盒，歐布萊恩好像是有意無意把菸盒推到他們面前，自己拿了一根，然後站起來開始慢慢來回踱步，好像站著比較容易思考。香菸的品質非常好，味道濃厚，捲得又紮實，捲菸紙摸起來有一種陌生的絲滑感。歐布萊恩又看看手錶。

「馬丁，你該回去廚房了。」她說，「我最好再十五分鐘就打開電屏，離開之前好好看看兩位同志的臉，你會再看到他們的，我可能就不會了。」

矮小男人深色的眼睛掠過他們的臉，完全就像在前門時那樣，他的態度沒有一絲友善，只是想記住他們的長相，對他們沒有興趣，或至少是看起來沒有興趣。溫斯頓想著，或許人工製造的臉沒辦法變換表情。馬丁沒說一句話也沒表示致意就離開了，順手關上門，沒發出一點聲音。歐布萊恩還在來回踱步，一隻手插在黑色工作服的口袋裡，另一手則拿著香菸。

「你們應該清楚，」他說，「抗爭活動都在暗處進行，你們會一直待在暗處。有人會下達命令，你們就照做，不用問為什麼，之後我會寄本書給你們，你們可以從中學到我們生活的這個社會真正的本質是什麼，我們要用什麼方法摧毀這個社會。等你們讀完書，就是兄弟會的正式成員了，但是除了我們抗爭的大目標以及當下立即性的任務之外，你們什麼都不會知道。我可以告訴你們兄弟會的存在，但是不能告訴你們成員是有幾百萬人或幾千萬人，你們個人知道的成員絕對不會超過十五個，你們會有三、四個聯絡人，如果有人消失了就會不時更換，因為這次是你們第一次接觸，所以這個聯絡人會保留，如果有命令要給你們就會透過我，如果我們覺得有必要跟你們聯絡，那就會透過馬丁。等到你們最後被抓到的時候，當然免不了會認罪，但是你們除了自己的行動之外也沒辦法多說，你們能出賣的也不過就是幾個不太重要的成員，你們可能連想出賣我都沒辦法，因為到那時候我可能已經死了，或者換了一張臉變成另外一個人。」

他繼續在柔軟的地毯上走來走去，雖然身材很壯碩，但他的動作卻很優雅，讓人印象深刻，甚至連他把手插進口袋或者夾著香菸，動作都很優雅。他給人的印象與其說是強壯，應該說是自信，還有一種帶著嘲諷的領悟，不管他有多真誠，卻完全沒有表現出狂熱者那種忠貞不二的信念，他講起謀殺、自殺、性病、截肢、變臉這些事情，都帶著一點點戲謔的感覺，「免不了的，」他的聲音彷彿這樣說著，「我們一定要毫不畏縮去做，但是等到活在世上變得像以前那樣有價值，我們就不用這麼做了。」溫斯頓心裡對歐布萊恩湧出一股傾慕之情，幾乎可以說是崇拜，有那麼一下子，他忘記了葛斯登如影子般的形象，看著歐布萊恩有力的肩膀和他臉龐僵硬的線條，看似醜陋卻又富有文化深度，實在很難想像有人可以打倒他，沒有什麼陰謀詭計能騙得倒他，沒有什麼危險是他不能預知，就連茱莉亞似乎都很欽佩他，她放任手上的香菸燒盡，專心聽他說話。歐布萊恩繼續說：「你們會聽到關於兄弟會存在的謠言，當然也會有自己的想像，你們可能以為這是一個謀反者組成的龐大地下組織，在地窖裡祕密集會，在牆壁上刻訊息，用密語或特定手勢來認出同伴，不過這些都不是真的，兄弟會裡的成員沒辦法認出彼此，成員很可能只會認識其中幾個，就連葛斯登自己也是，如果他落入思想警察手裡，他也沒辦法招出完整名單，或者透露出什麼訊息，讓警察得到完整名單，因為根本就沒有這種名單。兄弟會無法遭到殲滅就是因為這不是按照常理聚集的組織，而將我們聚在一起的不過只是一個無法摧毀的信念，除了這個信念，沒有什麼東西會支持你，沒有同志也沒有鼓勵，等到最後你遭到逮捕，也沒有人會幫你，我們從來都不幫助自己的成員，最多是如果真的有必要滅口的話，我們偶爾可以偷渡一把刮鬍刀進牢房。你得習慣沒有結果也沒有希望的日子，你會為組織工作一陣子，然後被抓，你會認罪，然後就會死亡，這就是你唯一能夠知道的結果，在我們有生之年不可能看到什麼明顯的改變，我們已經死了，真正的人生就在未來，不過到那時候我們都已經塵歸塵、土歸土，那樣的未來還有多久，沒有人也不知道，可能要等一千年也不一定，而現在我們能做的就是一步步讓愈來愈多人恢復理智，我們不能集體行動，只能以個人對個人的方式把我們所知道的傳出去，一代傳過一代，畢竟在思想警察監控之下，也只能這樣做了。」

他停下腳步，第三次看著手錶。「同志，時間差不多了，妳該走了。」他對茱莉亞說，「等等，瓶子裡還有半瓶酒呢。」

他把杯子斟滿，拿著杯頸舉杯。「這次該敬什麼？」他說，仍然帶著一點嘲諷的口氣，「敬擾亂思想警察？敬老大哥之死？敬人性？敬未來？」

「敬過去。」溫斯頓說。

「過去比較重要。」歐布萊恩也非常同意。

他們喝光杯子裡的酒，過了一下子，茱莉亞就起身準備離開。歐布萊恩從一個櫃子頂端拿出一個小盒子，交給她一片扁扁的白色藥片，叫她放在舌尖，他說這很重要，出去的時候別讓人聞到酒味，電梯裡的服務員觀察很敏銳的。茱莉亞走出門外，門一關上之後歐布萊恩就好像忘記她這個人一樣，他又來回走了一、兩步，然後停下來。

「我們要安排一些細節，」他說，「我想你應該有藏身處之類的地方吧？」

溫斯頓說出查靈頓先生店面樓上的房間。

「那應該能擋一陣子，之後我們會再幫你另外安排，經常更換藏身處很重要，同時我也會把書寄給你，」溫斯頓注意到，即使是歐布萊恩，提到某些字詞的時候也會特別強調，好像那個字有特別標示一樣，「就是葛斯登的書，你知道吧，愈快愈好。我還要等幾天才會拿到，你應該可以了解，現在沒有多少本了，思想警察只要一追查到就會立即銷毀，速度幾乎跟我們製造書的速度一樣快，不過也沒關係，這本書是無法毀滅的，就算最後一本書也沒了，我們還是可以幾乎一字不漏重新製作出來。你上班會帶公事包嗎？」他又問。

「按照規定都要。」

「長什麼樣子？」

「黑色的，很破舊了，有兩條帶子。」

「黑色，兩條帶子，很破舊——很好。之後很快會有一天，我不能告訴你哪一天，你早上工作時會收到很多訊息，其中一則會有一個拼錯的字，你必須要求重覆訊息，然後隔天你上班的時候不要帶公事包，那天的某個時候，你走在街上會有人搭你的手說：『我想你的公事包掉了。』他交給你的那個公事包裡就會有葛斯登的書，十四天之後要把書歸還。」

兩人沉默了一會兒。「你走之前我們還有幾分鐘，」歐布萊恩說，「我們會再見面的——如果真的見面的話——」

溫斯頓抬頭看著他，「就在沒有黑暗的地方見面？」他有點猶豫地說。

歐布萊恩似乎並不是很驚訝，只是點點頭，「在沒有黑暗的地方見面。」他好像也知道這個暗示，「在你離開之前還有什麼話想跟我說嗎？什麼訊息？還是問題？」

溫斯頓想了一下，他好像已經沒有進一步的問題想問，更不想衝動說出什麼空泛的言論，自以為了不起，他心裡沒有想著和歐布萊恩或兄弟會直接相關的事，而是一些畫面組合而成的影像，像是他母親度過人生最後一段日子的陰暗房間、查靈頓先生店面樓上的小房間、玻璃紙鎮，還有嵌在紫檀木相框裡的那幅錫版雕刻。他幾乎想都沒想就隨口問了一句：「你該不會剛好聽過一首古老的童謠，開頭是這樣唱的：『鐘聲唱出柳橙和檸檬，就在聖克萊蒙』？」歐布萊恩又點點頭，然後帶著慎重有禮的態度把這一段歌詞唱完：

鐘聲唱出柳橙和檸檬，就在聖克萊蒙，
你欠我四分之三便士，鐘聲迴響聖馬丁——
你何時才要還我錢，老貝利的鐘聲響連天——
等我有錢再說，修迪奇的大鐘說。

「你知道最後一句！」溫斯頓說。

「對，我知道最後一句。好了，你該離開了，但先等一下，我把藥片給你。」

溫斯頓站起來的時候，歐布萊恩伸出手拉他一把，歐布萊恩強而有力的手快把溫斯頓的手掌捏碎了。溫斯頓走到門口又回頭看，但歐布萊恩好像已經在把他的影像趕出腦海，手放在控制電屏的開關上等著，溫斯頓可以看見歐布萊恩前方的辦公桌，綠色燈罩的檯燈、說寫器，還能看到鐵絲籃裡堆滿了紙，這件事已經落幕了，溫斯頓想著，不到三十秒，歐布萊恩就會回去繼續方才被中斷的工作，那是他為黨服務的重要工作。

17

溫斯頓累得像塊果凍，沒錯，就是像果凍，這個詞自然而然就出現在他腦海裡，他的身體似乎不只像果凍一樣脆弱，甚至還一樣呈現半透明，如果他舉起手，彷彿就能看到穿透而過的光線。大量工作的疲勞轟炸把他體內的血液和淋巴液都榨乾了，只剩下神經、骨頭和皮膚組成一副虛弱的軀殼。所有感官知覺好像變得更強烈，連身工作服磨痛了他的肩膀，人行道讓他腳底發癢，就連握緊拳頭再放開這樣的動作都會讓他的關節吱吱作響。

溫斯頓這五天以來已經工作超過九十個小時，部門裡其他人也一樣，現在工作都完成了，到明天早上以前，他也真的沒事情可做了，黨沒有再下任何工作指令，他可以在藏身處躲上六小時，然後在自己床上躺九小時。午後陽光和煦，他慢慢走在破敗的街道上，往查靈頓先生的店鋪前進，一直注意著巡警的蹤影，可是卻不顧理智地安慰自己今天下午不用擔心會有人來打擾他。他每走一步，手上沉重的公事包就撞膝蓋一下，彷彿一股奇妙的電流在腿上流竄，公事包裡放著那本書，他拿到這本書已經六天卻還沒打開，甚至連看也沒看一眼。

到了憎恨週的第六天，遊行、演講、吶喊、歌唱、旗幟、海報、影片、蠟像一應俱全，鑼鼓喧天再加上喇叭高亢的聲響，配合著行進的腳步重重的踩踏聲，坦克履帶擠壓著地面，無數飛機發出震耳欲聾的引擎聲，還有槍炮的隆隆聲，經過六天，眾人高漲的情緒已經巍巍顫顫逼近了高潮，眾人對歐亞國的憎恨已經燒成了狂亂，憎恨週的最後一天將會舉行公開處決，吊死兩千名歐亞國戰犯，如果群眾能親手抓住這些戰犯，肯定會將他們撕成碎片。然而就在這個時候卻宣布說大洋國其實不是在和歐亞國打仗，大洋國的對手是東亞國，而歐亞國則是同盟。

當然，沒有人承認現況有任何改變，大家只是知道了這件事，一夜之間街頭巷尾都知道了，東亞國才是敵人，歐亞國不是。這件事發生的時候，溫斯頓正在某個倫敦中部廣場參加遊行示威，那時候天色已晚，在泛光燈照耀之下，蒼白的臉龐更慘白，猩紅色的旗幟也更火紅，廣場上聚集了幾千人，其中大約還有一千名學童，都穿著間諜組織的制服。一個內黨的發言人站在掛滿紅色布條的講台上，他是一個瘦小的男人，手臂長到不成比例，還有一顆大光頭，只留下幾撮直髮，他正對著群眾高談闊論，這個矮小的傢伙因為憎恨而五官扭曲，一手緊緊抓著麥克風，另一手則帶著威嚇狂亂抓著頭上的空氣，他的手臂很細，因此顯得手掌特別巨大。他的聲音透過擴大機聽起來如金屬摩擦般刺耳，大聲唸出一長串敵人的惡行惡狀，包括殘酷暴力、大屠殺、驅逐異己、強取豪奪、性侵、折磨囚犯、轟炸平民、宣傳謊言、不當侵略、違反和約等等，聽著他說話，實在很難不在第一時間相信他，然後跟著他發怒。群眾的怒火時不時會爆發出來，上千人無法控制自己的喉嚨，迸出野獸般的怒吼，掩蓋過講者的聲音，其中最野蠻的叫喊都是來自學童。演講進行了大概二十分鐘，一名信差匆匆忙忙跑上講台，塞了一張小紙條給講者，講者打開紙條，一邊讀著內容一邊還在繼續演講，他的聲音和姿態都沒有變化，演講內容也沒有更改，只是突然間名字都不一樣，無須言語表明，在場的人一個個都明白，大洋國和東亞國開戰了！下一秒就引起一場極大的騷動，因為廣場上掛著裝飾的旗幟和海報全都做錯了！大概有一半的宣傳品都印著錯誤的臉孔，有人在搞破壞！這是葛斯登那群人的傑作！演講中途突然插進一段暴動，眾人將海報從牆上撕下，把旗幟撕成碎片還丟到地上用腳踩，間諜組織成員的行動更是讓人嘆為觀止，他們居然爬上屋頂把煙囪上飄揚的橫幅剪下來，這場暴動不到兩、三分鐘就結束了。講者依然抓著麥克風，肩膀向前傾，沒拿東西的那隻手在空中揮舞，他直接繼續方才的演說，再過一分鐘，彷彿野生動物般的怒吼又從群眾裡爆發出來，憎恨一如往常持續著，只是目標已經變了。

回想起來，真正讓溫斯頓感到佩服的是講者變換立場其實就在同一句話裡完成，不但沒有停下來，甚至連語法都沒有出錯。但那個時候有其他事情需要他注意，就在人們紛紛撕下海報的騷動時刻，有個男人拍了拍溫斯頓的肩膀，溫斯頓沒看到他的樣子，男人說：「不好意思，我想你的公事包掉了。」溫斯頓心不在焉接過公事包，一句話也沒說，他知道自己還要好幾天才能有機會看裡面的東西。示威一結束他直接趕到真相部，雖然那時已經快要晚上十一點，但部裡所有員工都趕回來了，無須等到電屏發出指令要他們回到工作崗位，他們都自動回來了。

大洋國和東亞國開戰了，大洋國一直都在跟東亞國打仗，這五年來大部分的政治文章現在全都過時了，各種報告、紀錄、報紙、書籍、宣傳小冊子、影片、錄音帶、照片等等，全都必須火速更正。雖然還沒有接收到任何指令，但大家都明白真相部高層主管打算用一週的時間，消除所有和歐亞國打仗或是和東亞國聯盟的相關文章。工作量非常大，雪上加霜的是因為整個進行過程需要用到什麼資料的時候，都不能用資料真正的名稱來取得。紀錄局裡每個人一天都得工作十八個小時，剩下的六小時睡眠還得均分成兩次，他們從地下室拿出睡袋鋪滿整條走廊，他們的餐點是三明治和勝利牌咖啡，由餐廳的服務生推著推車送過來。每次溫斯頓結束一段工作要去睡覺的時候，都盡量把桌面的工作清空，醒來時眼睛還睜不太開又腰酸背痛，才發現工作紙捲又如雪片般飛來堆滿桌面，把說寫器埋去了一半，還多到掉到地上，所以溫斯頓總是得先把紙捲好好整理成堆，這樣才有空間工作。最慘的是這些工作絕不僅是機械式的工作，平常只要用一個名字取代另一個名字就行了，但只要是詳細的事件報導文章就必須謹慎處理，還得用點想像力，就連地理知識也很重要，因為需要把戰爭從地球上某個地方轉移到另一個地方。

到了第三天，他的雙眼已經酸痛到無法忍受，每隔幾分鐘就要把眼鏡擦一擦，像是接到一項會把人累垮的工作而天人交戰，其實可以不要做這件工作，可是仍然會為了完成工作搞到精神焦慮。在他有限的時間裡還能記得的一點就是，他並不覺得苦惱，雖然他對著說寫器低聲說的每一個字、拿著墨水筆畫下的每一撇都是蓄意撒謊，但是他和紀錄局裡其他人都一樣焦慮，希望偽造的資料可以完美無瑕。第六天早上，紙捲從氣動管掉出來的速度減緩了，至少有半個小時沒有東西跑出來，偶爾送出一捲，然後又沒東西了，大概在同一時間所有人的工作都輕鬆起來，紀錄局裡每個人都深深嘆了一口氣，以為沒有人會發現，他們完成了一項偉大的工作，只是要絕口不提，現在已經不可能有人可以拿出文件證明大洋國曾經跟歐亞國打過仗。中午十二點整，突然宣布部內所有員工都可下班休息，明天早上再回來，溫斯頓還帶著那只裝著書的公事包，他工作的時候一直把公事包放在腳邊，睡覺的時候就壓在身體底下，他回到家之後刮了鬍子，洗澡的時候雖然水勉強只能算溫熱，但他還是差點睡著。

他爬上查靈頓先生店鋪裡的階梯，每爬一階關節都嘎吱作響，有種奇妙的快感，雖然他很累，但已經不再想睡了。他打開窗戶，點燃骯髒的小煤油爐，煮一壺水好泡咖啡，茱莉亞等一下就到了，在等她的時候可以先看這本書。他坐在破爛的扶手椅上，解開捆著公事包的皮帶。書本非常厚重，黑色封皮，裝幀手法看來很生疏，封面上沒有名字或書名，印刷看起來也有些不太尋常，書頁的邊緣都磨損了，很容易就會散開，好像已經轉了好幾手，書名頁上的題詞寫著：

寡頭集產政治主義的理論與實踐

艾曼紐・葛斯登

溫斯頓開始讀：

第一章

無知即力量

自從有文字紀錄以來，或許從新石器時代結束以後，世界上就分成三種人：高等、中等以及低等，這三種人又可以細分成很多種類，他們有過很多種不同的稱呼，三種人之間的數量比例以及對待彼此的態度也隨著時代更迭而改變，但是社會的基本結構從來沒有更改過，即使經過無數次動亂以及似乎是無法逆轉的變動，同樣的模式總是一再出現，就像一架迴轉儀，不管怎麼用力推動，推到哪個方向，儀器最終還是會回歸平衡。

這三種人的目標是完全互相對立的……

溫斯頓停了下來，主要是想享受一下自己現在正處在舒服安全的環境中閱讀，只有他一個人：沒有電屏，不用擔心有人透過鑰匙孔偷聽，不必緊張得時時轉頭看背後有沒有人，也不用伸手擋住書頁。夏天甜膩的空氣吹拂著他的臉頰，遙遠的某處隱約傳來孩童的叫喊聲，房間裡則是一片寂靜，只聽得見時鐘如昆蟲鳴叫的聲音。他在扶手椅裡坐陷得更深，把腳擺在爐圍上，這真是享受，這就是永恆。突然他把書翻到不同的章節，就像有時候一個人看書時，如果知道自己一定會逐字逐句拜讀，還會一再重讀這本書的時候就會這麼做，溫斯頓發現自己翻到了第三章，然後開始閱讀：

第三章
戰爭即和平

世界最後會分裂成三大強國，這件事其實在二十世紀中葉就可看出跡象。俄國吞併了歐洲之後，美國也接收了大英帝國，現存的三大強權中有兩個，也就是歐亞國及大洋國，已然成形，第三股勢力是東亞國，經過十多年混亂的戰爭之後才形成明顯的個體。這三大強國的邊界在某些地方是劃定的，其他地方則會因戰爭結果輸贏而經常變動，不過大致上說來都是照著地理界線劃分。歐亞國包含整個歐亞大陸北部，從葡萄牙到白令海峽；大洋國則有南北美洲、大西洋上的小島，包括不列顛群島、澳大拉西亞[2]以及非洲南部；東亞國比其他兩國都小，西方的國土界線也比較不明顯，但基本上包括中國及中國以南國家領土、日本群島，以及大部分的滿州、蒙古和西藏，但比例時有更動。

這三大強國在過去二十五年來一直在打仗，敵國與友國經常有不同組合，但是戰爭已經不像二十世紀早期那樣極力想徹底殲滅敵人的行動，現在參與戰爭的士兵並不想達成什麼偉大的目標，他們沒辦法摧毀敵人，開戰也沒有物質上的因素，更不是眞的有什麼意識形態的歧異才會分裂彼此，不過這並不表示戰爭中的行爲或是大多數人對戰爭的態度就變得沒那麼嗜血，或者比較有騎士風度，戰爭引起的歇斯底里反而在所有國家中持續蔓延，依然有聽說發生了強暴、強取豪奪、屠殺孩童、大批人民遭到俘虜，對戰犯的報復行爲，甚至極端到把他們丟進大鍋裡煮或者活埋，然而這些行爲都被視爲正常，而且如果做這些事的是自己國家的人，而不是敵方，那就是值得敬佩的功績。不過就實質上來說，眞正參戰的人很少，大部分都是經過高度訓練的專業人士，所以相對來說傷亡也很少，如果眞的發生了打鬥，也都是

2 澳大拉西亞是指澳洲、紐西蘭，以及鄰近的南太平洋諸島。

在前線某處，一般人只能大概猜測在什麼位置，或者發生在保衛海上航線戰略位置的海上堡壘。在國民的心中，戰爭不過是代表消費物資持續短缺，偶爾會掉下一顆火箭炮殺死幾十個人。戰爭的本質其實已經變了，更確切地說，戰爭發生的原因變了，過去重視的和現在重視的已經不一樣，有些動機在二十世紀早期的大規模戰爭中雖然也多少有影響，但是現在已經變成戰爭的主因，而且當權者會清楚意識到這個原因，然後據此行動。

現在這場戰爭雖然每過幾年敵友組合就會更動，但還是同一場戰爭，而要了解這場戰爭的本質就要先知道，這場戰爭不可能有什麼結果，三大強國中不管是哪一個，就算另外兩國聯合起來也不可能眞正征服第三國，他們太勢均力敵了，而國界的天然屏障又難以克服。歐亞國幅員遼闊，大洋國則有大西洋及太平洋保護，而東亞國的居民又非常勤勞，生產力驚人；再說，就物質上來說，也已經沒有什麼好爭的了，三國都已經各自建立起自給自足的經濟，生產及消費都牢牢扣在一起，過去戰爭的主因都是爲了爭奪市場，但那樣的年代已經結束了，因爲搶奪原物料已經不再是攸關存亡的關鍵。無論如何，三大強國的領土都非常遼闊，所需要的原物料幾乎都可以在自家國內取得，如果這場戰爭有什麼直接的經濟因素的話，應該是爲了爭奪勞力。在三大強國的邊界，有些區域並非一直由某一國掌管，例如北非摩洛哥的丹吉爾、西非剛果的布拉薩維爾、澳大利亞北部的達爾文、中國南部的香港，這四個點所圍起的區域內居住了地球上大約五分之一的人口，三大強國一直在爭奪的就是爲了擁有這些人口密集的區域，以及北極冰帽，實際上並沒有哪個強國曾經眞正控制住這一整個爭議地區，部分區域的控制權經常易主，而三強之間的敵友關係之所以老是變來變去，也是爲了要有機會拿下這塊或那塊地方，才會一夜之間就背叛了同盟國。

這些爭議區域都蘊藏了價值連城的礦產，有些還能種植出重要的作物，像是橡膠，在比較寒冷的氣候帶就必須用相對昂貴的方法才能合成，不過最重要的還是因爲這裡有取之不盡、用之不竭的廉價勞力，只要拿下赤道非洲、中東各國、印度南部，或者印度洋群島，就能隨意取用數量可達上百萬、上千萬工資低廉又工作勤奮的亞洲勞工，大家幾乎都把住在這個地區的居民降格成奴隸階級，不斷轉手給一個又一個征服者，在強權的互相較勁下，就像使用煤炭或石油般，強權揮霍人力以製造更多軍備，獲得更多領土，就這樣不斷重複循環。應該注意的是，強權的爭鬥範圍一直沒有超出爭議區域的界線，歐亞國的邊界在剛果盆地區域與地中海北岸進進退退，大洋國和東亞國則一直在爭搶印度洋及太平洋上的小島，而在蒙古地區，歐亞國和東亞國的界線是從來沒有劃清過，在北極圈，三大強權則宣稱自己擁有廣大土地，但其實那裡大部分都無人居住也未經探索；不過三強國之間一直都大致勢均力敵，各國的核心領土也一直都未受侵犯。更甚之，赤道地區那些遭到剝削的勞動人口其實對世界經濟不是那麼重要，他們不會讓世界更富裕，因爲不管他們製造什麼都是爲了戰爭，而開戰的目標永遠都是爲了取得更有利的地位，好引起另一場戰爭。因爲有這些勞力，奴隸人口讓持續不斷的戰爭步調愈來愈快，但如果沒有他們，全球社會的結構以及生產供給的流程並不會有什麼根本的不同。

現代戰爭的主要目的是什麼？（就好像雙重思考的原則，內黨成員自然而然都知道了，可是大腦主觀認知又不會意識到。）目的就是要用盡機器製造的產品，但是又不能提升大眾的生活水準。打從十九世紀末起，工業社會就一直潛藏著如何處理消費物資過量的問題，但如今大多數人甚至連吃飽都有問題，顯然物資過量並不是迫切的危機，就算沒有人為毀壞物資，物資過量或許也不會是緊急問題。今日的世界跟一九一四年之前的世界比起來，已變得貧瘠荒蕪，就快分崩離析，若是和一九一四年人們當時心目中對未來的期盼比起來，那就更悲慘。二十世紀初，人們對未來社會的願景是每個人都富裕到無法想像，生活閒適，社會安定，辦事有效率，用玻璃、鋼筋和雪白的水泥打造出閃閃發亮、整潔無比的世界，幾乎每個受過教育的人多少都有這種期盼。科學與科技發展速度驚人，所以眾人自然而然認為這樣的發展能繼續下去，但結果並非如此，一部分原因是連年的戰爭與革命造成貧窮問題，一部分則是科學與科技的進展要憑靠經驗思考，但是一個嚴格控管思想的社會扼殺了這樣的可能性。整體來說，現在的社會比五十年前還要原始，某些落後的區塊有些進展，像是許多和戰爭或警察諜報多少有相關的儀器，但是大部分的實驗和發明都停滯下來，而一九五〇年代原子戰爭造成的破壞又一直沒有完全復原。話雖如此，機器潛藏的危機依然存在，打從機器第一次出現在世人眼前，知識份子便理解到以後再也不需要人類來做苦力，人與人之間不平等的鴻溝也將消失。如果能謹慎使用機器達到這樣的目標，不出幾個世代，飢餓、超時工作、髒污、文盲以及疾病都會消失，事實上，就算不是爲了這些目的使用機器，機器所創造出來的財富有時是不可能不分配出去的，因此自然確實能提升一般大眾的生活水準，而且在十九世紀末到二十世紀初，這五十年間有很大幅的進步。

不過全民財富提升確實也帶來毀壞的風險，沒錯，就某種程度上而言確實是毀壞，毀壞了階級化的社會。如果這個世界上大家的工時都很短，食物充足，住在有廁所有冰箱的房子裡，買得起車子，甚至還能買飛機，那麼最明顯、或許也是最重要的不平等現象就消失無蹤了，一旦大家都有錢，財富也就失去了意義。當然，我們可以想像得到在某個社會裡，個人擁有的財產與奢侈品可以平均分配，而權力仍然掌握在少數權貴階級手裡，但實際上這樣的社會不可能維持長久穩定，因爲在過去絕大多數人都因爲貧苦而變得無知，一旦所有人都過著閒適安逸的生活，這些人就會受教育，會學到爲自己著想，到了那個時候，他們遲早會知道這些少數擁有特權的人一點作用也沒有，馬上會推翻統治。到頭來，階級社會只可能建築在貧窮與無知的基礎上。二十世紀初，一些有想法的人夢想著要回到過去的農業社會，但這個解決方法並不實際，因爲這和機器化的浪潮背道而馳，全世界幾乎每個國家都把機器化當成發展目標，彷彿生存本能一樣，再說，工業比較落後的國家在軍事方面也孤立無援，比較先進的敵國就會直接或間接控制該國。

如果用限制物品產出量來讓大眾維持在貧窮狀態，這個解決方法也讓人不盡滿意。這個情況大約在一九二〇至四〇年間曾大規模發生過，當時正值資本主義的最終階段，許多國家都允許停滯經濟活動，暫停耕作土地，不再增加資本設備，禁止大量人民工作，僅靠國家福利勉強糊口，但這麼做也導致軍力不振，國家飽受貧困所苦，這樣的結果顯然毫無必要，因此難免造成反抗。問題是要如何維持工業之輪運轉，同時又不增加實際財富。必須生產物資，但物資不能平均分配，所以在實務上唯一的解決方法就是不斷發動戰爭。

戰爭本質的行動就是破壞，並不一定要殺人，但必須毀掉人力生產的物品，這些物資可能會讓人民的生活過得太舒適，因此長久下來也會讓人民變得太聰明，而戰爭就是一個解決方法，能夠把這些物資摧毀殆盡，跟著飛彈發射到高空的同溫層裡，或者沉進深海裡。就算戰爭中使用的武器並沒有眞的遭到破壞，還是能夠利用製造武器的過程來投入更多人力，但又不會生產出太多消費物資。例如要建造一座海上堡壘就需要非常多人力，這些人力足以建造出幾百艘貨輪，可是到最後這座堡壘會遭到廢棄而拆毀，完全不會製造出任何對人有益的物資，而要建造一座新堡壘，又需要更多大量人力。原則上來說，人民只會拿到勉強能夠維生的物資，所有剩下來的過剩物資就會用戰爭消耗掉，不過實際上政府總是低估人民的需求，結果讓國內有一半的生活必需品長期短缺，但政府也將之視爲好處，政策刻意讓所有人都處在生活艱苦的邊緣，就連特權階級也不例外，因爲當物資短缺的問題愈來愈嚴重，少數特權的重要性就會愈來愈大，而階級間的差距就愈來愈遠。從二十世紀初期的標準來看，就連內黨成員都是過著儉樸又辛勞的生活，但內黨成員所能擁有的幾樣奢侈品，像是設備齊全的大房子、品質較優的衣物、食物、飲料、菸草、有兩三個僕人伺候，還有私人的汽車或直升機，這已讓這些人生活在一個與外黨成員不同的世界，而外黨成員跟那些貧苦的大眾比起來，也就是我們所稱的「無產階級」，生活也有類似的優勢。社會的氣氛是我們坐困愁城，只要擁有一塊馬肉就能看出是富裕或貧窮，而同時，因爲知道正在打仗，也就有了危機意識，所以會認爲把所有權力交給一小群人似乎是很自然的事，爲了生存也沒辦法。

戰爭最後一定會造成必要的破壞，不過人民在心理上是能夠接受的。原則上，如果只是要消耗世界上過剩的勞力其實很簡單，只要建造廟宇和金字塔、一直挖洞又填平，或者甚至是製造大量物品，然後一把火燒了，不過這樣的階級社會只是經濟上不平等，而非情感的不平等，這裡要考慮到的不是要鼓舞一般大眾，只要人民一直不斷工作，他們的態度根本就不重要，戰爭要鼓舞的是黨內部的士氣。就算是黨內最卑微的黨員也必須要有能力、勤勞，甚至要有一定程度的聰明才智，不過黨員也應該要當一個容易受騙、無知的狂熱份子，主導的情緒都是恐懼、憎恨、諂媚，或者瘋狂慶祝勝利，也就是說，黨員必須維持適合戰爭時期的心理狀態，戰爭是不是眞的開打並不重要，而且既然不可能出現決定性的勝利，戰爭傳來的是捷報還是敗北的消息並不重要，黨只需要戰爭存在就夠了。黨要求黨員拋開自己的理智，若是在戰爭的氣氛中就更容易達成目的，而現在幾乎人人皆是如此，但是一個人在黨内的階級愈高，情況就愈嚴重，尤其對内黨黨員來說，他們對戰爭的狂熱及對敵人的憎恨應該是最強的，如果一個内黨黨員擔任了管理職務，他的工作就經常需要了解哪一則戰爭消息不是眞實的，或許他也常常會意識到這整場戰爭都是假的，要嘛根本沒開戰，要嘛開戰的目的根本和宣稱的不一樣，不過這樣的認知很輕鬆就可以用雙重思考的技巧扭轉過來，而且内黨黨員的信念從來就沒有動搖過，不知道爲什麼他就是相信戰爭是眞實的，而且最後一定會獲得勝利，大洋國將會成爲全世界不可動搖的主宰。

内黨所有成員都深深相信大洋國能征服世界，並奉爲眞理，而要達成目標的方法有兩種，一是一步步擴大領土，藉此讓國力擁有壓倒性優勢；二是發明新型武器，讓敵人無法招架。尋找新型武器的需求一直沒有中斷過，對那些富有創造力或思考力的人來說，這也是他們難得還能有發揮空間的活動之一。在今日的大洋國，過去所認知的「科學」已不復存在，在新語中也沒有對應的語彙，以前所有的科學成就都是建立在思想的經驗法則上，不過這和英社黨的基本黨規背道而馳，而且只有產品在某方面對扼殺人類自由有貢獻時，才可能看到科技進步，世界上所有實用性學問要嘛就是停滯不前，要嘛就是退步，田地用馬來拉犁，而書卻用機器在寫，不過若是會影響到生存的重要學問，其實也就是指戰爭和情報，政府還是鼓勵運用經驗法則，或至少是容忍這種方法。黨的兩個目標是要征服地球上每一個角落，以及一舉消滅所有獨立思想的可能性，所以黨最關心的就是兩個亟待解決的大問題，一是要如何不顧他人的反對，獲知別人的想法，另一個就是如何在幾秒鐘之內出其不意殺掉幾千萬人，以目前仍在進行的科學研究來看，這是主要議題。今日的科學家有兩種，一種是身兼心理學家和訊問專家，鉅細靡遺研究臉部表情、手勢和聲調所代表的意義，試驗藥品、休克療法、催眠以及身體凌虐等方法是否對逼問眞相有用；另一種是化學家、物理學家或者生物學家，這些人只會關心自己的專長領域，通常都和剝奪生命有關。和平部裡有許多實驗室，還有一些實驗基地藏身在巴西叢林、澳洲沙漠，或是南極圈不知名的島嶼上，專家團隊的工作從沒有間斷過。有些科學家關心的只是計畫未來戰爭中的後勤補給；有些負責設計更大的火箭炮、爆炸威力更強，和更堅不可摧的盔甲；有些研究更致命的新型毒氣，或是能夠大量生產的可溶性毒藥，足以摧毀一整塊大陸的所有植物，或者繁殖對一切可能抗體都免疫的病菌；有些則努力製造出新型交通工具，例如像潛水艇一樣能鑽進土裡的車輛，或是像輪船那樣能夠不仰賴基地長期航行的飛機；還有一些在探索更渺茫的可能性，例如在距離地面幾千公里的高空架設透鏡，用來集中太陽光能量，或是擾動地心的熱能，製造人工地震和海嘯。

不過這些計畫從來就跟實現沾不上邊，三大強國從來沒有哪一方眞的明顯勝過其他兩國，更重要的是這三強國都已經擁有原子彈，這項武器比他們目前研究可能發明的武器都來得更強大，雖然英社黨按照慣例宣稱原子彈是他們發明的，不過原子彈的問世應該最早可追溯至一九四〇年代，大概十年後就開始有大規模應用。當時大約有幾百枚炸彈轟炸各國的工業中心，主要集中在俄國的歐陸部分、西歐以及北美，造成莫大影響，各國的統治階級這才醒悟，要是再多丟幾枚原子彈，將會瓦解整個社會秩序，他們的權力也將會終結，從此以後，雖然沒有正式簽署協定或者有跡象顯示有這樣的協定，但是再也沒有轟炸發生，三大強國只是繼續製造原子彈，然後存放起來，以應付他們相信遲早會到來的決定性時刻，同時各國的戰略幾乎有三十至四十年都維持不變，直升機的使用頻率愈來愈高，轟炸機也大部分改成自動推進拋射器，可移動的戰艦容易遭到擊沉，因此興建幾乎不會沉沒的海上堡壘來取代，但除此之外就沒什麼進展，坦克車、潛水艇、魚雷、機關槍、甚至連來福槍和手榴彈這些舊型武器都還在使用。雖然報紙上和電屏上經常報導屠殺新聞，但是像舊時戰爭那種極端的作戰方式，在幾個禮拜內殺死十幾萬甚至幾百萬人，這種戰役再也沒出現過了。

三大強國從來都沒有嘗試過任何可能會一敗塗地的戰略，如果有大規模的行動，通常都是針對同盟國突襲，三大強國遵行的策略，或者說他們自以爲遵行的策略都一樣，他們打的算盤就是藉由不斷爭鬥、協商，還有抓準時機翻臉不認人，混合運用這三種手段，好在其他兩國國界外圍取得基地，完全圍住敵國，然後和敵國簽署友好協議，雙方維持和平關係多年，直到對方疑慮平息爲止，在這段期間，載滿原子彈的火箭炮會集結在所有戰略地點，最後同時發射，對敵國造成毀滅性影響，讓對方連想報復都沒辦法，這時就該和另外一國簽署友好協議以準備應付下一波攻擊。不消說，這樣的策略只是在做白日夢，根本不可能實現，再說，除了所有權有爭議的赤道鄰近地區以及極圈以外，其他地方並沒有發生戰役，從來也沒有發生入侵敵國領土的行動。這就能解釋爲什麼三大強國之間有些地區的疆界很模糊，例如歐亞國可以輕鬆佔領不列顛群島，因爲這裡就地理上來說屬於歐洲，而另一方面，大洋國也可能把疆界推進到萊茵河，或甚至到波蘭的維斯瓦，但這樣就違反文化融合原則，雖然三大強國沒有正式行文規定，但大家都會遵守這樣的原則。如果大洋國想拿下舊稱法國和德國這塊地方，就必須消滅這裡所有居民，這項任務在實際執行上相當困難，否則就是得接收大約一億的人口，這些人在技術發展層面來說，大約和大洋國不相上下。三大強國都會面臨同樣問題，爲了維持組織安定，必須完全禁止與外國人接觸，除了戰犯和有色奴隸以外，但接觸程度都有限，就算是自己國家目前的同盟國，也要時時刻刻對其懷著最深的疑慮。除了戰犯以外，大洋國一般公民從不曾看過歐亞國或東亞國的公民，也不准學習外語，就算能獲准和外國人接觸，也會發現這些外國人和自己很相似，而對外國人的知識也全是謊言。人們生活在一個封閉的世界裡，他們現在之所以趾高氣昂，其實是奠基於恐懼、憎恨和自以爲是，一旦和外國人接觸，世界將會瓦解，這些基礎也會消失無蹤。所以三大強國都非常清楚，即使波斯、埃及、爪哇或者斯里蘭卡這幾個地方的統治者經常換來換去，三國之間的主要疆界絕不能跨越，除了炮彈以外。

在這個表象之下隱藏了一個眞相，從來沒有人大聲談論，但大家都心照不宣據此行動，也就是說，三大強國的國內生活條件基本上都一樣。大洋國的思想領袖叫做英社黨，歐亞國的叫做新布爾什維克主義，而東亞國內則是一個中文名稱，通常翻譯成死亡崇拜，但或許叫「去我主義」更貼切。大洋國人民不准知道任何有關其他兩國主流思想的事情，不過政府卻教導人民要憎恨這兩種思想，因爲這兩種思想都野蠻地侵害了道德與常識。事實上，這三種思想根本分不太清楚，其他兩國也有相同的金字塔建築，同樣崇拜一個半人半神的領袖，也一樣爲了不斷戰爭而建立起相同的經濟制度，經濟也依靠戰爭而存在。因爲如此，三大強國不但沒有辦法征服另外兩國，就算眞的征服了也沒有好處；反過來說，只要這三個國家維持衝突不斷的狀況，就能像三捆玉米一樣互相扶持站穩。而且可想而知，這三大強國的統治階級知道他們在做什麼，卻又不知道他們在做什麼，他們一生都致力於征服世界，但是他們也知道戰爭必須永遠持續下去，永遠得不到勝利。同時，既然沒有戰敗的危險，就可能否認現實，這點很符合英社黨與其對立思想體制的特性。在此必須重申前面說過的觀念，永遠也打不完的戰爭在本質上已經改變了。

在過去的年代，戰爭這玩意兒遲早都會結束，通常一定會分出勝負，這幾乎已經成定義了，而且在過去，戰爭也是一種讓人類社會和物質現實保持連結的手段。每個時代的每個統治者都努力要在追隨者的腦海中植入一個假造的世界觀，但如果讓人民產生了什麼幻覺，進而削弱軍事實力，統治者也無法承擔這個後果，如果說戰敗就代表失去獨立自主，或者其他通常讓人不想接受的後果，那麼就必須認眞抵禦以防戰敗。另外，不能忽略實質上的情況，如果是哲學、宗教、倫理或者政治，二加二可能等於五，但若是在設計槍炮或者飛機，二加二就必須等於四，沒有效率的國家一定遲早會遭到征服，而想努力增進效率就會阻撓幻覺形成。更甚者，若想要有效率，就必須從過去的經驗中學習，也就是要對過去發生的事情有相當正確的概念，報紙和歷史書籍當然一定會經過潤飾，立場也有偏頗，但像現在這種僞造竄改就不可能存在。戰爭能夠確保人民保持清醒，而且對統治階級來說，戰爭可能是最重要的保障，既然戰爭總是有輸有贏，就必須要有統治階級來負起責任。

不過要是戰爭眞的一直打下去，危險程度也會降低，如果戰爭永不止息，就沒有所謂的軍需品，科技不用進步，就連最具體的眞相也可以否認或忽略。正如同我們所見，目前可稱之爲科學的研究仍然是爲了戰爭而進行的，不過其實本質上是一種白日夢，所以這些研究無法得到成果一點也不重要。這個國家已經不需要效率了，就連軍事效率都不必要，大洋國內唯一有效率的只有思想警察。既然這三大強國都無法征服對方，每個國家其實都自成一個小宇宙，不管如何顚覆人民的思想，大概都不用擔心後果，現實世界只有面對每日生活所需才會形成壓力，例如人民必須吃飽喝足、有遮風蔽雨的地方、有衣服可穿、避免吞下毒藥，或者從高樓層的窗户掉下去之類的，人民還是知道生與死的不同，分辨得出肉體是歡愉或痛苦，不過也僅止於此。大洋國的人民無法與外界聯繫，也不知道過去的面貌，就像生活在外太空一樣，分不清哪邊是上、哪邊是下。在這樣的國家裡，統治者是至高無上的，就連埃及法老王和凱撒大帝都無法比擬，統治者不能讓人民餓死，至少數量不能大到讓人不安，而且必須和對手一樣，保持軍事科技水準低落，不過只要做到最低限度，他們想怎麼樣扭曲事實都可以隨心所欲。

因此，如果我們拿以前的戰爭當作標準，現在這場戰爭就只是扮家家酒，就好像某種反芻動物互相爭鬥，可是牠們頭上的角都正好對著特定的角度，所以沒辦法傷害對方。然而，雖然戰爭不眞實，卻不是沒有意義，戰爭能夠消耗掉過剩的消耗性物資，也有助於維持階級社會所需的特殊心理氛圍，可以說現在的戰爭完全是內政事務。過去所有國家的統治者當然也會挑起戰爭，不過他們知道彼此可能有共同利益，因此戰爭的破壞程度有限，而且戰勝的國家一定會併吞戰敗國。而在我們這個時代，統治者根本就不是互相開戰，統治者宣戰的目標是自己的人民，戰爭的目的也不是爲了占領土地或者不讓土地遭人占領，而是要維持社會結構不受破壞。所以，「戰爭」這個詞彙的意義就變得曖昧不明，或許可以這麼說，因爲一直都處在戰爭狀態，戰爭也就不再是戰爭了。從新石器時代一直到二十世紀初葉，戰爭總帶給人類一種奇特的壓迫感，現在這種壓力已經消失，取而代之的是另一種很不一樣的感覺，假如三大強國不是這樣一直互相征戰，而是同意維持永久和平，互不侵犯領土，大概會有一樣的效果，因爲這樣一來，各個國家依然是自給自足的小宇宙，再也不用擔心外在的危險會帶來什麼嚴重的影響。「戰爭即和平」，絕大部分黨員對於黨的口號都只有粗淺的了解，不過這就是黨口號的內在意涵：眞正永久的和平就跟永久的戰爭一樣。

溫斯頓暫時放下書本，很遠的某個地方傳來火箭炮爆炸的隆隆聲響，不過他還是覺得心情愉快，因為他自己一個人拿著這本禁書，待在沒有電屏的房間裡，他能真實感覺到孤獨和安全，似乎還參雜著一點身體的疲憊感，他感覺到椅子的柔軟，還有窗外的淡淡微風，調皮地輕拂過他的臉頰。這本書讓他著迷，或者說這本書證實了他的想法會更貼切，其實這本書裡說的他都知道，不過這正是吸引他的地方，這本書說出了他想要說的，如果他有辦法將自己凌亂的思緒整理清楚，大概就會像書裡寫的這樣，這本書的作者和他有相近的想法，但是作者的腦力比他強太多了，思緒也更有系統，不像他那麼容易害怕，溫斯頓知道，其實最好的書所告訴你的都是你已經知道的事情。他剛回頭去讀第一章就聽到茱莉亞走上樓梯的腳步聲，於是從椅子上站起來迎接她，她把棕色的工作袋丟在地板上，飛奔進溫斯頓的懷抱，他們已經超過一個禮拜沒見面了。

「我拿到書了。」兩人放開彼此的雙臂之後，溫斯頓就說。

「喔，拿到啦？很好。」她的語氣聽起來不太有興趣，幾乎是馬上就蹲到煤油爐旁邊去煮咖啡。

他們先到床上溫存半小時之後才又繼續聊這件事，晚上很涼，涼到他們必須蓋被單。樓下傳來熟悉的歌聲，還有靴子踩在石板路上的聲音，溫斯頓第一次來這裡時遇到的那位魁梧女人，幾乎已經固定在院子裡了，只要是白天，她一定都會在臉盆和曬衣繩之間走來走去，嘴裡要嘛就是含著曬衣夾，不然就是唱著露骨的情歌。茱莉亞躺在她那一邊床上，好像快睡著了，溫斯頓伸手去拿躺在地板上的書，然後起身靠著床頭坐著。

「我們一定要讀，」他說，「妳也要讀，兄弟會的所有成員都要讀。」

「你讀就好了。」她閉著眼睛說，「大聲唸出來，這樣最好，然後你一邊唸還可以一邊解釋給我聽。」

時鐘的指針指向六，表示現在十八點了，他們還剩三、四個鐘頭。溫斯頓把書攤在膝蓋上，然後開始唸：

第一章

無知即力量

自從有文字紀錄以來，或許從新石器時代結束以後，世界上就分成三種人：高等、中等以及低等，這三種人又可以細分成很多種類，他們有過很多種不同的稱呼，三種人之間的數量比例以及對待彼此的態度也隨著時代更迭而改變，但是社會的基本結構從來沒有更改過，即使經過無數次動亂以及似乎是無法逆轉的變動，同樣的模式總是一再出現，就像一架迴轉儀，不管怎麼用力推動，推到哪個方向，儀器最終還是會回歸平衡。

「茱莉亞，妳還醒著嗎？」溫斯頓問。

「對，親愛的，我在聽，繼續唸，講得太棒了。」

他繼續唸：

這三種人的目標是完全互相對立的，高等人想要維持自己的地位，中等人想和高等人互換位置，而至於低等人的目標，因爲低等人身上背著奴役的重擔，壓力實在太過沉重，所以這群人一直以來的特性，就是很少注意到日常生活之外的事情，不過如果他們會有目標，那就是希望廢除所有群體的差異，創造出人人平等的社會。因此綜觀歷史，鬥爭總是一次又一次不斷發生，而且鬥爭的目的都差不多。高等人似乎可以安心坐擁權力很長一段時間，不過遲早會有一天，一是他們不再相信自己，二是他們無法繼續有效統治，或者兩者皆是，屆時中等人便會推翻他們，中等人會假裝自己是爲了自由和正義而戰，籠絡低等人加入他們的陣營，等到他們達成目的，中等人就會把低等人踢回原地，繼續服務他們，而中等人就成了高等人，這個時候會有一群新的中等人從其他兩群之一當中分裂出來，或者兩邊都有，然後同樣的鬥爭又會重新開始。在這三種人當中，只有低等人從來沒有短暫成功達成目標過，不過如果說在歷史上，低等人的生活完全沒有實質的進步，那是太誇張了，即使在現在這樣衰退的時期，人類平均的生活水準實際上還是比幾個世紀以前好多了，但是財富沒有增加，人民也沒有變得比較和藹可親，從來就沒有發生過一場改革或革命可以讓人類平等有一厘米的進展。就低等人看來，這些歷史性的變革對他們來說只是換了主人的名字而已。

到了十九世紀末，許多觀察家都注意到這個重覆出現的模式，於是就出現一群學者，他們解釋歷史就是一個循環的過程，並且宣稱歷史顯示了不平等是人類生活中無法改變的法則，當然這個論述一直都有人支持，不過學者現在提出這個論述的方式卻有重大的改變。在過去，高等人尤其相信這個社會需要階級制度，不管是王公貴族、牧師，還是律師，因爲這些人都依附著階級社會而生存，所以大力鼓吹這種制度，通常會捏造出一個想像中死後的世界，保證人民在這裡會得到補償，藉此撫慰人心。至於拼了命想得到權力的中等人，一定都會利用像是自由、正義和友愛這類的辭彙當作口號，不過到了現在，有些人還沒坐上權力寶座，還是只想著要快點掌權，他們就開始質疑人類友愛的概念。在過去，中等人扛著平等的旗幟掀起革命，等到踢走舊勢力之後便馬上建立起新的專制政權，而新的中等人其實在這之前就已經認同新的專制政權了。社會主義是在十九世紀初出現的理論，是思想鏈中的最後一環，往前回溯就是古代的奴隸反抗，這個理論仍然深受過去世代的烏托邦主義荼毒，不過從一九〇〇年起出現許多不同形式的社會主義，但卻一種比一種更直接捨棄自由平等。新一波運動在二十世紀中展開，大洋國的英社黨、歐亞國的新布爾什維克主義，還有東亞國通稱的死亡崇拜，都刻意試圖維持不自由、不平等的狀態。當然，這些新運動都是從舊東西發展出來的，主事者想借用過往的榮景來幫他們的意識形態背書。不過這三大強權的目的都是要遏止發展，將歷史凍結在他們所選擇的時刻，當然就和以前一樣，中等人推翻了高等人，然後自己變成了高等人，不過這次，他們刻意運用策略，讓高等人得以永遠維持自己的地位。

這套新法則之所以能夠崛起，部分也是因爲歷史知識的累積，以及人民對所謂的史實更有判斷力，這是在十九世紀以前幾乎不存在的，人民比較了解歷史的循環，或至少看起來是比較了解，而如果人民可以了解，那麼循環就可以改變。但是其背後的主要原因是早在二十世紀初期，這個社會有辦法變得人人平等，雖然說還是有些人天生就比別人更有才能，也一定有特別設計的社會機能，讓某些人就是比別人更有機會，但是社會上已經不再眞正需要階級分別，或是明顯的財富差距，在早先的社會，階級分別不但無可避免，甚至還是眾人希望的結果，不平等就是文明的代價。但是自從發展出機器來製造物品，情況就改變了，就算社會還是需要各人各司其職，但是他們的生活已經不再需要因社經階層不同而不同，因此對於準備奪下政權的新興團體來說，人類平等已經不再是值得追尋的理想，反而是必須避開的危險。在比較古早的時代，社會不可能擁有公義與和平，所以很容易就認同平等的訴求。一個理想中的人間天堂，人類可以互相友愛生活在一起，沒有法律約束，也沒有殘酷的勞役，這個理想已經盤踞在人類想像中好幾千年，而每次歷史性變革都會讓某些人得利，這樣的願景即使對這些人來說都是某種束縛。法國革命、英國革命，以及美國革命讓後來的人享受到成功的果實，這些人心裡一部份也相信自己喊出的口號，像是人權、言論自由、法律之前人人平等之類，他們的行爲在某種程度上甚至受到這些口號的影響。但到了一九四〇年代，所有政治思想的主流都是權力至上，就在人間天堂變成可以實現的理想時，人們開始背棄這個理想，每種新的政治理論，不管叫什麼名堂，都回到階級社會和團體生活的概念。大概在一九三〇年代就開始形成的某種觀念，也在這時候逐漸根深蒂固，例如未審先囚、將戰犯當作奴隸、公開處刑、刑求逼供、利用人質，以及將某地全數人口一併驅逐，這些事情已經很長一段時間沒有實行過，有的甚至好幾百年沒人做過，但是到了這時候，人民卻可以容忍，甚至會爲這些事情辯護，只因他們認爲自己的思想既開明又進步。

有十年的時間，世界各地交戰、內戰、革命和反革命沒有間斷過，然後英社黨和其他對立政權才逐漸浮上檯面，成爲可完全運作的政治理論，不過在本世紀初已經出現許多政治體系預告了新政權的未來，這些體系通常稱爲極權主義，而這個世界在度過眼前的一片混亂之後又會變成什麼樣子，其實早就顯現出大致的輪廓。新一代的特權階級大部分都是官僚、科學家、技師、工會幹部、宣傳專家、社會學家、教師、記者以及職業政客，這些人原本都是領薪水的中產階級，是比較高階的工人，因爲政府獨占產業的中央集權統治讓世界變得貧瘠，於是這些人就聚在一起。和過去與他們對立的群體比較起來，這些人沒有那麼貪婪，比較不受榮華富貴引誘，而比較渴求完全的權力，最重要的是他們更清楚意識到自己在做什麼，更加努力消滅異己。最後這一項是最主要的不同之處。和現今的情況比較起來，過去所有的暴政看來都不太用心維持，效果也不好，統治階級或多或少一定會受到自由思想影響，因此在各個方面也不吝於留點空間，只會特別注意明顯的行動，對於他們的子民在想什麼也不感興趣，以現代的標準來看，就連中古世紀的天主教廷都算是寬容的了。這有部分是因爲過去的政府都沒有能力不間斷監視人民，但是印刷術發明之後，比較容易操控公共意見，而電影和廣播讓這個過程更是大躍進。隨著電視的發展，技術已經進步到能夠在同一台機器上同步接收與傳送訊號，隱私生活宣告終結。每一位公民，或至少是那些重要到值得監視的公民，一天二十四小時都會生活在警察的眼皮底下，隨時聽見官方的宣傳，而其他溝通管道則全面關閉。終於，國家第一次有可能逼迫人民完全服從國家意志，更有可能讓所有人民的意見完全一致。

經過了五〇及六〇年代的革命時期，社會一如往常重組成了高等人、中等人，以及低等人，但是新的高等人並不像前人那樣是依照直覺行事，他們知道自己該做什麼來保護自己的地位，他們早就知道，寡頭政治只有唯一一個安全的基礎，那就是集產主義，如果眾人共同擁有財富與特權，那就很容易保護這些東西。本世紀中期發生了所謂的「廢除私有財產」，其實這代表了財產比以前集中在更少人手上，但是因爲有這樣的差別，國家的新主人就不再是一群個體，而是一個團體，就個人來說，黨員除了一些微不足道的個人物品之外什麼也沒有，但就全體來說，黨擁有大洋國內的一切，因爲黨掌控了一切，黨會依照自認爲合適的方法處置物資。革命之後那幾年，黨可以輕易站上這樣至高無上的位置，因爲他們將整個過程宣稱爲集產主義行動，一般都認爲如果資產階級的一切都遭到徵收，國家一定是實行社會主義，而顯然資產階級的財產已經遭到徵收，工廠、礦場、土地、房屋、交通工具，他們所有的一切都遭人奪取，既然這些物品已經不再是私有財產，那當然就是公有財產。英社黨是先前社會主義運動下的產物，也沿用社會主義的解釋，其實就是實行了社會主義綱領中的主要思想，而這樣的結果也早在預料之中，甚至是刻意引導出這樣的結果，人民的經濟狀況永遠不會平等。

但是如果想永遠維持一個階級社會，問題還要更深入，要讓領導階級下台只有四個方法：一是國家遭到外力佔領；二是政府實在領導無方，人民便會群起叛變；三是政府放縱心有不滿的中產階級日漸強大；四是政府對自己的領導失去自信，也不想再領導下去。這四種因素不會單獨存在，通常在某種程度上都有，只要領導階級能全面應付這四種因素，就能永遠掌握權力，到最後決定性因素還是在於領導階級自己內心的態度。

本世紀中期之後，第一項危險因素實際上已經消失了，如今三大強權瓜分了世界，其實已經無法征服彼此，只能透過慢慢蠶食地理版圖來吞併敵國，但是武力強大的政府很輕易就能避免這種事情發生。而第二項危險也同樣只是一個理論，人民不會自己叛變，也絕對不會只是因爲遭受壓迫就叛變，確實如此，只要人民感受不到比較的標準，就絕對不會發現自己遭受壓迫。過去不斷發生的經濟危機完全不重要，現在也不能再發生，但是其他一樣嚴重的混亂情形卻可以發生，而且出事了也不會對政局造成影響，因爲人民不可能爆發出什麼不滿。至於生產過剩的問題，自從機器技術的發展以來，這個問題就一直潛藏在我們的社會中，不過這可以藉著不停發動戰爭來解決（見第三章），這個做法也有助於激起人民的士氣，將鬥志維持在有效的程度。因此，對目前的統治者來說，唯一眞正的危險就是社會中分裂出一個新團體，這些人有能力、沒有全職工作，又渴望權力，而他們這群人又逐漸滋長自由主義思想和懷疑的態度，也就是說，這個問題在於教育，必須不斷替領導團隊以及底下比較大的執行團隊灌輸意念，然後對於一般大眾的意識教育則只需要消極影響就好。

有了這樣的背景知識，就算本來不知道的人現在也可以推論出大洋國社會大概的結構，金字塔的頂端就是老大哥，老大哥絕對可靠，無所不能，每一次成功、每一項成就、每一次勝利、每一項科學發現、所有知識、所有智慧、所有幸福、所有優點，都是多虧了有他的領導和啓發。從來沒有人親眼見過老大哥，他是佈告欄上的一張臉，是電屏裡傳出的聲音，甚至可以合理推測他永遠不會死，大概也已經無從得知他是何時出生的，黨選擇用老大哥當作僞裝，作爲面對世界的代表形象，他的功用就是一個聚焦的目標，讓人民投射愛慕、畏懼和崇敬，人民比較容易針對一個人感受到這些情緒，對一個組織就相對無感。在老大哥之下就是內黨，人數限制在六百萬人，或者大概還不到大洋國人口的百分之二。內黨底下還有外黨，如果把內黨形容成是國家的大腦，那麼外黨就像是雙手。再更底層的就是愚笨的大眾，通常稱之爲「無產階級」，人數大約是全國人口的百分之八十五。依照我們早先的用詞，無產階級就是低等人，他們是住在赤道地區的奴隸，侍奉過一個又一個征服者，他們不是社會結構中固有的或必要的組成。

原則上，這三種階級的身分並不是世襲，內黨父母的小孩理論上並不是生下來就是內黨成員，不管要進入黨的哪個組織，都必須在十六歲的時候接受測試，不分種族，也沒有哪個地區特別受到眷顧，無論是猶太人、黑人，或是南美純種印地安人都有可能進入黨的最高層，每個地區首長也一定都是從該地區出身的居民，大洋國裡的每一個角落，居民不會覺得自己是住在殖民區，他們不是聽從遙遠首都的命令。大洋國沒有首都，國家領袖也只是一個沒人知道從哪裡來的人，大家只知道英語是主要共通語言，新語是官方語言，除此之外中央沒有其他嚴格規定。統治階級之間並沒有血緣關係，他們是因爲擁有共同的信念才會聚在一起。雖然我們的社會確實有分階級，而且階級間涇渭分明，一開始看起來確實很像世襲制度，不同階級之間的往來活動也遠比實行資本主義時少得多，甚至在前工業時代，各個階級間還比較熱絡，但是唯有如此才能確保弱者不會進入內黨，同時又能允許外黨成員中的野心分子崛起，但不會對黨造成傷害。實際上，無產階級不能進入黨內，他們當中最優秀的人或許會變成引發不滿的核心人物，此時只需要派出思想警察把他們揪出來之後消滅。不過情況不一定是永遠如此，這也無關原則，黨的階級和舊時代所認爲的階級不同，他們的目標不是把權力傳給自己的兒女，如果他們沒辦法讓最有能力的人進入高層，那麼也隨時準備從無產階級裡招募一代全新的成員。在艱困的年月裡，正是因爲黨權力並非世襲才得以有效平息反對聲浪，老一輩的社會主義者所接受的訓練都是要打擊所謂的「階級特權」，他們認爲不是世襲的東西就不會長久，卻不知道寡頭政治的延續不一定是血脈上的延續，他們也沒有停下來想一想，其實世襲的貴族制度總是短命，但是能夠延攬新人的組織，像是天主教廷，卻能延續長達幾百年或幾千年。寡頭政治的本質並非父傳子的繼承，而是堅持某種特定的世界觀與生活方式，由死人傳給活人而延續。統治階級只要能夠提名繼任人選就永遠都是統治階級，黨不在乎自己的血脈能否延續，只想延續這個黨，誰在發號施令並不重要，重要的是這個階級制度永遠不會改變。

所有的信念、習慣、品味、情緒、心態，這些形塑這個時代的特質其實都是爲了維持黨的神祕感，不讓人發現如今這個社會的眞正本質。若是想發動實際的叛變，或者只是採取叛變的初步行動，到目前都是不可能的。黨無須懼怕無產階級，讓他們自生自滅，他們就會一代接著一代，一個世紀又一個世紀，工作、生育、死亡，不但不會有想反抗的衝動，甚至也不會知道這個世界其實不一定要像現在這樣。除非工業技術的進展讓他們必須接受更高的教育，這時他們才會變得危險，可是既然現在已經不用擔心軍事和商業競爭，一般大眾的教育程度其實是不斷下滑，不管大眾有什麼想法或者沒有什麼想法，政府都認爲無關緊要，他們享有思維自由，因爲他們沒有思維能力。不過對於黨員來說，就連最微不足道的議題也不容許他們有一絲想法的偏差。

黨員從出生到死亡都活在思想警察的監視之下，就連獨處的時候都不能完全確定自己是獨自一人，不管身在何處，是熟睡或清醒，工作或休息，在洗澡或在睡覺，都可能無預警遭到盤查，或甚至根本不知道自己正在接受調查；他所做的每一件事都很重要，交什麼朋友、做什麼休閒娛樂，怎麼和老婆孩子互動，甚至身體的習慣動作，都有人鉅細靡遺地一一調查，不只是眞正違反紀律的時候，而是所有古怪的地方，不管有多細微，可能是習慣改變，或是出現緊張時的特定動作，都有可能表示此人內心正在掙扎，而思想警察一定會察覺到。

黨員不能自由選擇要往哪個方向走，不過所作所爲卻不受法律或任何明確規範的行爲方式限制，大洋國內沒有法律，有些思想和行爲一旦讓人察覺就只有死路一條，但卻沒有正式規定究竟哪些是禁止的。看似沒完沒了的淨化行動、逮捕、酷刑、囚禁，以及人間蒸發，這些都不是因爲眞的犯了什麼罪而受懲罰，只是爲了除掉在未來某個時間點有可能犯罪的人。身爲一個黨員不只必須要有正確的思想，連直覺也必須正確，黨所要求的許多信念和態度從來就沒有明白說出來，而且也不能說出來，因爲如此一來就一定會暴露出英社黨內部的矛盾。如果一個人天生就服從黨規（以新語來說就是好思想者），那麼不管在什麼情況之下，他想都不用想就能知道什麼才是眞正的信念，保持什麼樣的情緒才能讓人滿意，不過無論如何他還是必須從小就接受一套周詳的心智訓練，用新語灌輸思想，像是阻罪、黑即白，以及雙重思考等等，讓他不想、也不能對任何議題有太深入的想法。

黨員應該沒有私人情緒，他的熱忱也不應有一絲懈怠，他應該生活在不間斷的狂熱之中，不停憎恨國外的敵人和國內的叛徒，因爲勝利而感到無比歡欣，而面對黨的力量與智慧時則應該感覺到自身的渺小。生活的貧瘠和空虛會引發他的不滿，不過可以透過像是兩分鐘憎恨這種方式巧妙地發洩出來，讓不滿的情緒消失；如果他開始思考，可能會有懷疑或想反叛的心態，但是因爲他老早就接受黨規內化的灌輸，所以可以早一步消滅這樣的心態。黨規中的第一階段是最簡單的，就連小小孩也能學會，在新語中叫做阻罪，阻罪的意思是能夠在危險思想剛冒出來時就馬上阻斷，彷彿是本能一樣，包括無法擁有類推的能力、無法發現邏輯錯誤、無法理解對英社黨有害的簡單論點，或者是聽到有異端理論傾向的思想就會覺得無聊或反感，簡單來說，阻罪就是加了防護罩的愚蠢。但光是愚蠢還不夠，其實正好相反，一個人若要眞正完全服從黨規，必須能夠完全控制自己的心智運作，就好像懂軟骨功的人可以隨意控制自己的身體一樣。大洋國的社會最終都是倚靠著一個信念：老大哥無所不能，英社黨絕對可靠。不過既然事實上老大哥並非無所不能，英社黨也不可靠，處理事實的時候就必須要有一定的彈性，時時刻刻都不能懈怠，這裡的關鍵字是黑即白。這個詞彙就和新語中眾多詞彙一樣有兩個基本上互相矛盾的語意，如果用在敵人身上，表示敵人的囂張無恥，居然說黑色就是白色，也不管這和眼前的事實完全相反；但要是用在黨員身上，則表示黨員忠心不二的意志，只要黨規說黑色就是白色，他就說黑色就是白色，不過這個詞也是指能夠相信黑色就是白色，還有知道黑色就是白色，甚至忘記自己以前的信念其實完全相反。要這麼做，必須不斷竄改過去，而國家的整個思想系統其實已經納入了所有思想，所以也不無可能，在新語中這就叫做雙重思考。

之所以必須要竄改過去有兩個原因，其中一個比較次要，可以說是預防措施，次要的原因就是黨員和無產階級一樣，他們之所以能夠忍受現況，部分是因爲無從比較，所以必須將他們和過去切割開來，就像不能和外國接觸一樣，黨員必須相信自己比前人過得還要好，物質享受的平均水準不斷在提升。不過目前要重整過去更重要的原因是必須確保黨的可靠性，不僅僅是要經常更新每一篇講稿、每一項數據，和每一種紀錄，好讓黨對所有事務的預測都能準確無誤，而且絕對不能承認黨規或政治聯盟有任何改變，因爲改變心意或甚至是改變政策都等於承認了自己的無能。例如說今天的敵國是歐亞國或東亞國（不管是哪一國），這個國家一定一直都是大洋國的敵人，如果事實並非如此，那這些事實就必須更動，所以歷史不斷重寫，由眞相部負責每天僞造歷史。爲了穩住政權，這項工作和仁愛部所負責的鎭壓及諜報活動都一樣必須存在。

歷史的易變性是英社黨的中心信念，他們認爲過去的事件並沒有實體存在，只能靠著書面紀錄和人類的記憶留存下來，只要紀錄和記憶一致就是歷史，然而黨掌握了所有紀錄，也能完全控制黨員的心智，所以黨也就能夠任意編造歷史，這也表示雖然過去可以改變，但卻舉不出什麼確切的例子證明，因爲只要歷史依照目前的需求而改編，那麼這個新版本就代表了過去，也絕對不能存在不同版本的過去，就算有時候，其實是經常發生，相同的事件在一年間會經過好幾次修改，改到都認不出原貌了，最新的版本依然代表過去。無論何時，黨都掌握了絕對的眞相，當然絕對的眞相不可能和現在的樣貌不一樣，若要掌控過去，最重要的就是要倚賴訓練記憶，若是要確定所有書寫紀錄符合目前的黨規，這只需要一點人力就能辦到，不過還是必須要讓黨員記得黨就是希望這些事件這樣發生，如果必須重組人的記憶，或者要竄改書面紀錄，也必須讓黨員忘記曾經發生過這樣的事。記得與遺忘的竅門都可以學習，就像其他控制心智的技巧一樣，大部分黨員都學會了，所有聰明又順從黨規的人當然也學會了，在舊語中說得很直接，稱之爲「眞相控管」，在新語中則叫做雙重思考，不過雙重思考還包含了很多其他意義。

雙重思考是指一個人心裡可以同時抱持著兩種互相矛盾的信念，且兩者都接受。黨內的知識份子知道自己的記憶一定會如何遭到修改，所以就知道自己其實在操弄現實，可是經過了雙重思考之後，他也會安慰自己這樣並不會擾亂現實。黨員必須清楚意識到這個過程，否則思考後的結論就會不夠準確；但是他又不能意識到這個過程，否則黨員會覺得自己在造假，就會有罪惡感。雙重思考是英社黨最核心的原則，因爲黨最重要的行動就是刻意欺瞞，同時不斷堅持他們的目的是爲了完全誠信。蓄意說謊的同時還要眞心相信謊言；遺忘所有對行事不利的事實，然後等到需要的時候再把這件事從遺忘的深淵挖出來，需要存在多久就留多久，用來否定客觀事實的存在，同時又必須仔細評估遭到否定的事實——這些都是不可或缺的必須行動。就連使用雙重思考這個詞彙都必須雙重思考，因爲一個人使用這個詞彙的時候，表示他承認自己在操弄事實，然後趕快雙重思考之後就抹滅掉這項認知，但接著又要再一次，就這樣不斷雙重思考，謊言永遠趕在事實前面一步，到最後，正是因爲有雙重思考，黨才得以掌控歷史的軌跡，而且我們都知道的，或許還能繼續掌控幾千年。過去的寡頭政權之所以跌下龍椅，要嘛是因爲太過僵化，要嘛是因爲太過心軟。一個可能是他們變得愚蠢又傲慢，無法適應變動的環境，於是就遭到推翻；另一個可能是他們的態度變得開放又懦弱，在應該採取武力的時候讓步了，於是同樣遭到推翻，也就是說他們失敗的原因可能是因爲覺察到什麼，又或者可能因爲沒有覺察到什麼。所以黨能夠產生一套思想系統，讓這兩種情況得以同時存在，這實在是一大成就，也因爲沒有其他知識基礎讓黨的統治能夠長久不斷，如果想要統治，而且要一直統治下去，就必須能夠擾亂人民的現實感，因爲統治哲學的祕訣就是要讓人民相信這個政黨絕對可靠，另外加上從過去的錯誤記取教訓的能力。

不消說，最精通雙重思考技巧的人就是那些發明了雙重思考的人，他們知道這套欺瞞心智的系統非常龐大繁雜。在我們的社會裡，最了解發生了什麼事的人都是那些最不了解這整個世界的人，一般說來，愈了解一件事就愈容易受到誤導，愈聰明的人愈不理智。最明顯的例子就是一個人的社會階層愈高，對戰爭歇斯底里的狂熱就愈激烈；那些爭議地區的居民對於戰爭的態度卻大多數都極爲冷靜，對這些人來說，戰爭不過就是連綿不絕的苦難，好像潮汐一樣來來回回打在他們身上，哪一方贏了對他們來說一點差別也沒有，他們知道就算換了一個最高統治者，他們還是做像以前一樣的工作，只是換了一個新主人，但新主人對待他們的方式和舊主人一樣。待遇稍微好一點的工人，我們稱之爲「無產階級」，也是偶爾才會感覺到戰爭的存在，必要的時候，戰爭可以引起他們瘋狂陷入恐懼和憎恨，但如果置之不理，他們可以很長一段時間完全忘記現在正在打仗。只有黨員，尤其是在內黨黨員的身上，才能看到對戰爭的狂熱。這樣相反特質串連在一起的奇妙組合——知識與無知、嘲諷與狂熱，正是大洋國社會區分階級的主要依據，官方的意識型態充滿了自相矛盾，但卻讓人摸不清楚爲什麼會變成這樣，黨捨棄、詆毀社會主義運動原本堅持的原則，但卻說這是爲了社會主義而行。黨大力鼓吹貶低勞動階級的思想，這在過去幾世紀以來從來沒有人這樣做過，但是又讓黨員都穿上制服，因爲以前只有勞工才會這樣，而正是因爲如此，黨才會採取這種做法；黨也一步一步磨蝕家庭團結的特性，但是又稱呼領袖爲老大哥，這個名字正是爲了直接喚起黨員對家庭忠誠的情感。就連統治著我們的四個政府部門也刻意扭轉事實，讓人多少感覺到政府的傲慢，於是和平部掌管戰爭、眞相部處理謊言、仁愛部實行酷刑、豐隆部對付飢荒，這樣的矛盾並非無意形成，也不是普通的僞善才演變成這樣的結果，而是刻意運用雙重思考的技巧，因爲只有讓矛盾走向一致，才能永遠留住權力。除此之外，沒有其他方法可以打破古老傳統的循環，如果要永遠消弭人類平等，也就是說我們口中的高等人想要永遠留在他們的位子上，那麼大多數人的心理狀態都必須處在受控制的瘋狂下。

不過我們到目前爲止，幾乎都沒有談到一個問題，那就是：爲什麼要消弭人類平等？假設我們所形容的汰換機制，這個過程是正確的，爲什麼要花這麼大的力氣，精準策畫每一個步驟，好讓歷史凍結在一個特定的時間點呢？

說到這，我們就說到了最核心的祕密，正如我們所見，黨權力的奧祕，尤其是內黨的權力，都奠基於雙重思考，但深埋在其中的是最原始的動機，從來無人質疑過的本能，就是因爲這個本能才讓人開始爭權奪利，進而產生了雙重思考、思想警察、永無止盡的戰事，以及其他所有必要的資源物品，這個動機其實就是……

溫斯頓突然感覺四周一片寂靜，就像突然冒出一個新聲音，也會讓人警覺起來。茱莉亞好像已經很長一段時間沒有動作了，她躺在床的另一邊，腰部以上赤裸著，臉頰枕在手心裡，一綹深色的頭髮垂掛在她眼前，胸部起伏的動作緩慢而規律。

「茱莉亞。」

沒有回答。

「茱莉亞，妳還醒著嗎？」

沒回答，她睡著了。溫斯頓把書闔上，小心放在地板上，然後躺下來，把被單拉起來蓋住他們兩人。他心想，他還是不知道終極的祕密是什麼，他知道身邊的世界是怎麼回事，但不知道為什麼，第一章就跟第三章一樣，沒有告訴他什麼他不知道的事情，只是把他已經知道的事情整理出條理而已。不過讀完之後，他比以前更加清楚自己並沒有發瘋，就算自己只是少數，甚至少到只有他一個，也不代表他是瘋子，世界上有真相也有非真相，如果堅持相信真相，就算全世界都不相信你，你也不是瘋子。太陽西沉，一道黃色的光芒從窗外照射進來，落在枕頭上。他閉上眼睛，臉上的陽光，還有女孩滑膩的身體碰觸著他，讓他燃起一股強烈、疲倦又自信的感覺，他安全了，一切都很順利，他睡著時口中喃喃唸著：「理智不是數據比較出來的。」他覺得這句評論中蘊含著深刻的智慧。他醒來的時候覺得自己睡了好長一段時間，可是他看了那個舊式時鐘一眼，發現現在才二十點三十，他又躺著打了一會兒盹，然後樓下的院子裡又響起那個熟悉的洪亮歌聲。

只是無可救藥愛上他，
就像四月天，一下就過去，
他看一眼，說一句，都能攪亂我的心！
我已經陷入他的情網裡！

這首胡說八道的歌看來仍然很受歡迎，這個地方還是到處都有人在唱，甚至比憎恨歌更長壽。聽到這個聲音，茱莉亞也醒了，伸了個慵懶的懶腰之後翻身下床。

「我餓了，」她說，「再煮點咖啡吧。靠！爐子的火熄了，水都冷了。」她把煤油爐提起來搖一搖，「裡面沒油了。」

「我想可以去跟查靈頓先生要一點吧。」

「好奇怪，我明明確定是滿的。我先把衣服穿上。」她又說，「好像變冷了。」

溫斯頓也起身穿衣服，歌聲還繼續唱著，一點也不嫌累：

人說時間能撫平一切，
人說記憶總會淡去，
但是這些年的歡樂和淚水，
依然撥動我心弦！

溫斯頓一邊繫上工作服的皮帶，一邊走向房間另一頭的窗戶，日落的方位一定是房子後方，現在庭院裡已經看不到陽光閃耀了。石板路濕濕的，好像才剛洗過，他感覺好像就連天空也是剛洗過一樣，煙囪頂帽間露出來的天空是淡淡的藍色，看起來如此清新。那個女人來來回回走著，一點也不嫌累，嘴裡的曬衣夾塞了又拿、塞了又拿，一下唱歌一下安靜，不停把尿布夾到曬衣繩上，一件、一件、又一件，他想，不知道這個女人是靠洗衣服維生呢，還是只是得像個奴隸一樣照顧二、三十個孫子？茱莉亞也走過來倚在他身邊，兩人一起帶著某種迷戀看著樓下那個健壯的身形。他看著那個女人，女人有種獨特的姿態，粗壯的手臂往上搆著曬衣繩，有力的屁股像隻母馬一樣翹著，溫斯頓突然第一次覺得她好美。他從來沒有想過，一個五十歲的女人，身材已經因為生孩子而臃腫到可怕的地步，皮膚也因為勞動而變得僵硬粗糙，就像一顆熟過頭的蕪菁那樣皺巴巴的，這樣的女人也會美嗎？但確實如此，他想，誰說不可能呢？這副穩重、毫無曲線的身體就像一塊花崗岩，她一身紅潤的皮膚，粗糙到摩擦時會發出聲音，這樣的身體之於少女的身體，就好比玫瑰果實之於玫瑰花，為什麼果實會不如花朵呢？

「她好美。」他喃喃自語。

「她光是屁股就有一公尺寬了吧。」茱莉亞說。

「那就是她獨特的美。」溫斯頓說。

他伸出手環抱著茱利亞柔軟的腰，她的側身從臀部到膝蓋都靠在他身上，他們兩人絕不可能生出小孩的，這件事他們永遠也不能做，不過他們只能靠口耳相傳，我告訴你，你告訴他，如此才能將這個祕密傳遞下去。樓下的那個女人沒有腦袋，只有一雙強壯的手臂、溫暖的心，和一個能夠生育的子宮，他盤算著不知道她生了多少小孩，很可能有十五個，她這朵鮮花曾經短暫盛開過，或許只有一年，綻放出野玫瑰的美麗，然後突然她就像顆授了精的果實，變得堅硬、紅潤又粗糙，接著她的生活就只有洗衣、刷地、縫補、煮飯、掃地、清潔、修補、刷地、洗衣，剛開始是為了孩子，後來是為了孫子，就這樣一直過了三十多年，直到最後她都還在唱歌。他不知為何對她揚起了一股仰慕之情，這份感情似乎跟他對天空景色的讚嘆混合在一起了，那一片淡藍無雲的天空，在煙囪頂帽後頭無限伸展，永無止盡。想起來也很有趣，其實每個人看到的天空都是同一片，不管身在歐亞國、東亞國，還是大洋國都一樣，而所有生活在這片天空下的人其實也差不多一樣，不管在哪個地方，全球幾十億人口都是這樣，不知道別人的存在，人與人之間隔著一道憎恨和謊言築成的牆，但每個人幾乎是一模一樣，從來沒有學習如何思考，但是在心裡、身體裡、每一吋肌肉裡都蘊藏著力量，總有一天會讓世界天翻地覆。如果我們還有希望，就在無產階級身上！溫斯頓不用讀完那本書也知道，這一定就是葛斯登最後想說的話，未來屬於無產階級，等到無產階級的時刻來臨，他們會創建出一個新世界，而他，溫斯頓・史密斯，能夠確定這個世界不會跟黨創建的世界一樣，讓他覺得格格不入嗎？確定，因為至少那會是一個理性的世界，只要有平等，就會有理性。遲早都會發生的，力量會變成意識，無產階級並非凡人之軀，你只要看一眼庭院裡那個英勇的身影就不會懷疑，他們終究會覺醒，雖然要等到那天來臨，可能要等上千年，但是屆時他們會熬過風風雨雨依然存活下來，就像鳥兒一樣，將體內的活力注入到一副又一副軀體內，黨沒有這樣的生命力，也扼殺不了這樣的生命力。

「妳還記得嗎？」他說，「我們第一次在樹林邊見面的時候，有隻歌鶇對著我們唱歌？」

「牠才不是對著我們唱呢，」茱莉亞說，「牠是唱給自己高興的，搞不好連這都不是，牠只是在唱歌而已。」

鳥兒在唱歌，無產階級在唱歌，但黨沒有唱歌。世界各地，倫敦、紐約、非洲、巴西、在疆界之外那些神祕的禁地，在巴黎和柏林街頭，還有一望無際的俄羅斯平原上有些小村落、在中國和日本的市場裡——每個地方都有一個相同打不倒的穩重身形，勞動和生育讓她體型壯碩，從出生到死亡都辛苦勞累，但仍然唱著歌，在她偉大的雙腿之間，總有一天一定能孕育出一群認知清晰的族群，你是死人一個，而他們是未來，但是如果你讓自己的腦存活下去，正如同他們維持軀體的生命力一樣，你就能參與那個未來，然後將祕密的法則傳承下去，告訴他們二加二等於四。

「我們死定了。」他說。

「我們死定了。」忠誠的茱莉亞回應著。

「你們死定了。」他們身後傳來一個冷冰冰的聲音。

他們彈跳開來，溫斯頓的五臟六腑好像都結成冰了，他可以看見茱莉亞眼睛裡虹膜周圍的眼白，她的臉變成蒼白的黃色，她的雙頰依舊泛著酡紅，看來分外顯眼，那抹紅看起來幾乎快和底下的肌膚分開了。

「你們死定了。」冰冷的聲音又說了一次。

「在照片後面。」茱莉亞用氣音說。

「是在照片後面。」一聲音說，「留在原地別動，沒聽到命令前不准動作。」開始了，終於開始了！他們什麼也不能做，只能看著彼此的眼睛。逃命吧，趁還來得及之前，逃出這棟房子——但是他們都沒想過這麼做，他們根本沒想到要違背牆裡那個冰冷聲音的命令。牆壁發出一聲爆裂聲，就像某個卡栓彈回原位一樣，玻璃應聲碎裂，照片掉到地上，露出背後的電屏。

「現在他們看得到我們了。」茱莉亞說。

「現在我們看得到你們了。」聲音說，「站到房間中央，背靠背站著，雙手放在腦後，不准碰觸對方。」

他們沒有碰觸對方，可是溫斯頓好像能感覺到茱莉亞全身發抖，或者可能只是他自己在發抖，他可以勉強不讓牙齒打顫，可是卻無法控制雙膝。樓下傳來靴子踩踏的聲響，走進房子又走出去，庭院裡似乎滿滿都是人，好像有人拖著什麼東西走過石板路，女人的歌聲突然停止，接著傳來好長一陣金屬滾動的鏗鏘聲響，好像是那個洗衣盆讓人丟到庭院另一頭去了，然後好多生氣的叫喊聲此起彼落，一陣混亂之後就聽見一聲痛苦的大叫，結束了。

「房子遭到包圍了。」溫斯頓說。

「房子已經包圍了。」一聲音說。

他聽見茱莉亞狠狠咬緊牙關，「我想我們最好說再見了。」她說。

「你們最好說再見了。」一聲音說，然後另一個很不一樣的聲音開口了，尖細的聲音聽起來是受過良好教養的人，溫斯頓有印象以前好像聽過，新聲音說：「對了，既然都談到這裡，『蠟燭帶著光亮，陪著你上床；屠夫帶著斧頭，砍下你的頭。』」

某個東西突然掉到溫斯頓背後的床上，一把梯子的頂端打破窗戶伸進來，有人從窗戶爬了上來，無數雙靴子踩著混亂的步伐從樓梯跑上來，頓時房間裡站滿了穿著黑色制服的壯漢，腳上穿著鑲著鐵片的靴子，手裡拿著警棍。

溫斯頓不再發抖了，就連他的眼睛也幾乎不動了，現在只有一件事情是重要的：保持靜止，要保持靜止，不要讓他們有打你的理由！有個男人站在溫斯頓對面，下巴像是拳擊手那樣光滑無鬚，嘴巴抿成了一條線，默默將棍子放在拇指和食指之間找平衡點。溫斯頓和他四目交接，他覺得自己全身赤裸，而且雙手擺在腦後，臉和身體都完全暴露出來，這種感覺讓人實在難以忍受。男人伸出慘白的舌尖舔了舔原來該是嘴唇的地方，然後又繼續原來的動作。又傳來一聲碎裂，有人拿起桌上的玻璃紙鎮，砸向壁爐的石頭上，碎成一片片。裡頭的珊瑚碎片，那一道小小的粉紅皺褶就像蛋糕上的糖霜玫瑰花蕾，滾落到地毯上。溫斯頓心想，還真小，這東西一直都這麼小！他身後的人倒抽了一口氣，然後傳來一聲悶哼，接著有人往他腳踝上重重踢了一腳，讓他整個人幾乎要倒了下去。一個男人揮拳打向茱莉亞的心臟下方，讓她整個人像把摺尺一樣彎下腰，在地板上扭動，努力想恢復呼吸。溫斯頓連把頭轉個一厘米都不敢，可是有時候茱莉亞漲得青紫、大口喘氣的臉會出現在他視線範圍內。雖然他現在十分害怕，但他還是覺得自己彷彿能感受到那種痛苦，不過要命的疼痛恐怕還比不上努力恢復呼吸來得要緊，他知道那是什麼感覺，可怕的疼痛不停折磨著身體，這還不是最緊張的，最重要的是必須能夠繼續呼吸。然後有兩個男人，一個抓著膝蓋、一個抓著肩膀，把茱莉亞抬起來，像扛沙包一樣把她抬出房間。溫斯頓瞥了一眼她的臉，她的頭往下垂，蠟黃的臉扭曲成一團，雙眼緊閉，不過雙頰還是泛著血色。那是他最後一次見到她。

他完全靜止不動，還沒有人開始打他。不知道打哪來的念頭掠過他心頭，但是好像一點也不有趣，他想著不知道他們有沒有抓住查靈頓先生；不知道他們對庭院裡的女人怎麼樣了。他發現自己好想尿尿，也覺得有點驚訝，因為自己兩、三個小時前才剛尿過；他注意到壁爐架上的時鐘正指著九，表示現在二十一點了，可是這個光線似乎太強了，八月的晚上，二十一點的時候太陽光應該要消失了，不是嗎？他想，會不會是他和茱莉亞搞錯時間了？睡到時鐘都走了一圈，以為現在是二十一點，其實已經是隔天早上八點半了。可是他也沒再繼續想下去，想了也沒用。

走道上又傳來一陣輕輕的腳步聲，查靈頓先生走進房裡，穿著黑制服的男人突然都變得順從起來，查靈頓先生的外表也有點改變了，他的眼神落到地上的玻璃紙鎮碎片。

「把碎片撿起來。」他突然開口。

一個男人聽了話就彎下腰去撿。查靈頓先生原本土氣的腔調不見了，溫斯頓突然明白剛剛他從電屏裡聽見的是誰的聲音。查靈頓先生依然穿著那件老舊的天鵝絨外套，但是原本幾乎全白的頭髮現在全變黑了，他也沒戴眼鏡了。他只朝著溫斯頓射來一道銳利的眼神，好像是要確認他的身分，然後就不再理會他了。雖然溫斯頓還認得出他來，可是他已經不再是同一個人了。他的身體挺直了，好像塊頭也變大了，他的臉只有一點點小改變，可是看起來還是完全不同了，黑色眉毛沒有那麼濃密，皺紋不見了，臉龐的整個輪廓好像都改變了，就連鼻子似乎也變短了，這個男人看起來只有三十五歲，臉上透露出警覺和冷漠，溫斯頓突然發現，這是他自己一生中第一次知道自己正看著一個思想警察。

18

溫斯頓不知道自己在哪裡，他想應該是在仁愛部，但是也沒辦法確定，他身在一間牢房裡，天花板很高，沒有窗戶，牆面是亮晶晶的白色瓷磚，隱藏式的燈光讓室內充滿冰冷的光線，還有一種低沉的嗡嗡聲持續傳來，他想可能跟空氣供給有關，牆上釘著一圈板凳，或說是架子，寬度正好足夠讓人坐下，只有牢房門以及門對面有兩個缺口，門對面是一個便盆，沒有木頭蓋子，四面牆上都分別有一台電屏。

他的腹部隱隱作痛，那些人把他捆起來塞進密閉的廂型車內，然後開車把他載走，從那時候起他的腹部就一直在痛。但話說回來，他也很餓，餓到肚子會痛，會餓壞身體的那種餓，他大概已經二十四小時沒吃東西了，也可能是三十六小時。他還是不知道，或許他永遠也不會知道，自己遭到逮捕的時候究竟是早上還是晚上，自從他們抓了他後就沒給他東西吃。他坐在窄板凳上，盡量靜止不動，雙手交叉放在膝蓋上，他已經學會要安靜坐好，如果突然做了什麼動作，他們會從電屏裡對你大叫。但是他愈來愈想要吃東西，他最想要的就是一塊麵包，他想或許他的工作服口袋裡還有一點麵包屑，甚至有可能有一塊比較大的碎屑，他會這樣想是因為偶爾會覺得有什麼東西在搔他的腳，最後他實在太想知道到底找不找得到，終於克服他的恐懼，將手伸進他的口袋。

「史密斯！」電屏裡傳出聲音，「編號六〇七九，史密斯．溫！在牢房裡不准把手伸進口袋！」

他又安靜坐好，雙手交叉放在膝蓋上。在他們帶他來這裡之前，先帶他到了另一個地方，應該是普通的監獄或者是巡警臨時拘留所。他不知道自己在那裡待了多久，總之有幾個小時吧，沒有時鐘也沒有日光，很難判斷時間。那裡很吵雜，還有一股可怕的味道，他們把他關在一間牢房裡，跟現在這間很像，但是髒得不得了，裡面隨時都擠了十到十五個人。他們大部分都是常見的罪犯，不過其中也有幾個政治犯，他安靜靠牆坐著，跟骯髒的身體擠來擠去，不過他實在太害怕，腹部又持續疼痛，讓他沒辦法太注意身邊的環境，不過他還是發現黨的犯人和一般犯人的行為舉止居然差這麼多，黨的犯人一定都會保持安靜，看來很驚恐，但是一般的犯人好像什麼也不管，也不想理任何人，他們對著警衛大聲辱罵，如果有人沒收他們的隨身物品就會激烈反擊，在地板上寫下不堪入目的字眼，從衣服裡神祕的藏物處拿出偷渡進來的食物大吃，甚至連電屏想要維持秩序的時候都會大聲反罵回去。不過也有人不一樣，有些人好像跟警衛關係就不錯，會叫他們的綽號，希望能哄騙他們從門上的監視孔裡偷塞香菸進來。警衛對一般罪犯的態度也是一樣，雖然他們得粗暴對待罪犯，但是其實還滿寬容的。牢房裡有很多人在聊強迫勞動營的事，大部分罪犯都會送到那裡去，他聽了之後發現，那裡其實「還可以」，只要你關係打好了，知道該去找誰就沒問題，有人靠賄賂、上頭偏袒、敲詐勒索通通來，有人靠同性戀和賣淫，甚至還有用馬鈴薯蒸餾出的私酒。只有一般罪犯才值得信賴，特別是那些幫派份子和殺人犯，他們組成一群特殊的「貴族」階級。所有骯髒事都是那些政治犯做的。

形形色色的犯人來來去去，毒販、小偷、土匪、走私的、酗酒的、賣淫的都有，有些傢伙喝得爛醉就頻頻鬧事，其他犯人還得聯合起來壓制他們。有一個大塊頭的女人，年約六十歲，胸前垂著雄偉的乳房，四名警衛一人各抓一邊手腳，把她扛進來。她拼命掙扎，厚重的白色捲髮披散飛舞，又叫又踢，警衛硬扯下她的靴子，不讓她踢中，然後把她丟下，正好落在溫斯頓大腿上，差點壓斷了他的大腿骨。女人自己坐起身來，看著警衛出去，大吼著：「操你們這些渾蛋！」然後她注意到自己屁股底下凹凸不平的，這才從溫斯頓膝蓋上滑下來，坐到旁邊的板凳上。

「不好意思啦，小帥哥，」她說，「不是我故意要坐在你身上，是那些王八蛋把我丟上去的，他們真的很不懂憐香惜玉對不對？」她停頓一下，拍拍胸口打了個飽嗝，「對不起，」她說，「我感覺不太對勁，真的。」

她彎腰往前傾，然後唏哩嘩啦往地板上吐了一大堆東西。

「好『兜』了，」她閉上眼睛往後躺，「想吐就不要忍，我都是這樣啦，趁東西還沒消化完的時候趕快吐一吐這樣啦。」

她恢復精神之後，轉頭又看了溫斯頓一眼，好像馬上就喜歡上他了，她伸出粗壯的手臂攬住他的肩膀，把他拉近，溫斯頓可以聞到她呼吸中有啤酒和嘔吐物的味道。

「小帥哥，你叫啥名啊？」她問。

「史密斯。」溫斯頓回答。

「史密斯？」女人說，「好巧耶，我也叫史密斯喔，唉呀，」她講話變得深情款款，

「說不定我是你媽喔！」

溫斯頓想，說不定她真的是他的媽媽，她的年紀和體態都差不多，而且人在強迫勞動營裡待了二十年之後，多少也是會改變的。

沒有其他人跟他說話，一般罪犯都不理會黨的犯人，冷漠的程度讓人吃驚，他們稱呼黨的犯人是「搞政治的」，口氣帶著某種愛理不理的輕蔑。黨犯似乎也很怕跟別人說話，更不敢彼此交談，只有一次，兩個黨員，都是女的，讓人在板凳上擠在一起，在一片吵雜聲中，他偷聽到幾句快速交談的低語，其中特別聽到某個叫做「一〇一室」的東西，他不知道那是什麼。他們帶他來這裡已經過了大概兩、三個鐘頭，他的肚子始終隱隱作痛，時好時壞，也影響了他的思緒，一下天馬行空，一下又龜縮回去。肚子愈來愈痛的時候，他只能想著疼痛和食物；比較不痛的時候，他整個人又會陷入恐慌。有時候他會預先看到即將發生在自己身上的事，影像清晰到讓他的心臟狂跳，差點停止呼吸。他感覺到警棍打在他的手肘上，鑲了鐵片的靴子踢在他脛骨上，他看見自己匍伏在地板上，嘴裡掉了幾顆牙，尖叫著求他們手下留情。他幾乎沒想到茱莉亞，他沒辦法專心想著她，他愛她，也不會背叛她，不過知道這些又有何用？他也知道算數規則啊，有什麼用呢？他感覺不到對她的愛，幾乎沒想過她現在怎麼樣了，反而比較常想到歐布萊恩，每次都帶著忽隱忽現的希望。歐布萊恩可能知道他遭到逮捕了，他有說過兄弟會絕對不會試圖拯救組織成員。不過還有刮鬍刀，如果可以的話他們會送一把刮鬍刀給他，警衛衝進牢房阻止之前大概有五秒鐘時間，冰冷的刀鋒就像把火一樣燒入他的皮肉裡，就連握著刀刃的手指都會劃出一道深可見骨的口子。一切感覺又慢慢回到他虛弱的身體裡，就連一點點小疼痛都能讓他縮起身子顫抖。就算他真的有機會拿到那把刮鬍刀，也不確定自己會不會用，讓自己繼續存在這個世界上，好像比較自然，雖然明知最後要飽受折磨，也寧可多活十分鐘。

有時候他想要計算牢房牆上有多少塊瓷磚，這應該很容易，可是他總是數到一半就忘記算到哪裡了。更多時候他會想著自己在哪裡、現在是什麼時候？有一次他很確定外頭一定是大白天，還有一次他也很確定外頭是一片漆黑。他直覺知道在這個地方，燈光永遠不會熄滅，這個地方沒有黑暗，他現在了解為什麼歐布萊恩好像能夠理解這個隱喻。仁愛部裡沒有窗戶，他的牢房可能處在建築中心或者是靠著外牆，可能在地下十層樓或者地上三十層樓。他的思緒在各個地方遊蕩，想要用身體的感覺來決定自己到底是高高在上，還是深埋地底。

外頭傳來靴子踏步前進的聲音，鐵門鏗鏘鏗鏘打開了，一個年輕官員穿著整潔的黑制服出現了，身上的皮革上光之後讓他整個人似乎閃閃發亮，他蒼白的臉龐線條僵直，就像戴了蠟做的面具。他踩著俐落的步伐走了進來，示意外頭的警衛將他們帶過來的囚犯帶進來，詩人艾波佛一個踉蹌跌進牢房裡，鐵門又鏗鏘鏗鏘關上了。艾波佛在牢房兩側試探了一番，好像以為可以找到別的門逃出去，然後又開始在牢房裡走來走去。他還沒注意到溫斯頓在這裡，他的眼神充滿困惑，盯著溫斯頓頭上大概一公尺的牆壁。艾波佛沒穿鞋子，襪子還破了洞，露出又大又髒的腳趾頭，看起來也好幾天沒刮鬍子了，臉上冒出刺刺的鬍渣，都長到顴骨上了，讓他一臉兇惡樣，可是配上他虛弱的龐大身軀和緊張的動作，看起來很古怪。

溫斯頓勉強打起精神，他一定要跟艾波佛說話，就算電屏那頭會有人大聲喝斥也一樣，甚至很有可能艾波佛就是帶刮鬍刀進來的人。

「艾波佛。」他說。

電屏沒有傳出大吼聲，艾波佛停頓了一下，有點嚇到，眼睛慢慢聚焦在溫斯頓身上。

「啊，史密斯！」他說，「你也在這裡！」

「你怎麼進來了？」

「老實說……」他坐到溫斯頓對面的板凳上，動作有點遲鈍，「罪名只有一條，不是嗎？」他說。

「你犯了那條罪嗎？」

「當然啦。」他一隻手放到額頭上，在太陽穴上按了按，好像是努力想想起什麼。「發生了一些事，」他沒頭沒腦就開始說，「我可以想到一個例子——可能的例子，絕對是不智之舉，我們打算要做奇卜林詩集的定本，我把『神』這個字留在一行詩的最後一個字，沒有刪掉，沒辦法嘛！」他的語氣幾乎接近憤怒，抬起頭來看著溫斯頓，「沒辦法改動那行詩啊，要跟『繩』押韻，你知道整個語言系統裡只有十二個字跟『繩』有押韻嗎？我絞盡腦汁想了好幾天，就是沒有其他字可以押韻了嘛。」

他臉上的表情變了，惱怒的情緒退去了，有一下子，他看起來幾乎是神情愉悅，好像是靈光一閃讓他心頭暖了起來，一個老學究發現了某個毫無用處的真相，心中無比歡欣，骯髒的臉和雜亂的頭髮也遮掩不住他閃閃發亮的神采。「你有沒有想過，」他說，「英文詩詞的發展歷史之所以是現在這個樣子，其實是因為英文很難押韻？」

沒有，溫斯頓從來沒有特別想過這點，在這種情況下，他也不覺得這有什麼重要，也沒有興趣知道。「你知道現在幾點了嗎？」他問。

艾波佛又是一臉驚訝，「我想都沒想過耶，他們抓了我，大概是兩天前了，可能有三天了。」他的眼睛在牆壁上逡巡，好像還抱著點希望，看可以在哪裡找到窗戶，「這個地方不管白天黑夜都一樣，我想沒有人可以算出時間吧。」

兩人斷斷續續又交談了幾分鐘，然後也不知道為什麼，電屏突然大吼一聲叫他們安靜。溫斯頓靜靜坐著，雙臂交叉在胸前，艾波佛因為身體比較龐大，坐在窄窄的板凳上不舒服，一直動來動去的，他瘦弱的雙手先是環抱著一邊膝蓋，然後又換到另一邊，電屏大吼著叫他坐好。時間逐漸流逝，二十分鐘、一個小時，實在很難判斷，然後外面又傳來靴子踩踏的聲音，溫斯頓感覺五臟六腑糾結在一起，很快，馬上，或許再過五分鐘，或許就是現在，這陣靴子的踩踏聲就表示輪到他了。

門開了，面若冰霜的年輕官員走進牢房，手迅速一揮，指向艾波佛。

「一〇一室。」

兩個警衛夾著腳步不穩的艾波佛走出去，他臉上看來有點不安，但卻一頭霧水。

好像又過了好長一段時間，溫斯頓的肚子又開始疼痛，他的思緒就這樣一路不斷往下沉，就像一顆球一次又一次從同樣的狹縫裡掉下去。他只想著六件事：肚子痛、一塊麵包、流血尖叫、歐布萊恩、茱莉亞、刮鬍刀。他的身體裡又是一陣痙攣，因為他聽到重重的腳步聲又接近了，門打開的時候，製造出一股氣流，帶來一種強烈的冷汗味道。帕森斯走進牢房，穿著卡其短褲和運動衫。

這一次，溫斯頓驚訝到忘記旁人的存在。「你來了！」他說。

帕森斯看了溫斯頓一眼，眼神不感興趣也不感驚訝，只有痛苦，他開始在牢房裡走走停停，顯然是沒辦法靜下來。每一次他想伸直自己粗短的膝蓋，膝蓋就抖得很明顯，他的眼睛睜得大大的，瞪著某個地方，好像沒辦法克制自己就是得盯著不遠處的某個東西。

「你為什麼進來了？」溫斯頓問。

「思想罪！」帕森斯幾乎是哽咽著回答，溫斯頓馬上就從他聲音的語調聽出，他完全承認自己的罪，還帶著某種難以置信的驚恐，大概無法想像這樣的字眼會加在自己身上。他在溫斯頓面前停下來，開始急切尋求他的認同：「老朋友，你想他們不會殺了我吧，對吧？如果真的啥都沒做，他們就不會殺你，只是想想，你又忍不住，對吧？我知道他們會給你一場公平的聽證會，喔，我相信他們！他們知道我的紀錄，對吧？你知道我這人是怎樣的，我想我應該還不錯吧，當然是不太聰明，可是我很熱心哪，我努力為黨做到最好，對吧？我只要關個五年就能出去了，你覺得呢？還是十年？像我這樣的傢伙到了勞動營會很有用的，他們不會只因為我脫軌那麼一次就殺我吧？」

「你有罪嗎？」溫斯頓問。

「我當然有罪！」帕森斯叫喊著，像個僕人般看了電屏一眼，「你想黨不會抓一個無辜的人吧，對不對？」他那張像青蛙一樣的臉稍稍冷靜了下來，甚至還裝出了一點自命清高的樣子，「老朋友，思想罪糟糕透囉，」他像是在說警世格言一樣，「思想罪狡詐險惡，控制住你，甚至你自己都不知道哪，你知道思想罪怎樣控制我的嗎？趁我睡覺的時候！對啊，事實就是如此，我還是一樣過日子，努力工作盡責任，完全不知道腦子裡有什麼壞東西，然後我睡覺的時候就開始講話，你知道他們聽到我說啥嗎？」

他壓低聲音，就好像某個人因為醫學上的需要，不得不說出下流的字眼。

「『老大哥下台！』真的，我真的說了！看來還說了不只一次哪。老朋友，這件事你知我知，我很高興他們先抓到我了，才不會讓情況惡化下去，你知道我站到法官面前的時候要說啥嗎？我要說：『謝謝，謝謝你們救了我，否則就來不及了。』」

「是誰告發你的？」溫斯頓問。

「我的小女兒，」帕森斯說話的時候還帶著某種悲傷的驕傲，「她貼在鑰匙孔上偷聽，聽到我說的話，隔天就跟巡警說了，她才七歲哪，這孩子真聰明，對吧？我一點也不埋怨她，老實說我還覺得很驕傲呢，至少這表示我養她的方法用對了。」

他又來來回回走動了好幾次，對著小便盆看了好幾眼，看了好久，然後他突然脫下短褲，「不好意思，老朋友，」他說，「忍不住了，我等太久了。」

他把自己的大屁股塞進小便盆裡，溫斯頓雙手遮住臉。

「史密斯！」電屏裡的聲音大叫著，「編號六〇七九，史密斯．溫，不准遮臉，牢房裡不准遮臉。」溫斯頓放下雙手，帕森斯還在上廁所，發出很大的聲響，量還很多，結果發現水箱的塞子居然壞掉了，牢房裡頓時充滿惡臭，持續了好幾個鐘頭。

警衛來把帕森斯帶了出去，更多犯人來來去去，都不知道是幹什麼的，有個女人一聽說要把她送去「一〇一室」，溫斯頓注意到她好像開始發抖，而且一聽到這幾個字，臉色就變了。還有一次，如果當初他是早上進來這裡的話，那時間就是下午；如果他是下午進來的，那時間就是午夜時分。這次有六個犯人進來，男男女女都有，都挺直身子坐著。坐在溫斯頓對面的是一個臉胖到看不見下巴的暴牙男子，看起來就像一隻超大的無害囓齒類動物，圓滾滾的臉頰上長著斑點，底部看起來鼓鼓的，讓人忍不住要懷疑裡面是不是藏了一點食物。他的眼珠是淡灰色的，驚恐的眼神飄來飄去，看著牢房裡每一張臉，一旦跟某個人的眼睛對上了，又迅速移開。

門開了，警衛又帶了一個犯人進來，溫斯頓一看到這個犯人的樣子，忍不住打了一個冷顫。這個男人相貌平淡無奇，看起來好像是工程師或技師那一類的人，可是他的臉龐卻異常憔悴，看了讓人吃驚，就好像骷髏一樣，臉頰瘦到讓他的嘴巴和雙眼大到不符比例，而他的眼神裡似乎對某人或某事充滿了無法平息的怨恨，恨到想置人於死地。

男人在板凳上坐下來，離溫斯頓不遠，溫斯頓沒有再看著他，可是那張飽受折磨的骷髏臉已經在他腦海裡活靈活現，就好像跟他面對面互相注視著一樣。突然，溫斯頓知道是怎麼回事了，這男人就快餓死了，牢房裡每個人好像都同時想通了這一點，板凳上的每一個人都微微騷動起來。沒有下巴的男人不斷偷看著那個骷髏臉，然後又像做錯事的小孩馬上挪開眼神，可是又忍不住回頭瞄幾眼，這時候他開始在座位上摸索，最後站起來走到對面，走起路來笨手笨腳的，然後手伸進工作服的口袋裡，在一片尷尬氣氛之中，掏出一塊髒髒的麵包遞給骷髏臉。

電屏發出一聲憤怒的吼叫，震耳欲聾，沒有下巴的男人嚇得彈跳起來，骷髏臉馬上把手縮到背後，好像是要向全世界宣示他不接受這份禮物。

「邦斯德！」電屏喊著，「編號二七一三，邦斯德．傑！放下那塊麵包！」

沒有下巴的男人把麵包扔到地上。

「站在原地，」聲音說，「面向門口不准動。」

沒有下巴的男人乖乖聽話，鼓鼓的大臉頰忍不住一直顫動，牢房的門喀啷一聲開了，年輕官員走了進來站到一旁，身後出現一個矮胖的警衛，雙臂粗壯，還有一副寬闊的肩膀。警衛站到沒有下巴的男人面前，然後官員一個指令，警衛就揮出駭人的重重一擊，他用盡全身的力氣，完全命中男人的嘴巴，這一擊好像幾乎讓他飛了起來，將他拋到牢房的另一邊，靠在小便盆的底座。沒有下巴的男人好像遭到電擊一樣躺在那裡好一陣子，暗紅色的血從嘴裡和鼻子裡冒出來，發出非常微弱的啜泣聲或像是尖叫聲，好像是不由自主發出的聲音，然後他翻過身，靠著手腳巍巍顫顫撐起身，一排假牙碎成了兩半，跟著一道鮮血和口水從他嘴裡掉出來。所有犯人都保持靜止坐著，手交疊在膝蓋上，沒有下巴的男人爬回他的位子，一邊臉頰底部已經開始浮現瘀青，嘴巴腫成一大塊，看起來像是櫻桃顏色的東西中間有一個黑色的洞。偶爾有一點血會滴到他胸口的工作服，他的灰色眼珠依然四處飄動，看著每一張臉，罪惡感比之前更嚴重，看起來似乎想知道有多少人因為自己剛剛遭受的羞辱而瞧不起他。

門開了，年輕官員做了個小手勢，指向那個骷髏臉。

「一〇一室。」

溫斯頓身邊傳來一聲吸氣聲和騷動，骷髏臉居然雙膝跪倒趴在地上，雙手合十。

「同志！長官！」他哭喊著，「不必再帶我去那個地方了！我不是什麼都說了嗎？您還想知道什麼？我什麼都招了，什麼都招！只要告訴我要說什麼，我馬上說，您寫我就畫押，怎麼樣都行！別帶我去一〇一室！」

「一〇一室。」官員說。

那男人的臉原本就十分蒼白，此時更變了一個顏色，溫斯頓不敢相信人的臉居然可以顯現出這種顏色，他的臉真的變成一種綠色，錯不了。「您想怎麼樣都行！」他叫喊著，「您已經餓了我好幾個禮拜了，就給我個痛快讓我死吧，開槍打我、吊死我、判我關二十五年，您還想要我說出誰的名字嗎？只要告訴我是誰，我什麼都說，我不管那是誰，也不管您想對他怎麼樣，我有老婆，還有三個孩子，最大的還不滿六歲，您想全部抓走都可以，在我眼前割斷他們的喉嚨也可以，我願意站在旁邊看，就是別帶我去一〇一室！」

「一〇一室。」官員說。

男人瘋狂的眼神掃視著其他犯人，好像是打算抓一個人來頂替他的位置，他的眼睛落在沒有下巴的男人那張腫臉上，他伸出瘦弱的手臂。

「你們應該抓的人是他，不是我！」他大叫，「你們沒聽見他說什麼了嗎？你們打了他的臉之後，他說了什麼，給我個機會，我就一字一句告訴你們，他才是想對付黨的人，不是我！」警衛往前站了一步，男人的聲音高了八度，變成尖叫，「你們沒聽見嗎？」他又說了一次，「電屏一定有什麼問題，他才是你們要抓的人，抓他！不是我！」

兩個健壯的警衛彎下腰，抓著他的手臂把他提起來，就在這個時候，他一個翻身就飛向牢房地板另一邊，抓住板凳底下一根鐵製支柱，像動物一樣發出一陣咆哮。警衛抓著他想讓他放手，可是他抓著支柱的手卻異常有力，他們大概拉著他有二十秒，所有犯人都靜靜坐著，雙手交疊在膝蓋上，直直看著前方。咆哮聲停了，男人已經用盡所有氣力，只能緊抓著支柱，然後又傳來另一種叫喊聲，警衛大腳一踢，踢斷了他一隻手的指關節，警衛拖著他，讓他站起來。

「一〇一室。」官員說。

警衛帶著男人出去，男人步伐踉蹌，低垂著頭，撫著自己關節斷碎的手，身上已經看不見一絲鬥志。

過了很長一段時間，如果他們把骷髏臉帶走的時候是午夜，那現在就是早上；假如那時候是早上，現在就是下午。坐在窄板凳上實在很痛苦，溫斯頓經常得站起來走動走動，不過也沒聽見電屏責罵。那塊麵包還躺在沒有下巴的男人扔掉的地方，一開始溫斯頓必須很努力克制才能逼自己不要看著麵包，不過現在口渴的感覺更勝飢餓，他的嘴裡感覺黏黏的，有種噁心的味道，牢房裡嗡嗡的聲響和永不變換的白光，讓他有點頭昏腦脹，腦袋裡充滿一種空洞感，他站起來是因為骨頭裡實在痛到受不了了，可是幾乎又會馬上坐下，因為他的頭實在很暈，根本沒辦法穩穩站好，只要他身體的感官稍稍能夠控制下來，恐懼感又會反撲，雖然已經漸漸失去希望，但偶爾他想起歐布萊恩還有刮鬍刀，如果他可以吃東西的話，或許刮鬍刀還可以藏在食物裡交給他。他也會想到茱莉亞，只是思緒更模糊了，她應該在某個地方遭受折磨，可能比他更慘，此時此刻，或許她正痛苦尖叫著。他想：「如果我承受兩倍的痛苦就可以救茱莉亞，我願意嗎？願意。」但這樣的決定只是空想，因為他知道自己應該這麼做，所以才做這樣的決定，但他一點感覺也沒有，在這個地方，什麼也感覺不到，只有痛苦，還有預想接下來會遭受的痛苦。再說，如果你已經受痛苦折磨，還可能會為了某種緣故，希望增加自己的疼痛嗎？只是這個問題還得不到解答。

門外又傳來腳步聲，門打開了，歐布萊恩走了進來。溫斯頓站起身來，眼前的景象實在太過令人震驚，讓他完全忘記所有警戒，這麼多年來，他第一次忘記電屏的存在。

「他們也抓到你了！」他大叫。

「他們很早以前就抓到我了。」歐布萊恩的語氣聽來有點諷刺，幾乎還帶著遺憾。他站到一旁，身後出現一個胸肌壯碩的警衛，手裡拿著一根長長的黑色警棍。

「溫斯頓，你知道他吧，」歐布萊恩說，「別自欺欺人了，你一定知道……其實你一直都知道。」

沒錯，他現在懂了，他一直都知道，可是他沒時間想那些了，只能看著警衛手裡拿著的警棍，警棍可能打在任何地方：頭頂、耳朵、上臂、手肘——

是手肘！他膝蓋一軟跪了下去，整個人幾乎癱瘓了，另一隻手蓋著受傷的手肘，所有事物一瞬間爆炸了，發出一道黃光。不敢相信，他真是不敢相信只是一次打擊居然能痛成這樣！黃光褪去之後，他看到歐布萊恩和警衛低頭看著他，警衛看見他痛苦扭曲的樣子哈哈大笑。至少他現在可以回答一個問題了，不管是什麼理由，你絕對絕對不會想要增加疼痛，對於疼痛，你只會想著一件事：趕快結束。世界上沒有什麼東西比疼痛更難受，只要遇到疼痛，誰也當不了英雄，根本就沒有英雄，這個念頭在他心裡翻來覆去，他也在地上翻來滾去，抓著自己廢掉的左手，只是無濟於事。

19

溫斯頓感覺自己好像躺在行軍床上，只是跟地面離得很遠，而且好像還有什麼東西固定住他，限制他的行動，異常強烈的光線打在他臉上，歐布萊恩就站在他身旁，低頭專注看著他，他另一邊站著一個穿白袍的男人，手裡拿著皮下注射器。

即使他睜開眼睛，也只能慢慢看清楚自己身處的環境，他感覺自己像是從一個很不一樣的世界往上游進這個房間裡，類似一個極深處的水下世界，他不知道自己在那裡已經待了多久。自從他們抓了他，他就沒有看過黑夜或白天，再說，他的記憶也是斷斷續續的，有時候就算他的意識只是處在睡眠中那樣的狀態，也會突然中斷，然後空白一段時間之後又恢復，不管這段空白是幾天、幾星期，或者只有幾秒，他也無從得知。

從他手肘承受的第一擊起，惡夢就開始了。後來他才明白，當時所發生的一切不過只是初步例行的訊問，幾乎所有犯人都要面對，罪名的範圍很廣——間諜、破壞等等，每個人都理所當然要承認，認罪只是一個形式，但刑求可是真的。他已經記不清楚自己挨了多少頓打，毆打又持續了多久，每次一定有五、六個穿著黑色制服的男人同時對付他，有時候是用拳頭、有時候用警棍、有時候用鋼條、有時候用靴子。有好幾次他在地板上翻滾，像畜生一樣不知廉恥，不斷扭動身體改變姿勢，只是想一次又一次，在絕望中努力閃躲他們的靴子，但只是讓他們愈踢愈狠，愈踢愈來勁，踢中他的肋骨、肚子、手肘、脛骨、鼠蹊、睪丸，還有脊椎尾骨，有時候他們不斷毆打，似乎永遠不會停，這時候對他最殘忍邪惡、讓他無法原諒的事情好像已經不是警衛一直揍他，而是他沒辦法逼自己失去知覺。有好幾次，他的神經已經繃到遮掩不住緊張，甚至他們還沒開始揍他，他就先喊著饒命，只要看到一顆拳頭往後拉準備揮出一擊，就足以讓他劈頭說出一長串認罪自白，也不管罪名是真是假；還有幾次，他一開始是下定決心什麼罪也不認，警衛得逼著他一邊痛喊著一邊吐出認罪的字句；也有幾次，他已經氣力全失，打算要低頭妥協了，他就會對自己說：「我會認罪的，但還不是時候，我一定要撐到忍不住疼痛的時候，再踢三下、再兩下，然後我就告訴他們想聽的。」有時候他們打他打到他連站都站不穩，像袋馬鈴薯一樣跌到牢房的石頭地板上，他們就把他放在那兒休息個幾小時，然後再帶他出來繼續打。也有比較長的恢復期，不過他幾乎也沒印象，因為大部分時間他都在睡覺，不然就是不省人事，他記得自己在一間牢房裡，有一張木板床，牆上釘著像是架子的東西，還有一個錫製的洗臉盆，有熱湯和麵包可以吃，有時候還有咖啡。他記得來了一個粗魯的理髮師，幫他刮鬍子、剪頭髮，還有幾個穿著白袍的男人，神情認真又不帶同情，來檢查他的脈搏，測試反射動作，翻開眼皮看瞳孔，粗糙的手指在他身上四處按壓，看看有沒有骨頭斷了，然後拿著針頭在他上臂注射，讓他睡著。

挨打的次數漸漸減少，主要只是當成威脅，讓他擔心萬一他們不滿意自己的答案，隨時會送他回去挨打。現在來訊問他的人不是穿著黑色制服的暴徒，而是黨內的知識份子，這些男人個子小小的，又矮又胖，動作敏捷，戴著閃閃發亮的眼鏡，他們輪番上陣訊問他，一次持續大概十到十二個鐘頭，他想應該有這麼久，不過也不太確定。這些訊問者確保他還是不斷會受點皮肉之苦，但是他們靠的主要不是疼痛，他們會甩巴掌、擰耳朵、拉頭髮、逼他單腳站立、不准他離開座位去小便、把強光打在他臉上，直到他眼眶充滿淚水為止，不過他們做這些都只是為了羞辱他，讓他無法辯解說理，他們真正的武器是毫不留情的連續訊問，問了一個鐘頭又一個鐘頭，讓他露出破綻，挖洞給他跳，扭曲他說的每一句話，證明他說的字字句句都是謊言，完全自相矛盾，最後他只能開始啜泣，不僅是因為羞愧，也是因為他的精神已經極度疲勞，有時候他在一段訊問裡就會哭個好幾次。大部分時間，那些訊問者會對他尖聲叫罵，只要他稍有遲疑就開始威脅要再把他交給警衛，不過有時候他們會突然改變語調，稱呼他為同志，用英社黨和老大哥的名義向他溫情喊話，詢問的語氣中帶著遺憾，難道都到了這個時候，他對黨還是不夠忠誠？難道他不希望修正自己所做的惡事嗎？經過好幾個鐘頭的訊問，溫斯頓的神經已經變成凌亂的碎片，就連這樣的溫情喊話也會讓他哭得抽抽搭搭的，到最後，這樣絮絮叨叨的聲音讓他整個人完全崩潰，比警衛的靴子和拳頭還有用，他們要溫斯頓說什麼他就說，要他簽什麼他就簽，他唯一關心的就是想知道他們想要他招認什麼，然後趕快全盤托出，免得他們又開始折磨他，他承認暗殺優秀黨員、散發煽動性的文宣、侵吞公共基金、兜售軍事機密，以及各種破壞活動，他還承認自己打從一九六八年起就收了東亞國政府的錢當間諜；他承認自己有宗教信仰、崇拜資本主義，還是個性變態；他承認自己謀殺了他的妻子，不過他知道，而且這些訊問者也絕對知道，他的妻子根本還活著；他承認自己和葛斯登本人有來往，而且已經好幾年了，也是某個地下組織的一員，這個地下組織幾乎包括了所有他曾經認識的人。其實這樣比較輕鬆，乾脆承認一切罪名，連累所有人，再說就某個方面來說，這些事情也都是真的，他真的是黨的敵人，在黨的眼中，思想和行為並沒有什麼分別。

還有另外一種記憶，在他腦海裡特別突出，但卻東一塊、西一塊的，就好像很多張照片，周圍一片黑暗。他在一間牢房裡，裡面可能是暗的也可能是亮的，因為他除了一雙眼睛，其他什麼也看不見。手邊感覺放了某種儀器，發出緩慢而規則的滴答聲，那雙眼睛變得愈來愈大、愈來愈明亮，突然他從椅子上飄起來了，潛進那雙眼睛裡，眼睛將他吞沒了。他被綁在一張椅子上，身邊都是刻度盤，頭頂上的燈光燦爛奪目。一個穿白袍的男人正在讀刻度盤上的數據，外頭傳來靴子重重踩踏的聲音，門喀啷一聲開了，蠟像臉官員走了進來，身後跟著兩名警衛。

「一〇一室。」官員說。

穿白袍的男人沒有轉身，也沒有看著溫斯頓，只看著刻度盤。

溫斯頓快步走在一條寬廣的走廊上，寬就有一公里，耀眼奪目的金黃色燈光照亮了整個走廊，溫斯頓放聲大笑，用盡力氣喊出認罪自白，他什麼都認了，就連刑求時成功忍住不說的事情也全招了，他鉅細靡遺敘述他全部的人生，只是他的聽眾早就什麼都知道了，跟著他的還有那些警衛、訊問者、穿白袍的男人、歐布萊恩、茱莉亞、查靈頓先生，他們都一起快步走在這條走廊上，一起放聲大笑。未來好像註定要發生什麼糟糕的事情，但不知道為什麼他似乎跳過了這一段，而糟糕的事情也沒有發生，一切都很好，再也沒有痛苦，他人生中最雞毛蒜皮的小事情也都攤在陽光底下，他們都懂了，也原諒他了。

他從木板床上坐起身來，有點不太確定自己是不是聽見了歐布萊恩的聲音，在整個訊問過程中，雖然溫斯頓一直沒有看見歐布萊恩，但總有一種感覺，彷彿他就在自己伸手可及之處，只是看不見他而已。所有一切都是歐布萊恩主導，他叫警衛來對付溫斯頓，也不讓警衛殺了溫斯頓，由他決定溫斯頓什麼時候該痛苦尖叫、什麼時候可以喘口氣、什麼時候可以吃東西、什麼時候該睡覺、什麼時候該把藥注射進他的手臂裡，所有問題都是歐布萊恩問的，也由他決定答案，他既是行刑者，也是保護者，他是訊問者，也是朋友。有一次，溫斯頓不記得那時候他會睡著是因為藥物還是自然睡著，或者甚至那時候他是醒著的，總之他聽見一個聲音在他耳邊低語：「別擔心，溫斯頓，我會保護你，我已經看著你七年了，現在轉捩點來了，我會救你，我會讓你變得完美。」他不確定那是不是歐布萊恩的聲音，不過這個聲音也曾經對他說：「我們將在沒有黑暗的地方見面。」那是他七年前的另一個夢境。

他不記得針對他的訊問有停止過，總是有一段時間是一片黑暗，接著他才會漸漸看清楚身處的牢房或者房間。他整個人幾乎完全平躺著，動彈不得，每個重要關節部位都遭到壓制，就連後腦杓好像也有東西固定著。歐布萊恩一臉嚴肅低頭看著他，看起來還有點悲傷，溫斯頓由下往上看著歐布萊恩的臉，他的皮膚粗糙又沒光澤，雙眼底下掛著眼袋，疲累從他鼻子到下巴刻了深深的法令紋，他的年紀比溫斯頓以為的還要大，可能有四十八或五十歲了，他手裡壓著一個刻度盤，上面有一支操縱桿，刻度盤上刻了一圈數字。

「我跟你說過了，」歐布萊恩說，「如果我們能再見面，就會是在這裡。」

「對。」溫斯頓回答。

沒有預先警告，歐布萊恩的手只是輕輕動了一下，一波疼痛就席捲溫斯頓全身，這樣的疼痛很可怕，因為溫斯頓根本不知道到底發生了什麼事，他感覺自己好像受了什麼致命的傷害，他不知道是不是真的有什麼在傷害他，還是電流造成的影響，但是他的身體完全扭曲變形，關節慢慢要散開來了，雖然這樣的疼痛讓他額頭冒汗，但最可怕的還是他擔心自己的脊柱快折斷了，他咬緊牙關，用鼻子用力呼吸，想要盡量保持靜默，愈久愈好。

「你很害怕，」歐布萊恩看著他的臉說，「害怕有什麼地方隨時都會斷掉，你尤其害怕斷掉的是你的脊柱，你心裡想像的畫面很逼真，脊椎骨斷成兩截，腦脊髓液不斷滴下來，溫斯頓，你在想這個，對吧？」

溫斯頓沒有回答，歐布萊恩把刻度盤上的操縱桿拉回來，那波疼痛馬上就消失了，來得快，去得也快。

「剛剛那樣是四十。」歐布萊恩說，「你也看到了，這個刻度盤上的數字最高到一百，我們兩人講話的時候，請你一定要記住，我有能力隨時讓你痛苦不堪，要多痛有多痛，懂嗎？如果你敢騙我，或是想撒謊掩飾，甚至故意表現得不符合你平常的知識水準，你馬上就會痛苦大叫，懂嗎？」

「懂。」溫斯頓說。

歐布萊恩的態度變得比較和善了，推了推眼鏡，一副若有所思的樣子，然後來回踱了幾步，他說話的時候聲音溫和、有耐心，感覺像是個醫生、老師，甚至是牧師，一心只想解釋道理說服溫斯頓，而不是想懲罰他。

「溫斯頓，對付你比較麻煩，」他說，「因為你值得，你非常清楚自己有什麼問題，這麼多年來你一直很清楚，只是你不想承認罷了。你的精神錯亂了，你的記憶有殘缺，記不清楚真正發生過的事情，還逼自己記得其他根本沒發生的事情。幸好這個問題可以解決，你一直都沒有治好自己，是因為你不想要，你得先付出一點意志力，但你還沒準備好。即使事到如今，我也很明白，你抓著自己的病症不放，以為這樣人生才有意義。現在我們先示範一次，目前大洋國在跟哪一強國打仗？」

「你們抓我來的時候，大洋國在跟東亞國打仗。」

「東亞國，很好。大洋國一直都在跟東亞國打仗，對嗎？」

溫斯頓深深吸了一口氣，他開口要講話卻沒聲音，眼睛沒辦法離開那個刻度盤。

「溫斯頓，請說實話，你的真心話，告訴我你覺得你記得什麼。」

「我記得在我遭到逮捕的前一個禮拜，我們根本不是跟東亞國打仗，他們是我們的同盟，歐亞國才是敵人，我們兩國打仗打了四年，在更之前……」

歐布萊恩大手一揮，阻止他繼續說下去。

「再舉個例子，」他說，「幾年前你發現了一件事，其實這是嚴重的幻覺，有三個曾經是黨員的男人，他們的名字是瓊斯、亞倫森和路瑟福，這三個人犯了叛國罪和破壞罪，他們完全承認自己的每一項罪名，最後遭到處決，但是你卻認為他們其實是無辜的，他們並沒有犯下那些罪名，你相信自己看到了一份證據文件，足以證明他們的認罪自白是假的，絕對錯不了；你幻想自己看到了某張照片，還相信自己確實把這張照片握在手裡，那張照片有點像這張——」歐布萊恩手指間夾著一張剪報，在溫斯頓的視線範圍裡停留了大約五秒鐘，那是一張照片，溫斯頓一眼就認出照片中的人物，絕對不會錯，就是這張照片，又是這張瓊斯、亞倫森和路瑟福在紐約黨集會的合照，他在十一年前碰巧看到這張照片，隨即就毀掉了。照片只在他眼前出現了一下子，然後又馬上看不見了，可是他看得清清楚楚，不用懷疑，他真的看見了！他拚盡全身力量，忍著痛苦想掙脫上半身的束縛，可是不管往哪個方向，他最多也只能移動一公分。這個時候，他甚至忘記刻度盤的存在，他只想要再一次親手拿著那張照片，或至少能再看一眼。

「真的有！」他大叫出聲。

「沒有。」歐布萊恩說。

歐布萊恩走到房間另一頭，對面牆上有一個記憶洞，他掀起柵板，雖然溫斯頓看不見，但他知道那張脆弱的剪報正隨著熱氣的氣流盤旋而去，火焰一閃，剪報就消失其中。歐布萊恩轉頭離開牆邊。「化成灰了。」他說，「甚至化成灰也認不出來，塵歸塵了，這件事情不存在，從來就沒發生過。」

「可是真的有啊！真的有！這件事存在記憶裡，我記得，你也記得。」

「我不記得。」歐布萊恩說。

溫斯頓的心沉了下去，是雙重思考。他感到一股要命的無助，如果他有辦法確定歐布萊恩在說謊，那好像還沒關係，可是歐布萊恩非常有可能真的忘記了那張照片，如果是這樣，那他也會忘記自己否認記得這件事，忘記自己有忘記這件事，你怎麼能知道對方只是在騙你呢？也許腦海裡這樣瘋狂的錯亂真的會發生的，這樣的思想讓他認輸。

歐布萊恩低頭仔細打量著溫斯頓，這個時候他尤其像個老師，費盡心思想把一個誤入歧途的好學生拉回來。「有一句黨的口號跟控制過去有關，」他說，「請你唸出來。」

「掌握過去者，掌握未來；掌握現在者，掌握過去。」溫斯頓乖乖唸了。

「掌握現在者，掌握過去。」歐布萊恩緩緩點頭表示讚許，「溫斯頓，你是不是認為過去真的存在？」

溫斯頓又再一次感到無助，他的眼睛很快看了刻度盤一眼，他不但不知道自己究竟應該答「對」還是「不對」才能免受皮肉之苦，甚至也不知道他認為哪個答案才是真的。

歐布萊恩淡淡微笑，「溫斯頓，你不是形而上學家，」他說，「一直以來你都不曾想過存在到底是什麼意思。我再問得更清楚一點，過去有實體存在嗎？佔空間嗎？有沒有哪個屬於實體世界的地方，那裡的過去還在發生的？」

「沒有。」

「那如果真的有過去的話，在哪裡？」

「在紀錄裡，都寫下來了。」

「在紀錄裡，還有呢？」

「在腦子裡，在人的記憶裡──」

「在記憶裡，很好，我們的黨控制了所有紀錄，控制所有記憶，那麼我們就控制了過去，對吧？」

「可是你們怎麼可能不讓人記得？」溫斯頓又大叫起來，暫時忘了刻度盤，「這又不是故意的，人自己都沒辦法控制啊，你們怎麼可能控制記憶？你們就沒控制到我！」

歐布萊恩的態度又嚴厲起來，伸手放在刻度盤上。「正好相反，」他說，「是你不能控制，所以你才會來到這裡，你會在這裡是因為你做不到謙遜，做不到自我管理，你不肯順從聽話，寧可賠上自己的理智，寧願做一個瘋子，以為眾人皆醉你獨醒。溫斯頓，只有受過訓練的心智才能看清現實，你相信現實是客觀的、物質的，不靠外力也會存在；你也相信現實的本質能夠不言自明，你欺騙自己，以為你看到了什麼，就認為其他人也都會看到一樣的東西，但是我要告訴你，現實不是個具體的東西，現實只存在人的腦子裡，沒有別的了。現實不是只單單存在一個人的腦子裡，因為人會犯錯，而且不管怎麼樣都會很快就死去，現實只存在黨的腦子裡，那是屬於所有人的，永遠不死，黨認為這是真相，那這就是真相，除非從黨的眼睛來看待現實，否則不可能看清楚。溫斯頓，你一定要重新學會這一點，你必須自我毀滅，控制你的意志，你必須要讓自己變得卑微渺小，頭腦才會清楚。」

他停下等了一會兒，好像在等著讓剛剛那席話發揮作用。「你還記得你在日記裡寫了什麼嗎？」他繼續說，「『自由就是有說出二加二等於四的自由。』記得嗎？」

「記得。」溫斯頓回答。

歐布萊恩舉起左手，手背對著溫斯頓，收起拇指，只伸出四根手指。

「溫斯頓，這是幾根手指？」

「四根。」

「如果黨說這樣是五根手指，那現在有幾根手指？」

「四根。」

話一說完，溫斯頓就痛得倒抽一口氣，刻度盤的指針瞬間爬升到五十五，溫斯頓全身都冒出汗來，空氣衝入他的肺裡，然後伴隨著從喉嚨深處發出的呻吟聲呼出，即使他咬緊牙關，還是忍不住。歐布萊恩看著他，依然伸出四根手指，他把操縱桿拉回來，這一次，疼痛只是稍稍減緩。

「溫斯頓，幾根手指？」

「四根。」

指針升上了六十。

「溫斯頓，幾根手指？」

「四根！四根！還要我說什麼？四根！」

指針一定又往上升了，可是他沒有去看，只能看見那張嚴肅冷峻的臉還有那四根手指，手指在他眼前像樑柱一般矗立著，巨大的影像漸漸模糊，好像還在震動，但毫無疑問是四根手指。

「溫斯頓，幾根手指？」

「四根！住手，住手！你怎麼可以這麼狠？四根！四根！」

「溫斯頓，幾根手指？」

「五根！五根！五根！」

「不對，溫斯頓，這樣沒有用，你在說謊，你還是覺得有四根手指。請告訴我，這是幾根手指？」

「四根！五根！四根！你愛說什麼都行，拜託住手，我受不了了！」

突然，他發現自己坐起身來，歐布萊恩的雙手環抱著他的肩膀，他大概有幾秒鐘失去意識了，壓制他身體的束縛已經鬆開了，他覺得很冷，身體不受控制發著抖，牙齒喀喀打顫，淚水滾落臉頰。他靠在歐布萊恩身上好一會兒，像個小嬰兒一樣，真是不可思議，那雙有力的手臂繞在他肩膀上居然會讓他感到安慰，他感覺歐布萊恩在保護他，那股疼痛是從外界來的，是其他原因引起的，歐布萊恩會保護他。

「溫斯頓，你學得可真慢。」歐布萊恩用溫和的語氣說。

「我也沒辦法啊，」他嗚咽說，「我能怎麼辦，我眼前看到的就是如此，二加二是等於四嘛。」

「不一定，溫斯頓，有時候會等於五，有時候會等於三，有時候可能全部都是，你一定要更努力，要恢復理智並不容易。」

他讓溫斯頓躺回床上，綁住四肢的束縛又綁緊了，但是疼痛已經過去，他也不再發抖了，只是覺得虛弱寒冷。歐布萊恩向穿白袍的男人點了點頭，白袍男在整段過程中完全站著沒有動作，此時他彎下腰來仔細看著溫斯頓的眼睛，感覺一下他的脈搏，低頭把一邊耳朵貼在他胸膛上，拍拍這裡又拍拍那裡，然後對歐布萊恩點點頭。

「再來一次。」歐布萊恩說。

疼痛在溫斯頓身體裡流竄，指針一定爬升到了七十、七十五，這一次他閉上眼睛，他知道歐布萊恩還伸著手指，還是四根。最重要的就是不管怎樣都要活下去，撐到這一陣痙攣過去，他已經不想去注意自己有沒有大叫出聲。疼痛又減輕了，他張開眼睛，歐布萊恩拉回操縱桿。

「溫斯頓，幾根手指？」

「四根，我想應該是四根，我也很想看見五根手指，我很努力要看見五根手指。」

「你想要什麼？是要說服我你看見了五根手指，還是真的想看見五根手指？」

「真的想看見。」

「再來一次。」歐布萊恩說。

或許指針飆到了八十——九十，溫斯頓完全想不起來為什麼會有這股疼痛，他閉緊眼睛，從皺起的眼皮底下看見好多好多手指，好像在跳舞一樣，搖搖晃晃前進、後退，一下子消失在另一根手指後面，一下子又跑出來了。他想要數數有幾根，但也不記得為什麼，他只知道不可能數得出來，好像是因為他要分清楚四跟五的差別，可是他也不知道為什麼。疼痛又減輕了，他睜開眼睛的時候，發現自己還是看著一樣的東西，數不清的手指像是移動的樹木，還在不斷朝著不同方向游移，一下子交錯而過，然後又再次交錯。他又閉上眼睛。

「溫斯頓，我伸出了幾根手指？」

「我不知道，我不知道，你要是再繼續，我就會死了。四根、五根、六根——真的，我老實說，我不知道。」

「好多了。」歐布萊恩說。

一根針頭插入溫斯頓的手臂，他幾乎是馬上感覺到一股讓人愉悅療癒的暖流流遍全身，他已經有點忘記疼痛了。他睜開眼睛，感激地看著歐布萊恩，看著他心情沉重又歷盡風霜的臉，覺得他的臉很醜，但充滿智慧，他的心好像準備叛逃了。如果他可以動，就會伸出手搭在歐布萊恩手臂上，他從來沒有像此時此刻這樣深深敬愛他，不僅僅是因為他阻止了那股疼痛而已，而是深藏在心中那種過去的感覺又回來了，歐布萊恩是敵是友都無關緊要，他是值得傾訴的對象，或許一個人不需要別人的愛，只要有人了解就好了。歐布萊恩把他折磨得快發瘋了，再一下子，一定也會把他折磨至死，不過也沒有什麼差別了。就某方面來說，他們的關係比朋友還深，應該說是密友，或許在某個地方，雖然他們可能永遠都不會真正說出內心話，但他們可以在那個地方碰面聊天。歐布萊恩低頭看著他，臉上的表情透露出他的腦子裡可能也有同樣想法，他開口說話時，語氣輕鬆自然。

「溫斯頓，你知道這裡是哪裡嗎？」他問。

「不知道，我猜是在仁愛部。」
「你知道你在這裡待了多久嗎？」
「不知道，幾天、幾個禮拜、幾個月——我想有幾個月了吧。」
「那你想我們為什麼要把人帶來這個地方？」
「要讓他們認罪。」
「不對，不是因為這樣，再想想。」
「要處罰他們。」
「不對！」歐布萊恩大叫，聲音轉變之快簡直超乎尋常，他的臉突然變得既嚴肅又滑稽，「不對！不只是要你們認罪，不是要處罰你們，要我告訴你為什麼帶你來這裡嗎？是要治好你！讓你恢復理智！溫斯頓，我們帶來這個地方的人沒有一個沒治好的，你知不知道？我們對你承認的那些狗屁罪名沒有興趣，黨對那些明顯的罪行沒興趣，思想才是我們最關心的，我們不只是要摧毀敵人，而是要改變他們，你了解我的意思嗎？」

他彎腰俯視著溫斯頓，因為靠得很近，他的臉看起來好巨大，而且由下往上看，真是醜惡到不行，更可怕的是，他臉上還充滿了一種得意洋洋的欣喜，像是發瘋那樣的強烈情緒。溫斯頓的心又畏縮了起來，如果可能的話，他真想在床上陷得更深一點，他肯定歐布萊恩就快要轉動刻度盤，單純只是為了耍他，可是就在這個時候，歐布萊恩轉身離開了，他來回走了幾步，再繼續說話的時候口氣已經沒那麼衝動了。

「有一件事你要先了解，你來這個地方不是來殉教的，你讀過以前宗教迫害的資料，中古世紀的時候有所謂的宗教法庭，他們失敗了，他們的目的原本是想將異教邪端連根拔除，結果卻讓對手一直流傳到現在，他們只要在木樁上燒死一個異教徒，就會有幾千個異教徒站出來，為什麼呢？因為宗教法庭公開處死敵人，而且在敵人仍然冥頑不靈的時候就殺死他們，其實正是因為敵人冥頑不靈才會遭到處死。這些人死去的原因是他們不肯放棄自己真正的信仰，當然所有的榮耀都歸諸於犧牲者的身上，而燒死他們的宗教法庭就成了眾矢之的。後來，到了二十世紀就出現了所謂的極權主義，有德國的納粹和俄國的共產黨，俄國人消滅異己的手段比宗教法庭還要殘酷，還以為自己已經從過去的錯誤裡學到教訓，他們知道無論如何都不能讓這些人變成殉教者，他們把受害人拉去公開審判之前，會刻意用盡一切方法摧毀受害人的尊嚴，用酷刑和隔離消磨他們的心智，讓他們變成卑鄙畏縮的可憐蟲，不管叫他們招認什麼都會照做，為了保護自己無所不用其極，互相指控，躲在彼此背後，哭著懇求原諒。但是這樣只過了幾年，同樣的事情又發生了，死去的人又成了殉教的英雄，大家忘記了他們身上的恥辱，所以我們又要問，為什麼？首先，因為他們的認罪很顯然是嚴刑逼供的結果，完全不是真的。我們不會犯這種錯誤，在這裡的一切認罪自白都是真實的，我們讓自白變得真實，最重要的是，我們不會讓死人爬起來反抗我們，溫斯頓，你以為後世的人會為你平反，不准再這麼想了，後世的人根本就不會知道你是誰，你會從歷史的洪流中徹底消失，我們會把你蒸發成氣體，散發到同溫層裡，你什麼也不會留下來，紀錄裡沒有你的名字，也沒有活人會記得你，我們會完全殲滅你在過去以及未來的一切，你從來就沒有存在過。」

溫斯頓心想，既然如此幹嘛還要折磨我？他頓時覺得有點苦澀，歐布萊恩停下腳步，好像溫斯頓剛剛把心裡所想的話說出來了，他那張大大的醜臉更靠近了，眼睛微微瞇起。

「你在想，」他說，「既然我們打算徹底消滅你，那不管你說什麼或做什麼也都沒什麼差別，這樣一來，我們為什麼還要大費周章先訊問你一番？你就是這麼想的，對嗎？」

「對。」溫斯頓說。

歐布萊恩微微笑著，「溫斯頓，你是制度裡的瑕疵，我們一定要抹除掉你這個污點，我剛剛不是才告訴你，我們和過去的審判者不一樣，我們不喜歡陽奉陰違，甚至不喜歡最卑微的服從，等到你終於投降的時候，一定要出自於你自己的意願，我們不會因為異議者反抗我們就摧毀他，只要他還抗拒我們的思想，我們就不會毀了他，我們要扭轉他的思想，要控制他內在的心智，重新塑造他，燒毀他心裡所有的邪惡與幻象，引導他到我們這一方來，不只是表面上的服從，而是誠心誠意，心智和靈魂都屬於我們，我們先讓他成為我們的一份子再殺了他。我們沒有辦法忍受這個世界上任何一個角落存在一絲錯誤的思想，不管這縷思想有多祕密、多無力都一樣，就連在死亡那一刻，我們都不能容許有一點偏差。在過去，異教徒走向木樁的時候還是個異教徒，宣揚他的異端邪說，為此歡欣鼓舞，就連俄國淨化行動中的受害者，走在長廊上準備接受槍殺死刑的時候，腦子裡都還藏著反叛的念頭。但是我們要先把腦子糾正到完美的地步，然後再一槍轟頭，過去的專制統治下令說『汝等不得』，極權統治的命令是『汝等當如是』，而我們的命令則是『汝等是』。我們帶到這個地方的人從來沒有挺身反對我們，每一個人都漂得清清白白的，就連瓊斯、亞倫森和路瑟福這三個可悲的叛徒，你本來還相信他們是無辜的，可是我們也擊潰他們了，我自己就有參與訊問他們，我看著他們漸漸意志消沉、啜泣著、卑躬屈膝、一把鼻涕一把眼淚，到最後已經不是因為疼痛或害怕，而是因為懺悔，等到我們的工作完成，他們已經剩下一副空殼了，身體裡什麼也沒有，只是懊悔著過去所做的一切，還有對老大哥的敬愛，看到他們這麼愛老大哥，我真的很感動，他們哀求我們快點開槍打死他們，這樣他們才能在心智還清醒的時候死去。」

他的聲音變得幾乎像在作夢一樣，臉上還帶著那種洋洋得意和瘋狂的熱忱。溫斯頓想，他不是裝出來的，不是在裝模作樣，而是真的相信自己所說的每一句話，最讓溫斯頓感到痛苦的就是他很清楚自己的頭腦不及歐布萊恩好，他看著那副龐大的身軀邁著優雅的步伐走來走去，一下子走進他的視線範圍，一下子又消失，歐布萊恩這個人在各方面都比自己強大，不管他曾經有過什麼想法，或未來可能有什麼想法，歐布萊恩一定老早就知道了，仔細思量過，也已經推翻了，他的心智比溫斯頓想得還要廣，不過要是這樣的話，歐布萊恩怎麼可能瘋了呢？瘋的人一定是他，溫斯頓。歐布萊恩停下腳步低頭看著他，聲音又變得嚴峻。

「溫斯頓，不要以為你可以救你自己，不管你怎麼樣完全對我們投降都沒用，沒有一個曾經走偏的人可以得到饒恕，就算我們決定讓你安穩度過餘生，你還是逃不出我們的手掌心，你在這裡經歷過的事情會一輩子跟著你，先做好心理準備吧。我們會不斷壓迫你，直到你無法回頭為止，即將發生在你身上的事，就算你活一千年也無法平復，你再也不可能擁有正常人類的感覺，你體內的一切都會死去，你再也沒辦法感受愛情、友情、生活樂趣、歡笑、好奇、勇敢、或是誠實，你會變成空洞的人，我們會榨乾你，然後用我們的思想填滿你。」他停下來對穿白袍的男人示意，溫斯頓感覺到有人把某個沉重的儀器推到他的頭後方，歐布萊恩在床邊坐下，這樣一來他的臉就和溫斯頓的臉幾乎同高了。

「三千。」他越過溫斯頓的頭，對穿白袍的男人說。

兩塊柔軟的墊子，感覺有點濕濕的，貼到了溫斯頓兩邊的太陽穴上，他瑟縮了一下，疼痛又要開始了，是一種新的疼痛。歐布萊恩伸出一隻手搭在他的手上，好像在安慰他，幾乎像是關愛。「這一次不會痛，」他說，「臉面向我這邊。」

這個時候突然發生一陣可怕的爆炸，或者好像是一陣爆炸，不過溫斯頓不知道爆炸有沒有發出聲響，只確定自己看到一陣刺眼的光線，他沒有受傷，只是躺臥著，雖然事情發生的時候他本來就已經是躺著的，但他有一種奇妙的感覺，自己好像是受到衝擊才變成這種姿勢的，一股強烈的撞擊，雖然不會痛，但讓他四肢攤平。他腦子裡也起了變化，眼睛漸漸恢復視線焦點之後，他想起自己的身分，想起自己在哪裡，也認出現在盯著他看的這張臉，可是他的腦子不知道在哪裡好像空白了很大一塊，就像有人拿走一塊他的腦子一樣。

「這種感覺不會太久。」歐布萊恩說，「看著我的眼睛，現在大洋國在跟哪一國打仗？」溫斯頓想了一下，他知道大洋國是什麼，也知道自己是大洋國的公民，也記得歐亞國和東亞國，可是他不知道誰跟誰在打仗，老實說，他不知道現在有在打仗。

「我不記得了。」

「大洋國在跟歐亞國打仗，現在記得了嗎？」

「記得了。」

「大洋國一直都在跟歐亞國打仗，從你一出生就開始，從黨建立就開始，從有歷史記載就開始了，這場仗一直持續著，從來沒有停過，一直都在打同一場仗，記得了嗎？」

「記得了。」

「十一年前你創造了一段傳奇故事，說有三個人遭到指控叛國，因而判了死刑，但你假裝自己看過一張報紙，上頭證明了他們是無辜的，這張報紙從來就不存在，是你捏造出來的，後來你慢慢深信不疑，你現在記得你是什麼時候開始編造這段故事的，想起來了嗎？」

「想起來了。」

「剛剛我舉起幾根手指問你有幾根，你看到五根手指，記得嗎？」

「記得。」

歐布萊恩舉起左手的手指，縮起大拇指。

「這裡有五根手指，你看到五根手指了嗎？」

「有。」

他真的看到了，在稍縱即逝的瞬間，在他腦海中的影像改變之前，他看到了五根手指，而且沒有畸形的感覺。接著一切又恢復正常了，熟悉的恐懼、憎恨，還有疑惑又漸漸佔滿了他的腦子，可是有那麼一瞬間，他不知道有多久，可能有三十秒吧，他心裡明明白白，歐布萊恩口中每一個新的提示一定會填滿他腦中的空白，然後變成絕對的事實，屆時二加二就可以是三，也可以是五，只要有必要，什麼都有可能。這種感覺慢慢消失了，但那是在歐布萊恩放下手之前，雖然他沒辦法重新抓回那種感覺，不過卻還記得，就好像一個人會記得自己人生中的某一段時間，其實是變成了另一個人，那樣的經歷無比鮮明。

「你現在知道了，」歐布萊恩說，「至少這是有可能的。」

「對。」溫斯頓說。

歐布萊恩帶著滿意的心情站起來，溫斯頓看到自己的左手邊，那個穿白袍的男人打開一罐安瓿，拉開注射器的活塞，歐布萊恩帶著微笑轉身面對溫斯頓，幾乎就像過去一樣，他推了推鼻樑上的眼鏡。「你還記不記得曾經寫過日記？」他說，「裡面寫說不管我是敵是友都沒關係，我至少還是一個能了解你的人，是可以傾訴的對象？你說對了，我喜歡跟你說話，我對你的想法很有興趣，你跟我的想法很接近，只是你碰巧是個瘋子。我們這段對話結束之前，如果你想要的話，可以問我幾個問題。」

「我想問什麼都可以嗎？」

「什麼都行。」他看到溫斯頓盯著刻度盤，「已經關掉了，你的第一個問題是什麼？」

「你對茱莉亞做了什麼？」溫斯頓問。

歐布萊恩又微笑了，「溫斯頓，她出賣了你，毫不猶豫、毫不保留，我很少看到有人這麼快就投降的，如果你看到她的話，可能很難認出她來，她身上所有的叛逆、奸詐、愚昧、醜惡的心靈，所有的一切都燃燒殆盡了，這次轉變非常成功，可以當作教科書示範了。」

「你有刑求她嗎？」

歐布萊恩沒有回答這題。「下一題。」他說。

「老大哥真的存在嗎？」

「當然存在，黨存在，老大哥就是黨的化身。」

「他存在的方式跟我存在的方式一樣嗎？」

「你不存在。」歐布萊恩說。

那股無力感再次朝他襲來，他知道，或者可以想像，這些證明他本身不存在的論點，但那些都是無稽之談，只是在玩文字遊戲。「你不存在。」這樣的論述本身不也包含了邏輯謬論嗎？可是說出來又有何用呢？他知道歐布萊恩會提出一些讓他啞口無言的瘋狂論點來推翻他，想到這裡他的心就充滿無力感。

「我想我是存在的。」他說話的語氣很疲累，「我知道我自己的身分，我出生了，也會死去，我有雙手雙腳，在這個空間裡佔去一個特定的位置，沒有其他實體的物品可以同時占據我這個位置，照這樣想的話，老大哥存在嗎？」

「這問題不重要，他確實存在。」

「老大哥會死嗎？」

「當然不會，他怎麼會死呢？下一題。」

「兄弟會存在嗎？」

「溫斯頓，這個你永遠都不會知道，如果我們在你身上的工作結束了，決定要放你自由，如果你活到九十歲，你還是不會知道這個問題的答案是『是』還是『不是』，只要你繼續活著，這個問題永遠都是你腦子裡解不開的謎。」

溫斯頓靜靜躺著，胸口的起伏微微加速，他還沒有問出他腦袋裡蹦出的第一個問題，他一定要問，可是他的舌頭卻好像發不出音來。歐布萊恩的臉上閃過一抹驚喜，就連他的眼鏡都好像染上一層嘲諷的光，溫斯頓突然想著，他知道了，他知道自己要問什麼！想到這裡，那句話就蹦出來了：「一〇一室裡有什麼？」

歐布萊恩臉上的表情沒有變化，他淡淡回答：「溫斯頓，你知道一〇一室裡有什麼，大家都知道一〇一室裡有什麼。」

他伸出一根手指示意那個穿白袍的男人，顯然這段訊問已經結束了，一根針頭插入溫斯頓的手臂，他幾乎馬上就陷入深深的睡眠。

20

「你的重建過程分三個階段，」歐布萊恩說，「第一個是學習，然後是了解，最後是接受。現在你該進入第二階段了。」

溫斯頓照舊是平躺著，不過最近他身上的束縛比較沒那麼緊了，他們還是把他綁在床上，但是他可以稍微移動膝蓋，也可以左右轉動頭部，手肘以下的手臂也可以抬起來了，那個刻度盤也變得沒那麼恐怖了，只要他腦筋轉得夠快，就可以逃過那股劇烈的疼痛，大多都是因為他表現得太愚蠢，歐布萊恩才會拉動操縱桿，有時候他們一整段訊問下來完全不會用到刻度盤。他記不清楚總共經過幾場訊問了，整個過程好像拉得很長，不知道何時才會結束，可能會到幾個禮拜吧，而每次訊問的間隔有時候是幾天，有時候又只有一、兩個鐘頭。

「你躺在那裡，」歐布萊恩說，「你經常會想，甚至你也問過我了，為什麼仁愛部要在你身上耗費這麼多時間和精力？等到你恢復自由的時候，還是會一直想著同一個疑問，你生活在這個社會裡，你可以理解社會運作的機制，卻無法理解背後的動機。你還記得自己在日記裡寫了什麼嗎？『我知道怎麼回事：因為我不知道為什麼。』你一開始想『為什麼』的時候，就已經開始懷疑自己的理智了，你讀了那本葛斯登的書，至少讀了一部份，書裡有告訴你什麼你不知道的事情嗎？」

「你也讀過了嗎？」溫斯頓問。

「是我寫的，應該說，我和別人一起寫的，你也知道，沒有一本書是獨立完成的。」

「書裡寫的是真的嗎？」

「就客觀事實的描述來說是真的，不過裡面提出的計畫完全是胡說八道，什麼祕密累積知識啦、慢慢啟發眾人的思想啦、最後掀起無產階級叛變啦，然後就能推翻黨——全是廢話，你以為自己會在書裡讀到這一些，全是胡說八道，無產階級永遠不會叛變，再過一千年、一百萬年也不會，他們做不到，我也不用告訴你為什麼，你早就知道了吧，如果你有偷偷夢想過掀起暴亂革命，一定要放棄這個夢想，黨絕對不可能遭到推翻的，黨會永遠統治下去，就把這個當作你一切思想的起點吧。」

他走近床邊，「永遠！」他又說了一次。「好了，我們現在回到『怎麼回事』和『為什麼』的問題，你很清楚黨是怎麼維持自己的權力，現在告訴我，為什麼我們要大權在握？我們的動機是什麼？為什麼我們渴望權力？——說啊。」他見溫斯頓不說話，催了他一下。

但是溫斯頓還是沉默了好一陣子，他覺得整個人好疲倦，累到都爬不起來了，歐布萊恩臉上又出現一絲熱切的光芒，看來像發瘋似的，溫斯頓已經料到歐布萊恩會說什麼了，他會說黨之所以追求權力並非為了一己之私，完全只是為了大眾的利益，黨要追求權力是因為大部分人類都是懦弱又容易動搖的生物，無法承受自由或者面對事實，一定要接受統治，讓比他們強大的人一步一步哄騙他們。人類有兩種選擇，一是自由，二是幸福，對大多數人來說，幸福比較重要，黨會永遠守護弱勢，一心為民奉獻，作惡以成善，犧牲小我完成大我。溫斯頓心想，最糟糕的就是如果歐布萊恩把這些話說出口，他真的會相信，這才是最糟糕的，從歐布萊恩臉上就看得出來，他什麼都知道，他比溫斯頓還要了解這個世界究竟是什麼樣子，比溫斯頓了解一千倍，他知道大多數人的生活有多卑賤，也知道黨用什麼樣的謊言和暴行讓那些人維持那種生活。歐布萊恩完全了解，也徹底權衡過輕重，發現也沒什麼差別，只要是為了那個終極目標，這一切都情有可原。溫斯頓又想，這時候能怎麼辦呢？面對一個比自己還要聰明的瘋子，他會仔細聆聽你的論點，可是依然堅持自己的瘋狂，能怎麼辦呢？

「你們是為了我們好才會統治我們，」溫斯頓虛弱地說，「你們相信人類不懂得自我約束，所以——」突如其來的一陣刺痛讓他措手不及，差點大叫出來，全身上下都感受到那股疼痛，歐布萊恩把刻度盤的操縱桿推到三十五。

「有夠笨的，溫斯頓，你有夠笨！」他說，「你應該很清楚，最好不要說那種話。」

他把操縱桿拉回來，然後繼續說：「我現在告訴你答案是什麼，應該是這樣。黨完全是為了自己才會追求權力，我們對別人的福祉沒有興趣，我們只對權力有興趣，等一下你就會了解絕對的權力是什麼意思。我們和過去所有的寡頭政治不一樣，因為我們知道自己在做什麼，其他的人，就算是那些跟我們很像的人，不過是一群膽小鬼、偽君子，德國納粹和蘇聯共產黨和我們的方法非常接近，但是他們卻沒有勇氣承認自己的動機，他們假裝，甚至可能真的相信，他們是迫不得已才接掌大權，而且時間有限，只要轉個彎就能發現天堂，人類可以在那裡過著自由平等的生活。我們不一樣，我們知道沒有人掌權的時候還會想著要讓賢，權力不是工具，而是目的，建立獨裁政府不是為了幫革命護航，而是為了替獨裁政府護航才需要革命，迫害的目的就是要迫害，折磨的目的就是要折磨，權力的目的就是權力，你現在聽懂了嗎？」

溫斯頓看見歐布萊恩臉上顯現疲態，他覺得好驚訝，就跟之前一樣驚訝，那張臉看起來強壯結實而又殘酷，充滿了智慧以及一種必須努力克制的熱情，在這張臉面前，溫斯頓覺得好無助，但是又可以看出他的疲態，雙眼底下掛著眼袋，臉頰的皮膚凹陷。歐布萊恩俯身看著他，故意讓那張疲累的臉更靠近。「你在想，」他說，「我的臉看起來又老又累，你在想我嘴裡講著權力，可是卻沒辦法阻止身體衰敗，溫斯頓，難道你不明白嗎？一個人擁有的只是軀體，軀體的疲累就代表了有機體的活力，你剪掉指甲的話會死嗎？」

他轉身離開床邊，又開始來來回回踱步，一手插進口袋裡。

「我們是權力的牧師，」他說，「上帝就是權力，但是目前對你來說，權力不過是一個名詞，是時候讓你了解權力的意思了。首先，你一定要認清楚，權力是集體的，一個人只有在放棄個體身分的時候才擁有權力，你知道黨的口號吧，『自由即奴役』，你有沒有想過這句話可以反過來說？奴役即自由。只有一個人的時候，雖然自由自在，但一定會遭到擊敗，沒有例外，因為每一個人註定都會死，死是最嚴重的失敗，但如果可以完全徹底服從黨，如果可以拋開自己的身分，融入黨的集體身分裡，讓自己就是黨的一部份，那麼他就無所不能，長生不死。第二，你也要知道，權力就是控制人類的權力，不僅是控制身體，最重要的是控制心智，控制事物的權力，你可能會說那些事物是外在世界的真實，但這並不重要，我們早就將一切事物都控制在手裡了。」

溫斯頓暫時忘記了刻度盤，他奮力掙扎著要讓自己坐起身來，但只能夠忍著疼痛勉強扭動身體。「可是你們怎麼控制事物？」他忍不住說出心裡所想的話，「你們不可能控制天氣和重力法則，而且還有疾病、痛苦、死亡——」

歐布萊恩的手一個動作就讓溫斯頓噤聲，「我們能夠控制事物，因為我們控制了心智，事實都是大腦編造出來的，溫斯頓，你慢慢就會懂了，沒有什麼是我們做不到的，隱形、漂浮……什麼都行，如果我想要的話，就可以像顆肥皂泡泡一樣飄起來，但是我不想，因為黨也不想，你得丟掉十九世紀那些什麼自然法則的想法，自然法則由我們說了算。」

「才沒有！你們甚至不是地球的主宰，歐亞國和東亞國又怎麼說？你們還沒征服他們呢。」

「那又怎樣？時機成熟了我們自然會征服他們，就算我們做不到，那又有什麼差別？我們可以消除他們的存在，大洋國就是全世界。」

「可是這個世界本身也不過是一粒塵埃，我們人類更是渺小得可憐！人類存在才多久？地球有好幾百萬年都是無人居住的。」

「亂講，這個地球就跟我們的歷史一樣悠久，但不比我們久，地球怎麼可能比我們老？有人類的認知，物體才會存在啊。」

「可是石頭裡到處都可以找到絕種動物的骨頭，長毛象、乳齒象，還有巨大的爬蟲，這些動物生存的年代比人類所知的還要久遠。」

「溫斯頓，你有親眼看過那些骨頭嗎？當然沒有，那是十九世紀生物學家發明的說法，人類出現以前什麼也沒有，如果人類有一天滅絕了，也是什麼都沒有，除了人類以外，什麼也沒有。」

「可是還有在我們以外的整個宇宙，看看天上的星星！有一些距離我們有一百萬光年，我們永遠也觸摸不到。」

「星星是什麼？」歐布萊恩冷冷說，「他們是幾公里以外的一小點火花，如果我們想要的話當然摸得到，或者也可以抹掉，地球就是宇宙的中心，太陽和星星都繞著我們轉。」

溫斯頓又是一番劇烈掙扎，但這次什麼話也沒說。歐布萊恩繼續剛才的話題，好像在回答某人發出的抗議：「當然在某些情況下，我剛剛所說的就不是真的了。比方說，我們在海上巡航的時候，或是要預測日蝕的時候，經常就會覺得這時假設地球繞著太陽轉，星星距離我們有幾百萬又幾百萬公里遠，這樣比較方便，可是那又怎麼樣？你以為我們沒辦法設計出兩套天體運行系統嗎？星星要遠還是近，都照我們的需要決定，你以為我們的數學家沒這個能耐嗎？你忘記雙重思考了嗎？」

溫斯頓縮回床上，不管他說什麼，答案立刻重重打到他身上，但是他知道，他就是知道，自己才是對的，黨灌輸給人民的信念是除了自己腦中的智識之外，其他什麼都不存在，一定有什麼辦法可以證明這種信念是錯的吧？這麼久以來，難道沒有人發現這是個謬論嗎？這個信念甚至還有名字呢，可是他忘了叫什麼，歐布萊恩低頭看著他，嘴角微微抽動，揚起一個淡淡的微笑。

「溫斯頓，我告訴過你了，」他說，「形而上學不是你最有力的論點，你絞盡腦汁在想的那個詞是唯我論，但是你錯了，這不是唯我論，硬要說的話應該是共同唯我論，可是這又不一樣，其實是完全相反，這樣討論就離題了。」講到最後，他換了個語氣，「真正的權力，我們日日夜夜努力爭取的權力，並不是用來控制物體，而是控制人。」他停頓一下，過一會兒再開始的時候，又變得像是學校老師對著優秀學生問問題的樣子：「溫斯頓，一個人要怎麼主張自己擁有控制他人的權力呢？」

溫斯頓想了想，「讓他的日子很難過。」他說。

「沒錯，讓他的日子很難過。光是順從還不夠，除非他的日子難過，不然怎麼能確定他是順從你的意思，而不是他自己的呢？權力就是要透過強加痛苦和羞辱才能顯現，權力就是要把人的心智搗成碎片，然後照自己的意思把這些碎片拼成新形狀，那你現在可以想像我們要創造出什麼樣的世界了嗎？舊時代的改革者想像自己要開創一個快樂幸福的烏托邦，真是愚蠢，我們要創造完全相反的世界，一個充滿恐懼的世界，害怕背叛就會讓自己受苦，一個你傷害我、我傷害你的世界，這個世界愈來愈成熟的時候，只會更加不留情面，我們這個世界裡所謂的進步就代表更多痛苦。舊時代的文明說他們是建立在仁愛或正義之上，我們的文明則建立在憎恨上，我們的世界裡只會有恐懼、憤怒、得意和自卑這些情緒，沒有其他的了，我們會把其他的一切全部摧毀。我們已經逐步破壞從革命前就遺留下來的思考習慣，我們切斷了小孩和父母之間的聯繫，切斷人與人之間的聯繫，也切斷男女之間的聯繫，再也沒有人敢相信自己的太太、小孩，或是朋友，但是到了以後也不會有太太和朋友了，小孩一出生就會跟母親分開，就像從母雞窩裡拿走雞蛋一樣。性衝動要完全連根拔除，生產會變成一種一年一次的例行公事，就像更新配給卡額度一樣，我們會廢掉性高潮，我們的神經學家已經在研究方法了。除了對黨的忠心之外，沒有人知道忠心是什麼；除了愛老大哥之外，沒有人懂得什麼是愛。再也聽不見笑聲，除非是為了慶祝打敗敵國的勝利而笑，再也沒有藝術、文學、科學，只要我們無所不能，那就不需要科學了。不會有美醜之分，沒有好奇，沒有人懂得享受人生的過程，只要對黨不利的歡樂享受都要摧毀殆盡。但是，溫斯頓，不要忘記了，一定，我們一定會留下對權力的迷戀，不斷增強，也愈來愈難以捉摸，不管在什麼時刻，一定會有對勝利的狂喜，傷害無助的敵人也會帶來感官的享受，如果你想知道未來是什麼樣子，想像一隻靴子踩到人臉上的感覺——一輩子。」

他停頓一會兒，好像等著溫斯頓說話，溫斯頓只是努力要在床上縮得更裡面，陷得更深，什麼話都說不出來，他的心好像凍結起來一樣。於是歐布萊恩繼續說：「你要記得，這是一輩子的，那張臉永遠都在那裡等著靴子來踩，異議份子和社會的敵人永遠都會存在，這樣我們才可以一次又一次打倒他們、羞辱他們，你落到我們手裡之後所經歷的一切事情都會繼續發生，情況還會更糟，間諜活動、背叛、逮捕、刑求、處決、蒸發，這些事情永遠不會停止，未來將是恐懼的世界，同時也是勝利的世界，黨的權力愈大就愈不留情，反對力量愈弱，統治就會愈專制。葛斯登和他的異端思想會永遠存在，每一天的每一刻，我們都會不停打敗他、質疑他、取笑他、討厭他——但是他永遠都會存在。我這七年來都在跟你演戲，這齣戲還會不斷重覆上演，一代演過一代，每一次的安排都更巧妙。我們會不停把異議份子抓來這裡，讓他們哀求我們饒命、痛苦尖叫、崩潰、顯露卑劣的一面——最後終於徹底悔悟，從自我中解放出來，自願匍伏在我們腳邊，溫斯頓，我們正是在準備迎接這樣的世界，一場接一場的勝利，不斷征服、征服、再征服，不斷壓迫權力的神經，壓迫再壓迫。我看得出來，你已經開始了解這個世界會變成什麼樣子，但是到最後你不只是了解，而是接受，你會歡迎這個世界到來，變成這個世界的一部分。」

溫斯頓已經逐漸恢復，可以講話了：「辦不到！」他虛弱地說。

「溫斯頓，你說這話是什麼意思？」

「你們不可能創造出你剛剛描述的那種世界，簡直是作夢，不可能。」

「為什麼？」

「文明不可能建立在恐懼、憎恨還有暴行上，沒人受得了的。」

「為什麼？」

「這樣的世界沒有生命力，遲早會瓦解，會自我毀滅。」

「胡說，你以為憎恨比愛還要耗費精力，為什麼一定是這樣？就算是，有什麼差別？就算我們選擇快速消耗精力，就算我們想要加速人類生命的節奏，讓人到了三十歲就邁入老年，那又有什麼差別？難道你還不懂嗎？個人的死亡不是死亡，黨是永遠不死的。」

這個聲音又再一次讓溫斯頓陷入無助，更讓他害怕的是，萬一他繼續反駁歐布萊恩，他可能會再轉動刻度盤。可是他沒辦法保持緘默，他整個人有氣無力，沒有論點也沒有證據，只是因為他對歐布萊恩所說的一切有說不出來的懼怕，他繼續出擊：「我不知道，我也不在乎，總之你們會失敗，一定有什麼東西能打倒你們，生命會打倒你們。」

「溫斯頓，我們控制了生命，不管哪個階段都是，你認為有一種叫做人性的東西會受不了我們的所作所為，於是會爆發出來反抗我們，但是人性都是我們創造的，人有無限的可塑性。還是說，你又回到那個舊想法，以為無產階級或奴隸會起身推翻我們，別妄想了，他們沒救了，一群畜生，人性就是黨說了算，其他的人都不屬於黨——無關緊要。」

「我不管，他們最後一定會打倒你們，他們遲早會看清你們的真面目，然後把你們碎屍萬段。」

「你有什麼證據證明會發生這種事嗎？還是有什麼理由可以說明為什麼會發生這種事呢？」

「沒有，但是我相信，我知道你們會失敗，宇宙間有某種力量，我不知道，可能是某種精神或某種法則，你們永遠也征服不了。」

「溫斯頓，你相信神嗎？」

「不相信。」

「那這個法則到底是什麼，憑什麼打倒我們？」

「我不知道，可能是身為人的精神。」

「你覺得自己是人嗎？」

「對。」

「如果你是人，也會是最後一個，你的族類已經絕種了，一切由我們繼承，你知道自己是孤獨一人嗎？歷史已經把你擋在外面，你不存在了。」他換了一個態度，口氣更加嚴厲，「而你以為你的道德比我們高尚，就因為我們是騙子又殘暴不仁嗎？」

「對，我覺得我比你們高尚。」

歐布萊恩沒有說話，卻出現了另外兩個說話聲，過了一下子，溫斯頓認出其中一個是他自己的聲音，那是他跟歐布萊恩對話的錄音，就在他加入兄弟會的那晚錄的，他聽見自己答應說謊、偷竊、偽造、謀殺、散播毒品和賣淫、傳染性病，還有對著小孩的臉潑硫酸。歐布萊恩做了個不耐煩的小手勢，好像是在說實在不值得做這種示範，然後他扭了個開關，聲音就停了。

「起來。」他說。

溫斯頓身上的束縛自動鬆開了，他爬下床站著，動作不太穩。

「你是最後一個人，」歐布萊恩說，「你是人類精神的守護者，你應該看看自己真正的模樣。脫衣服。」

溫斯頓解開綁住工作服的繩子，原本的拉鍊早就被扯掉了，他不記得自己遭到逮捕之後是否曾經脫光衣服，在工作服底下，他身上繞著一圈一圈骯髒泛黃的破布，勉強還能認出來是殘留下來的內衣。他把衣服都褪到地板上，這時候他看見房間遙遠的另一頭有一面三面鏡，他靠近鏡子，然後突然停下腳步，忍不住就爆出哭泣聲。

「過去啊，」歐布萊恩說，「站在三面鏡中央，你也該看看自己的側面。」

他停下腳步是因為害怕，一個彎腰駝背的東西，膚色灰暗，瘦得皮包骨，正朝著他走來，那個東西的外表很嚇人，他知道那就是他自己，但這還不是最嚇人的地方。他朝著鏡子更靠近了一點，那東西因為彎著腰，整張臉好像凸了出來，那張臉像是一個絕望的囚犯，額頭是還滿好看的，但往後卻變成光禿禿的頭皮，鷹勾鼻，顴骨看起來像是歷經風霜，而上面的雙眼則是眼神犀利又警戒，臉頰上有皺紋，嘴巴像是縮了進去。這確實是他自己的臉沒錯，但是這張臉的改變似乎比他的內心還要多，表現出來的情緒和他真正的感受不一樣，他頭上禿了幾塊，第一眼看到的時候他以為自己的頭髮也灰白了，但其實那只是頭皮的顏色，除了他的雙手還有臉上那一圈，全身其他部位都是灰白的，覆蓋著一層古老的灰塵，除也除不掉。在灰塵底下，還能在身上各處看見傷口的紅色疤痕，腳踝附近的靜脈曲張性潰瘍則發炎得一蹋糊塗，上頭一片片的皮膚剝落下來。但是真正可怕的是他的身體好憔悴，那一排肋骨瘦得好像只剩骨頭一樣，一雙腳也消瘦了一圈，結果膝蓋還比大腿粗。他現在知道為什麼歐布萊恩叫他看看側面，他的脊椎彎曲到不可思議，瘦弱的肩膀往前縮，讓胸膛整個凹陷下去，細瘦的脖子承受著頭骨的重量，好像整個垂了下去。若是叫他猜的話，他會說這個身體屬於一個六十歲的男人，而且還得了什麼不治之症。

「你有時候會覺得……」歐布萊恩說，「我的臉，就是一個內黨成員的臉，看起來既衰老又疲累，你覺得你自己的臉又如何？」他抓著溫斯頓的肩膀把他轉過來面對自己。「看看你自己的狀況！」他說，「看你全身上下有多骯髒，看看你指縫間的污垢，還有腳上那塊發炎潰爛的東西有多噁心，你知道你臭得像頭山羊嗎？你可能不想去注意吧，看看你有多憔悴。你懂了嗎？我的拇指和食指圈起來就能圈住你的二頭肌，我可以像折斷紅蘿蔔那樣折斷你的脖子，你知道你落到我們手裡之後瘦了二十五公斤嗎？就連你的頭髮也是大把大把地掉，你看！」他往溫斯頓頭上一拔，拔下一撮頭髮，「張開嘴，九、十，只剩十一顆牙齒了，你剛來我們這裡的時候有幾顆牙齒？而且你剩下的這幾顆也快要掉下來了，看！」他伸出有力的拇指和食指捏住溫斯頓剩下的其中一顆門牙，溫斯頓下巴感到一陣刺痛，歐布萊恩把那顆鬆動的牙連根拔起，然後丟在牢房地板上。「你快爛光光了，」他說，「你都快不成人形了。你是什麼東西？一袋骯髒的東西。轉過去再照照鏡子，你看到你面前那個東西了嗎？那就是最後一個人類，如果你是人，那就是人性。穿上衣服吧。」

溫斯頓開始慢慢穿上衣服，動作還很僵硬，一直到現在他好像才發現自己有多瘦、多虛弱，他腦子裡只有一個念頭在翻攪著：他待在這個地方的時間一定比想像中長。就在他穿上那堆破破爛爛的破布時，他突然覺得好可惜，可惜自己的身體就這樣毀了，他還沒來得及想清楚自己在做什麼，就已經一屁股坐在床邊一個小凳子上，然後大哭起來。他覺得自己好醜陋、好粗俗，他只是一把枯骨，穿著骯髒的內衣，坐在強烈的白光底下啜泣，但是他停不下來，歐布萊恩伸出一隻手搭在他肩膀上，幾乎表現出仁慈。

「不會永遠都這樣，」他說，「只要你想要，隨時都可以逃離這個狀況，一切都看你自己。」

「都是你！」溫斯頓抽抽噎噎說，「是你把我害成這樣。」

「不是我，是你把自己害成這樣，你準備反抗黨的時候就接受了這樣的自己，第一次行動就註定了一切，你早就知道會發生什麼事情了。」他停下來，然後又繼續說：「溫斯頓，我們打過你，讓你精神崩潰，你也看到自己的身體變成什麼樣，你的心智也是同樣的狀態，我想你已經沒什麼自尊可言了，別人這樣踢你、揍你、羞辱你，你也痛得尖叫了，痛到在地上打滾，身上沾滿自己的鮮血和嘔吐物，你哭著哀求我們放過你，你背叛了所有人和所有的一切，你可以想到還有什麼丟臉的事情沒發生在你身上嗎？」

溫斯頓不再哭了，但是眼淚還是不斷掉下來，他抬頭看著歐布萊恩。

「我沒有背叛茱莉亞。」他說。

歐布萊恩若有所思地低頭看著他，「沒錯，」他說，「這話倒是一點不假，你沒有背叛茱莉亞。」

溫斯頓的心裡又充滿了那種對歐布萊恩特殊的愛慕之情，好像沒有什麼東西可以摧毀這種感情，真是太聰明了！他心裡想著，真是太聰明了！歐布萊恩從來不會聽不懂別人跟他說的話，地球上的其他人可能會直接回答他，說他背叛了茱莉亞，他們這樣嚴刑拷打他，還有什麼祕密是挖不出來的？他把自己知道所有關於她的事情都說出來了，她的習慣、性格、過去，他招出了他們會面時所發生的一切，就連最細微的細節都說了，他對她說的話，還有她對他說的話，他們一起享用黑市買來的食物，他們的姦情，還有他們打算對抗黨的不成形計畫……所有一切。但是，他說的『背叛』還有其他意思，照他看來，他並沒有背叛她，他還是愛著她，他對她的感覺依然沒變，歐布萊恩不用他解釋就聽懂了他的意思。

「說吧，」溫斯頓說，「他們什麼時候要處決我？」

「可能還要等很久。」歐布萊恩說，「你這個個案很難處理，但是不要放棄希望，每個人遲早都會痊癒的，到最後我們就會殺了你。」

21

他覺得好多了，每一天他都愈來愈有肉，也愈來愈強壯，只是他不知道究竟過了多長的日子。牢房裡還是一樣有白光和嗡嗡聲響，但是跟他之前待過的地方比起來稍微舒服一點，木板床上有枕頭和床墊，有把凳子可以坐，他們讓他洗了個澡，准許他可以經常在一個錫製水盆裡盥洗，甚至還給他溫水用，他們給他新的內衣褲和一套新的連身工作服，幫他的靜脈曲張性潰瘍傷處抹上消炎藥膏，把他剩下的牙齒都拔光了，給他一副新的假牙。

他在這裡待了一定有幾星期、幾個月了，現在如果他想要的話，已經有辦法計算時間，因為他們有給他東西吃，而且看起來間隔還滿固定的，他算了算，每二十四小時他吃了三頓，有時候他會迷迷糊糊想著，不知道自己是晚上吃的還是白天吃的。食物無比美味，每三餐就有一餐可以吃到肉，有一次甚至還給他一包香菸，他沒有火柴，送餐的警衛雖然從來不講話，但卻幫他點了菸，他第一次要抽的時候感覺有點噁心，但他繼續試，一包菸抽了好久，每次飯後都只抽半根。

他們給他一塊白板，角落繫著一小截鉛筆。一開始他完全沒有使用，就算他清醒時也完全提不起勁來，有時候他吃完一餐就躺著等下一餐，期間連翻身都沒有，有時候會睡著，有時候雖然清醒著，但已經陷入空泛的幻想，要睜開眼睛也嫌麻煩。他早就已經習慣睡覺的時候有強光打在臉上，好像也沒有差別，只是做的夢比較有連貫性。這段時間他做了很多夢，都是快樂的美夢，他夢到自己在黃金國度裡，或者坐在巨大華麗的廢墟裡，陽光閃耀著，身旁坐著他母親、茱莉亞和歐布萊恩，他們什麼也沒做，只是坐在陽光裡，平靜安詳地談笑，他醒來的時候也大多是想著自己的夢境。他現在已經不會再受疼痛的刺激了，他的腦袋好像也沒辦法做知識性的思考了，他不會覺得無聊，不想跟人說話，也不想有人打擾，只要自己一個人，不會有人打他或訊問他，吃得飽，可以全身乾乾淨淨的，他就完全覺得滿足了。

他的睡眠時間慢慢縮短，但是他還是不想離開床鋪，他只想要靜靜躺著，感覺體內的力氣慢慢恢復，他在自己的身體上這裡戳戳那裡摸摸，想要確定這不是幻覺，他的肌肉確實愈來愈壯，皮膚也愈來愈緊實，最後他終於不再懷疑，自己真的是變胖了，他的大腿現在肯定比膝蓋粗了。後來，他慢慢養成運動的習慣，剛開始本來還不太情願，過了不久他就可以走三公里的距離，他在牢房裡走來走去，累積出這個距離，原本內屈的肩膀也漸漸挺直了。他原本是想做一些難度更高的運動，但是卻發現有些動作自己做不到，讓他很吃驚也很羞愧，例如他最多只能用走的，再快就不行了，也沒辦法伸直手臂舉起凳子，單腳站立也一定會跌倒。他蹲下把全身重量壓在腳跟上，發現自己站起來的時候，大腿和腳踝都感受到劇烈疼痛。他面朝下趴著，想靠雙手把身體撐起來，但卻一點用也沒有，連一公分高也撐不起來。但是又過了幾天，應該說又過了幾餐，就連伏地挺身也做得到了，甚至到了後來他可以連續做六下，他開始認真覺得自己的身體很不錯，有時候也懷抱著希望，相信自己的臉也慢慢長回正常的樣貌，只有在他不小心伸手碰到自己的禿頭時，才會想起自己那張滿佈皺紋、幾近毀容的臉從鏡子裡回看著他的樣子。

他的心智比較有活力了，他坐在木板床上，背靠著牆，膝蓋上躺著那塊板子，然後開始動作，特別努力要再教育自己。他已經投降了，這點無庸置疑，事實上他現在已經知道了，自己早在決定投降之前就已經準備投降了。從他進入仁愛部的那一刻起，還有，沒錯，甚至在他和茱莉亞無助地站在那間房裡，聽從電屏裡那個冰冷聲音下達命令的那一刻起，他就已經知道自己有多輕舉妄動、多無知，居然打算挺身反抗黨的權力。他現在知道思想警察已經監視他七年了，就像拿放大鏡看一隻小甲蟲那樣仔細，每一個動作、每一句說出口的話，他們都會注意到，也能夠推論出他心裡的每一個念頭，就連他在日記本封面上灑的那一小撮白色灰塵，他們也小心翼翼重新灑回去，他們播放錄音給他聽，讓他看照片，有一些照片裡有茱莉亞和他，沒錯，甚至連……他再也沒辦法反抗黨了，再說，黨是對的，一定是對的，黨就代表了所有人的大腦，永生不死，黨怎麼會錯呢？有什麼外在的標準可以用來檢驗黨的判斷？理智是統計出來的結果，只需要學習怎麼像他們一樣思考而已，就這樣！

握在手裡的鉛筆感覺很粗糙，也很奇怪，他開始寫下腦海裡浮現的念頭，先是用歪七扭八的大寫字寫了大大的一句：

自由即奴役

然後他幾乎停都不停就在底下繼續寫：

二加二等於五

不過接下來好像有什麼東西阻止了他，他的心智好像因為什麼而退怯了，好像沒辦法專心。他知道自己知道接下來會發生什麼事，但是一時之間還想不起來，然後他想起來了，但那是他很努力用邏輯推理才想到接下來一定是什麼，這個念頭不是自己冒出來的。他寫下：

神就是權力

他接受了一切，過去是可以改變的，但是過去從來沒有改變過；大洋國的敵國是東亞國，大洋國一直在跟東亞國打仗；瓊斯、亞倫森和路瑟福是罪有應得，他們確實犯了那些遭到指控的罪名，他從來沒看過那張能夠證明他們清白的照片，那張照片從來不存在，是他幻想出來的；他記得自己的記憶和這些不一樣，但是那些記憶都是假的，都是他自己騙自己。這一切是多麼容易！只要投降之後，一切的發展都順其自然了，就像逆流泅泳，無論你怎麼努力往前游，水流還是會把你往後推，然後你突然決定換個方向，不要抵抗了，就順著水流游，一切都沒有改變，改變的是你的心態：該發生的事情還是會發生，他實在不知道自己當初為什麼要反抗，只要低頭了，一切都是這麼容易！

什麼都可以是真的，所謂的自然法則都是胡說八道，重力定律也是亂講，歐布萊恩說過：「只要我想，我就可以像顆肥皂泡泡飄起來。」溫斯頓想通了：「如果他覺得自己飄起來了，我也同時覺得我看到他飄起來了，那這件事就真的發生了。」突然，就好像一塊淹沒在水中的殘骸猛然衝出水面一樣，他腦中浮現了一個想法：「不是真的發生，是想像出來的，是幻覺。」他馬上又把這個想法壓到水底，這是明顯的謬誤，這樣的想法是先預設了在某個自己不知道的地方，有一個「真實」的世界，發生「真實」的事情，但是怎麼會有這樣的世界？我們除了自己腦中儲存的知識，怎麼還會有別的知識？所有的一切都發生在腦中，不管大家的腦子裡發生了什麼事，一定都是真的。

他很輕易就放棄那個荒謬的假設，他也不用擔心自己會屈服於這樣的想法，但是他知道這種想法根本就不應該出現在自己腦中，大腦應該在這種危險想法出現的時候自動視而不見，想都不用想就略過，他們在新語中稱之為阻罪。

他開始練習阻罪，自己提出一些論點：「黨說地球是平的。」「黨說冰比水重。」然後訓練自己不要知道、不要了解其他矛盾的論點。這並不容易，需要極為強大的思考能力和應變能力，例如遇到像是「二加二等於五」這種論點會牽涉到算術問題，光靠他的智力就無法理解，他的心智還得像參加體育活動那樣活躍，能夠一下子運用極巧妙的邏輯概念，下一秒就忽略最明顯的邏輯錯誤，他不但要夠聰明，還得夠愚蠢，這兩者都很難做到。

在此同時，他腦中有一部份還在想，他們什麼時候才要槍決他。歐布萊恩說過：「一切都要看你自己。」但是他知道他不能靠某個刻意的行動就讓處決時間提早，可能是十分鐘之後，也可能是十年。他們或許會把你一個人幽禁好幾年，可能會把你送去勞動營，有時候他們也會先把你放出去一陣子，很有可能在他們槍決他之前，這一整段逮捕審問他的鬧劇還會重頭再來一遍。唯一能夠確定的是，死亡絕對會在意想不到的時候到來，傳統是——當然這個傳統沒人提起，雖然沒人告訴過你，但總之你知道他們會從背後開槍，一定都是對準後腦杓，沒有一聲警告，你從這個牢房換到下一個牢房，走在走廊上的時候突然就發生了。

有一天，這樣說可能不太精確，也有可能是某天半夜，總之，有一次他陷入了一種奇怪而歡樂的幻夢，他走在走廊上，等著子彈打過來，他知道子彈隨時會來，一切都安排好了，排練順暢得宜，不再有懷疑、不再有爭辯、不再有痛苦、不再有恐懼，他的身體健康又強壯，走起路來輕鬆自在，享受身體的運動，感覺自己像是走在陽光底下，他不再是走在仁愛部裡那些白色的狹窄走廊上，而是走在一條寬敞而陽光明亮的走道，寬有一公里，走在這裡，他感覺自己好像是吃了藥一樣精神亢奮，他在黃金國度裡，跟著一條草地上的足跡，那片草地看得見兔子吃草的痕跡，腳下感覺得到生長茂盛的矮草地，臉上感覺到和煦的陽光，在草地的邊緣是一片榆樹林，微微騷動著，樹林再過去的某個地方就是一條小溪，鰷魚在綠色水池裡游泳，岸邊有低垂的柳樹。

突然一股恐懼朝他襲來，他迅速坐起身，背脊冒出汗來，他聽見自己大喊：「茱莉亞！茱莉亞！我最愛的茱莉亞！茱莉亞！」

有一下子，他強烈感覺到她就在這裡，她好像不只是在他身邊，而是在他體內，就好像她已經滲入他肌膚的紋理裡，在這個時候，他比以前還要更加愛她，比他們自由自在在一起的時候還要更愛她，他也知道她就在某個地方，她還活著，需要他的幫忙。他躺回床上，努力恢復心情，他做了什麼？剛剛的一時軟弱，要害他在這裡多待幾年啊？

門外隨時都會傳來穿著靴子的腳步聲，他們不會輕易放過這樣的情感爆發，如果他們之前不知道，現在也會知道他違背了自己答應他們的事，他順從黨，但是仍然憎恨黨。過去他是表面上順服，可是抱持著異端思想，現在他又更退了一步，他的心智已經服從了，但希望保持內心深處不受破壞，他知道自己做錯了，不過卻希望自己錯下去。他們現在知道了，歐布萊恩知道了，就是那一聲愚蠢的叫喊，他什麼都招了。

他又得從頭開始了，可能要花好幾年。他伸手去摸自己的臉，努力要熟悉自己的新面貌，臉頰上有深深的皺紋，顴骨突出，鼻子都扁了，而且自從上次在鏡子裡看到自己的樣子之後，他們給了他一副全新的假牙。既然不知道自己的臉長什麼樣子，就很難維持不可思議的表情，再說，光只是控制臉部表情也不夠。這是第一次他了解到，如果想要保守祕密的話就必須連自己都防，你一定要隨時知道自己有一個祕密，但是不到必要的時候絕對不能意識到這個祕密是什麼，不管什麼形式都不可以，因為別人很可能會發現，從現在起他不能只是思想正確，就連感覺也要正確，作夢也要正確，而在此同時他一定要把自己的憎恨鎖在心裡，像是一顆球，既是自己的一部份，但是和其他部份又沒有關聯，像是囊腫一樣。

他們總有一天會槍決他，你不知道什麼時候會發生，但還是有可能提早幾秒鐘猜到。一定都是走在走廊上的時候，從你後面開槍，十秒鐘就夠了，在這段時間裡，他的內心世界會天翻地覆，然後突然間，一個字也來不及說，腳步沒有停頓，臉上的表情也沒有改變，偽裝瞬間就卸了下來，然後「砰！」一聲，他內心的憎恨就爆發出來了，憎恨就像一團巨大的熊熊火焰包圍著他，而幾乎在此同時，「砰！」子彈就射出來了，或許太遲，也或許太早。他們在還沒讓他的大腦臣服於他們的時候，就已經把他的大腦轟成碎片了，裡面的異端思想不會受到懲罰，也不用低頭認錯，永遠脫離他們的魔掌，他們等於是在他們的完美形象上轟了一個洞，抱著憎恨他們的心情死去，這就是自由。

他閉上眼睛，要接受智識上的訓練比較困難，這牽涉到貶低自己、毀壞自己，他得栽進最骯髒的髒污裡，最可怕、最讓人作嘔的事情是什麼？他想到老大哥，那張巨大的臉（因為經常在海報上看到這張臉，他老是以為他的臉有一公尺寬），還有濃密的黑色落腮鬍，緊盯著你來回走動的雙眼，好像自動浮現在他的腦海，他對老大哥的真實感覺到底是什麼？

走廊上傳來靴子重重的踩踏聲，鐵門喀啷喀啷打開了，歐布萊恩走進牢房裡，後面跟著蠟臉官員和黑衣警衛。

「起來。」歐布萊恩說，「過來這裡。」

溫斯頓站起來面對他，歐布萊恩伸出兩隻強壯的手握住他的肩膀，緊緊盯著他看。

「你想要騙我，」他說，「真是蠢斃了，站直一點，看著我。」

他停頓一下，接著用比較溫和的語氣說：「你有進步了，就你的智識來說，已經沒什麼問題，只是你的情感卻一點進步也沒有，溫斯頓，告訴我，記住了，不要說謊，你知道我每次都能知道你是不是在說謊，告訴我，你對老大哥真實的感覺到底是什麼？」

「我恨他。」

「你恨他，很好，那麼現在你該進入最後一個階段了，你一定要愛老大哥才行，不只是服從他，要愛他。」他放開溫斯頓的肩膀，順勢輕輕一推，把他推給警衛。

「一〇一室。」他說。

22

在他遭到囚禁的每一個階段，他都知道，或者好像知道，自己在這座沒有窗戶的建築物裡哪個地方，也許是因為氣壓有一點不一樣吧。警衛打他的那間牢房在地下室，歐布萊恩訊問他的那間牢房在很高接近屋頂的地方，而這個地方則在地底下數公尺，要多深就有多深。

這個牢房比他待過的地方都要大，但是他幾乎沒有注意到週遭的環境，他只能看到有兩張小桌子在他正前方，桌子上都覆蓋著綠色的厚毛呢，有一張距離他只有一、兩公尺，另一張則比較遠，比較靠近門口。他被綁在一張椅子上，坐得挺直，綁得很緊，緊到他動彈不得，想轉頭都不行，他腦後有一塊墊子牢牢抓著他的頭，逼他只能看他正前方的東西。

他獨自一人等了好一會兒，然後門打開，歐布萊恩走進來。

「你曾經問過我，」歐布萊恩說，「一〇一室裡面有什麼，我說你早就知道答案了，大家都知道，在一〇一室裡的東西是全世界最糟的東西。」

門又打開了，一名警衛走了進來，手裡拿著金屬網做成的東西，好像是一個箱子或籃子什麼的，他把東西放在比較遠的那張桌上，因為歐布萊恩站的位置正好擋住了，溫斯頓看不見那東西是什麼。

「什麼是全世界最糟的東西，」歐布萊恩說，「每個人的看法都不一樣，可能是活埋、火刑、水刑、刺刑，或是其他五十種死法，在某些案例裡，也可能是很細微的東西，甚至不一定會致命的。」

他稍微往旁邊挪動一點，這樣溫斯頓就能把桌上的東西看得更清楚一點，那是一個長方形的金屬籠子，頂端有一個把手可以把籠子提起來，前面掛著一個好像擊劍面具的東西，內凹的那一面向外，雖然籠子距離溫斯頓大概有三、四公尺遠，但是他可以看到籠子裡沿著縱向分成兩個隔間，每個隔間裡都關著某種生物，是老鼠。

「以你來說的話，」歐布萊恩說，「全世界最糟的東西正好就是老鼠。」

溫斯頓第一眼看到那個籠子，全身就開始顫抖，好像預期有什麼事會發生，感覺到一股莫名的恐懼，但是就在這個時候，他忽然了解籠子前面那個像是面具一樣的東西是做什麼用的，他的腸子好像變成水一樣翻攪著。

「不可以！」他用高亢尖銳的聲音大喊，「不可以，不可以！你不會這樣對我！」

「你還記得嗎？」歐布萊恩說，「你做夢的時候常常會感覺到一股恐慌，你面前有一道黑暗的牆，耳朵裡聽見轟隆隆的聲音，牆的另一邊有什麼可怕的東西，你心裡知道那是什麼，但是你不敢拉過來仔細看，牆的另一邊就是老鼠。」

「歐布萊恩！」溫斯頓努力要控制自己的聲音平穩，「你知道沒必要這麼做的，你要我做什麼？」

歐布萊恩沒有馬上回答，他開口的時候又是學校教師的語氣，他有時候喜歡假裝這種語氣說話，他若有所思地望著遠處，好像是在跟溫斯頓身後的某位觀眾講話。

「光只有疼痛，」他說，「一定不夠，有時候有人可以捱過疼痛，甚至捱到死掉為止，但是對每個人來說都有無法忍受的東西，沒有辦法好好正視的東西，這跟勇氣或懦弱沒有關係，如果你從高處往下掉，抓住繩子並不代表你膽小；如果你從很深的水底游上水面，大口吸氣也不代表你膽小，這只是本能，本能是毀不掉的。老鼠也是一樣，你沒辦法忍受牠們，牠們就是你無法承受的壓力，就算你想也沒辦法，我要你做什麼，你就會做什麼。」

「要我做什麼，到底是什麼？我又不知道，要我怎麼做？」

歐布萊恩提起籠子，把籠子拿到比較靠近溫斯頓的桌上，小心放在厚毛呢布上，溫斯頓可以聽見血液衝進他耳朵裡唱歌。他感覺自己完全孤獨一人坐在這裡，他身在一片遼闊無人的平原上，一片平坦的沙漠沐浴在陽光下，所有的聲音橫越這片沙漠，穿過無限的距離朝他而來，但是那只裝著老鼠的籠子距離他卻不到兩公尺，那些老鼠的體型巨大，這個年紀的老鼠嘴部長成鈍角，相當兇猛，毛色呈現棕色，而不是灰色。

「老鼠，」歐布萊恩依然對著看不見的觀眾說，「雖然是齧齒類動物，但是是吃肉的，這個你知道吧，你一定聽過鎮上那些比較窮的地方會發生什麼事，在某幾條街上，婦女不敢把孩子獨自留在家裡，就連五分鐘都不行，因為老鼠一定會來攻擊小孩，短短的時間內牠們就會把小孩吃得只剩骨頭，老鼠也會攻擊生病或快死掉的人，牠們聰明得讓人驚訝，能夠判斷哪個人已經沒救了。」

籠子裡爆出一陣吱吱聲，好像是從很遠的地方傳到溫斯頓耳裡，老鼠在打架，牠們努力想要衝破隔間抓到彼此，溫斯頓也聽到一聲從喉嚨深處發出的絕望呻吟，這個聲音好像也是從他體外傳過來的。歐布萊恩提起籠子，同時按下了什麼開關，發出一聲尖銳的喀啷，溫斯頓像是發瘋一樣努力想掙脫椅子的束縛，但是沒有用，他身體的每個部分，甚至他的頭都固定得牢牢的。歐布萊恩把籠子移近一點，現在離溫斯頓的臉不到一公尺了。

「我剛剛壓下第一道控制桿，」歐布萊恩說，「你知道這籠子的構造是怎麼樣吧？面具會套到你臉上，不露出一點縫隙，等我壓下這邊另一道控制桿，籠子的門就會掀起來，這些飢腸轆轆的鼠輩就會像子彈一樣射出去，你有看過老鼠跳躍到空中的樣子嗎？牠們會跳到你臉上，直接往裡面鑽，有時牠們會先攻擊眼睛，有時會挖進臉頰裡，然後大口咬掉舌頭。」

籠子愈來愈近了，愈來愈靠近，溫斯頓聽到一連串刺耳的尖叫聲，似乎是從他頭頂上傳來的，但是他奮力壓抑住驚慌，想啊，想啊，就算時間剩不到一秒——只有思考才是唯一的希望。突然，那些鼠輩身上骯髒腐敗的臭味傳到他鼻孔裡，一股噁心感在他體內劇烈翻攪，他幾乎快要失去意識了，一切都變得黑暗，有一下子他失去了理智，變成只是不斷尖叫的動物，但是他抓住一個主意，從黑暗中爬了出來，只有一個唯一的方法可以自救，他必須拉一個人進來，拉一個人的身體來擋在他跟老鼠之間。

面具的邊緣已經大到可以擋住他的視線，讓他看不見其他東西，金屬網做成的門距離他的臉只有幾個手掌了，老鼠知道接下來會發生什麼事，其中一隻在籠子裡跳上跳下，還有一隻看起來老得皮毛都開始剝落了，應該是下水道裡的祖父輩，牠站起來，粉紅色的爪子搭著籠子，狂熱地嗅聞空氣，溫斯頓可以看到牠的觸鬚和黃牙，那股黑暗的恐慌又朝他襲來，他什麼也看不見，沒人可以救他，他也想不出辦法。

「在過去帝制的中國，這是常見的懲罰。」歐布萊恩依然那副教師的口吻。

面具就要蓋到他臉上了，金屬網刷過他的臉頰，然後——不對，這不是解除危機，只是希望，小小一線希望。太遲了，可能已經太遲了，但是他突然明白在這個世界上只有一個人可以承擔他的懲罰，他可以把這個人拉到他和老鼠之間，然後他瘋狂叫喊著，一次又一次。

「茱莉亞！去抓茱莉亞！不要抓我！茱莉亞！我不管你們要怎麼對付她，撕爛她的臉、剝掉她的肉，不要抓我！抓茱莉亞！不要抓我！」

他往後倒，跌落萬丈深淵，離老鼠離得遠遠的，他仍然被綁在椅子上，但是他一直往下跌，穿過地板、穿過建築物的牆、穿過泥土、穿過海洋、穿過大氣層，跌進外太空裡，跌進星與星之間的深淵裡——總之，愈來愈遠、愈來愈遠，離老鼠愈來愈遠，他跌到好幾光年之外，但歐布萊恩還是站在他身邊，臉頰上還能感覺到冰冷的金屬網，他身邊包圍著一片黑暗，然後他又聽到一聲金屬的喀啷，他知道籠子的門關上了，沒有打開。

23

栗樹咖啡館幾乎是空蕩蕩的，一道陽光穿過窗戶斜照在積滿灰塵的桌面上，現在是十五點，正是寂寞的時刻，電屏裡傳出尖細的音樂聲。

溫斯頓坐在他常坐的角落，盯著空玻璃杯看，然後又抬頭望著一張大大的臉，從對面牆上看著他。老大哥在看著你，標題是這麼寫的。一個服務生自動過來幫他的杯子倒滿勝利牌杜松子酒，又從另一個瓶子的瓶塞滴管裡甩了幾滴到杯子裡，是丁香花香味的糖精，是這家咖啡館的招牌。

溫斯頓聽著電屏，目前只有播放音樂，但是隨時都有可能傳來和平部的特別報導。從非洲前線傳來的消息極度讓人不安，他一整天都在擔心，心裡七上八下的。歐亞國的軍隊（現在大洋國在跟歐亞國打仗，大洋國一直都在跟歐亞國打仗）正以驚人的速度往南移動，中午的報導沒有提到特定的地區，但是剛果河的河口可能已經變成戰場了，布拉柴維爾和利奧波德維爾[3]這兩個地方都有危險了，不用看地圖也知道這是什麼意思，這不只是失去中非地區這麼簡單，在整場戰爭中，這是大洋國的領土第一次受到威脅。

他心裡突然湧起一股猛烈的情緒，不太像是恐懼，反而像是莫名的興奮，然後情緒很快又退去了。他不再想著戰爭的事，這些日子以來，他沒辦法讓自己專心在任何事情上，總是過一下子就忘記。他拿起杯子一口就喝乾了，杜松子酒一如往常讓他一陣戰慄，甚至有點想吐，這東西糟透了，丁香花和糖精這兩種噁心的東西本身就已經夠難喝的了，完全藏不住那種走味的油膩味道，最糟糕的就是杜松子酒的味道，日日夜夜都伴隨著他，在他心裡永遠都跟那些東西的味道混在一起。

他從來不說那些東西是什麼，就連想也不想，而且到目前為止，他可能也從來沒有想起具體的印象，他不太意識到那些東西，不過那些東西卻在他的臉部附近徘徊，散發出的味道一直留在他鼻子裡，杜松子酒從他的胃裡湧上來，紫色的嘴唇裡吐出一聲嗝。他們放了他之後，他變得愈來愈胖，也恢復以往的氣色——其實還比以前更好了，他的相貌變得比較粗獷，鼻子和顴骨上的皮膚呈現粗糙的紅色，就連光禿頭皮透出的粉紅色也變得太深了。又一個服務生自動過來，拿來了棋盤和當天的《時報》，將棋局問題的那一頁折了起來，然後他看到溫斯頓的杯子空了，便拿來杜松子酒瓶倒滿。不用對他們下命令，他們知道他的習慣，那副棋盤一直都等著他來，也一直為他保留角落的桌子，就連咖啡館客滿的時候他也可以自己坐在這一桌，因為也沒有人想太靠近他。他甚至也從來沒想過要算算自己喝了幾杯，他們時不時會塞給他一張髒髒的紙條，說那是帳單，但是他覺得他們一定有少算他錢，不過就算是多算了也沒什麼差別，他現在口袋裡總是裝了很多錢，他甚至還有工作，幾乎是坐領乾薪，比他以前的工作薪水還要高。

電屏裡的音樂停了，換成一個說話的聲音，溫斯頓抬起頭聽，但卻不是來自前線的報導，只是豐隆部的簡短聲明，報告第十次三年計畫中的鞋帶生產量，看來到了下一季就會超出預定量的百分之九十八。

他仔細看了棋局問題然後擺好棋子，這個結尾很難處理，要用到好幾個騎士，「走白

---

3 剛果首都，今稱金夏沙（Kinshasa）。

棋，兩步內將死黑棋。」溫斯頓抬頭看著老大哥的肖像，他想著，白棋一定會贏，心裡有一種模模糊糊的空想，每次都是這樣，毫無例外，都是這樣安排的，打從這個世界一開始，棋局問題裡的黑棋就沒有贏過，這不就象徵了良善永遠一定會戰勝邪惡嗎？那張大臉也盯著他看，充滿了安定的力量，白棋一定會贏。

電屏裡的聲音停頓了一下，然後又開始用另外一種比較嚴肅的口氣說話：「鄭重提醒各位，請注意十五點三十分時將會發布重要聲明，十五點三十分！這件消息極度重要，請注意不要錯過，十五點三十！」然後又換成那段柔和的音樂。

溫斯頓的心翻攪起來，是前線的報導，直覺告訴他是壞消息，一整天他心裡不斷會突然迸出一點小小的興奮感，腦海裡不時想著軍隊在非洲輸得潰不成軍，他好像真的看見歐亞國的大批軍隊越過從來沒有打破的邊境，像一群螞蟻一樣湧進非洲邊境。難道沒有什麼辦法，有可能從兩側包夾他們？西非的海岸線在他腦海裡具體浮現，他拿起白騎士移動到棋盤另一頭，那個位置很合適，甚至他還正看著黑色大軍往南移動的時候，又看到另一支神祕軍隊集結起來，突然駐軍在他們後方，截斷他們的海陸通道，他覺得自己是靠意志把另外那支軍隊招過來的，但是動作必須要快，如果他們可以控制整個非洲，可以在開普敦建造航空站和潛艇基地，就可以把大洋國一分為二。什麼事情都有可能：戰敗、解體、世界版圖重新分配、黨的毀滅！他深深吸了一口氣，有一種極端複雜的心情——但是又不能說是複雜，應該說是好幾層接連不斷的情緒，不知道哪一個是最深層的情緒，在他心底掙扎著。

情緒平穩之後，他把白騎士移回原本的位置，現在他實在沒辦法靜下心認真研究棋局問題，他的思緒又開始漫遊，幾乎是下意識就伸出手指在佈滿灰塵的桌上寫著：二加二等於

「他們不能影響你的內心。」她曾經這麼說過，但是他們真的可以影響人的內心。「你在這裡經歷的一切會跟著你一輩子。」歐布萊恩也這樣說過，此話不假，有一些事情，包括自己做過的事，已經再也無法挽回，心裡有些東西已經死去，燃燒殆盡、腐朽為塵。

他看過她，甚至還跟她說過話。這麼做並沒有危險，他好像直覺知道他們現在對他在做什麼已經沒什麼興趣了，如果他和她還想再見面的話，他可以安排。其實他們兩人是意外碰面的，在公園裡，三月的天氣糟糕透頂，冷風刺骨，土地好像冰冷堅硬的鐵塊，花草似乎都死去了，看不見一點新芽，只有幾株藏紅花冒出了頭，等著強風摧殘。他快步向前走，雙手凍僵了，眼睛也忍不住泛淚，這時候他看到她就在前面不到十公尺的地方，他馬上驚覺她好像已經有什麼不一樣了，兩人幾乎就要擦身而過，完全沒有一點表示，然後他轉身跟著她，但不是很急切。他知道這樣並不危險，沒有人對他有興趣。她沒有說話，斜向穿過草坪，好像是想擺脫他，然後似乎又放任自己的心意，讓他走到她身邊。不久，兩人走進一叢參差不齊的灌木叢，葉子已經掉光了，沒辦法遮住他們也擋不了風。他們停下腳步，天氣冷得不得了，風在樹木枝條間呼嘯著，應景的藏紅花看起來髒髒的，也讓風吹得東倒西歪。他伸手攬

住她的腰。

這裡沒有電屏，但一定有隱藏式麥克風，再說，別人也可能看到他們，不過沒有關係，一切都沒有關係了，如果他們想要的話，現在就可以躺到地上開始辦事，想到這裡，恐懼凍結了他的血肉。對於他攬住自己的手，她沒有多做反應，甚至沒有試圖離開他的懷抱。他現在知道她是哪裡不一樣了，她的氣色變得比較暗沉，臉上還有一道長長的疤，一部分藏在頭髮裡，從額頭延伸到太陽穴，但這不是最主要的變化，而是她的腰變粗了，而且也變僵硬了，讓人忍不住驚訝。他記得有一次的火箭炮轟炸過後，他幫忙從某個廢墟裡拉出一具屍體，當時他也很驚訝，不只是因為屍體不可思議的重量，還有屍體的僵硬讓人很難處理，感覺上比較像石頭，而不是血肉。她的身體就是這種感覺，他知道她的肌膚紋理會和過去有很大不同。

他不想親吻她，兩人也沒有交談，兩人往回走過草坪的時候，她第一次直視著他，只是短短看了一眼，眼神裡充滿輕蔑和厭惡，他想著不知道她討厭自己是因為過去的經驗，還是也受到他現在的外表影響，他的臉腫了，眼睛也因為強風不斷冒出淚水。他們在兩張鐵椅上並肩坐下，但不是靠得很近，他看到她準備開口了。她穿著粗劣的鞋子，移動了幾公分，故意踩碎一小段樹枝，他注意到她的腳好像也變粗了。

「我背叛了你。」她直接說。

「我背叛了妳。」他說。

她又用厭惡的眼神看了他一眼。

「有時候，」她說，「他們會拿什麼東西來威脅你，是你最無法忍受、甚至想都不願想的東西，然後你就會說：『不要這樣對我，去找別人，去抓誰誰誰。』或許之後你可以假裝說那只是在玩手段，你會那樣說只是要讓他們住手，並不是真心的，但不是這樣，事情發生的那個時候你是真心的，你覺得沒有其他方法可以救自己了，你很清楚這樣才能自救，希望這種事情發生在別人身上，也根本不管別人會有多痛苦，你最在乎的只有自己！」

「你最在乎的只有自己。」他重覆她的話。

「再之後，你對那個人的感覺就不一樣了。」

「對，」他說，「妳感覺不一樣了。」

好像已經沒別的好說的了，風直接穿透他們身上單薄的工作服，安靜坐在那裡好像瞬間變得尷尬，再說，天氣也已經冷到很難靜止不動，她說了幾句話，大概是說還得趕著去搭車，然後起身要走。

「我們一定要再見面。」他說。

「對，」她說，「我們一定要再見面。」

他有點遲疑地跟上去，跟在她後頭大約半步的距離走了一小段路，兩人沒有再交談。她不是真的想要甩掉他，只是走路的速度很快，好讓他不會靠自己太近，他已經決定要陪她走到車站，但是這段在冷風中陪伴的路途突然變得毫無意義，也難以忍受，他心裡滿溢著一股渴望，與其說是想離開茱莉亞，不如說他是想趕快回到栗樹咖啡館，那個地方從來沒有像此刻這般吸引人，他懷念起自己的角落桌子，桌上放著報紙和棋盤，還有永遠喝不完的杜松子酒，最重要的，裡面會很溫暖。下一秒，有一小群人插進他和茱莉亞之間，也不盡然是突發意外，他就順勢而行，雖然有試圖要追上她，但是他並不是真的那麼想，然後腳步就慢了下來，接著轉身往反方向走，等他走了五十公尺之後才回頭看，街上的人不多，可是已經認不出她了，十幾個路人行色匆匆，每一個都有可能是她，也許她現在變得粗壯僵硬的身影，從背後已經認不出來了。

「事情發生的那個時候，」她說了，「你是真心的。」他確實是真心的，他不但說了，還希望這件事發生，他希望那個人是她而不是自己，她才應該去——

電屏裡的音樂有點不同了，加進了一個刺耳又帶著嘲弄的聲音，是黃色音符，然後來了——或許根本沒有音樂，可能是某段回憶讓他想起這樣的旋律——有個聲音開始唱歌：

枝葉茂密的栗樹下，
我出賣了你，你出賣了我，

他的眼眶裡充滿淚水，一個服務生路過時發現他的杯子空了，拿著杜松子酒瓶回來。

溫斯頓拿起杯子聞了聞，每喝一口那東西並不會讓那東西變得比較好，而是變得更可怕，但是這東西是他生活的必要元素，是他的生命、死亡和復活，杜松子酒讓他每晚陷入昏迷，然後每天早上又喚醒他，他很少在十一點整之前醒來，醒來時眼皮浮腫，口乾舌燥，背脊好像快斷了一樣，如果不是因為床邊還擺著前夜的酒瓶和酒杯，他就連坐起身來都辦不到。白天的時候，他一臉呆滯坐著聽電屏，手邊也放著酒瓶，從十五點起就到栗樹咖啡館坐著坐到打烊。再也沒有人管他做什麼，沒人吹哨子叫醒他，電屏不會發出警告。有時候，大概一個禮拜兩次，他會到真相部裡一個積滿灰塵的辦公室，這裡已經被人遺忘了，他在這裡做一點事，其實沒什麼，只是表面上叫工作。他們派他到一個小組委員會之下的小組委員會。為了處理編纂第十一版新語辭典的一些小問題，黨成立了無數的委員會，然後委員會之下又延伸出許多小組委員會，他們要負責提出所謂的臨時報告，但是他從來沒有確切了解他們的報告裡要寫什麼，只知道是跟逗號要放在引號裡面還是外面有關，小組委員會裡還有其他四個人，都是跟他處境類似的人，有些日子裡他們會聚在一起，然後馬上就散開，直接跟別人說其實也沒什麼事情要做的。但是還有些日子裡他們會埋首工作，態度可以說非常積極，登記的工作時數相當驚人；他們擬出一長串的備忘錄，只是從來沒有做完，這種時候他們就會開始討論應該爭論的論點，氣氛會變得異常熱絡，爭辯深奧微妙的字義問題，大大偏離主題，互相爭吵威脅，甚至還會想去徵詢高層的意見，但是突然他們體內的活力就這樣消失了，坐在桌邊用空洞的眼神你看著我、我看著你，就像公雞一啼，鬼魂就消失了。

電屏沉寂了好一會兒，溫斯頓又抬起頭，報導來了！喔，不是，他們只是要換音樂。他閉上眼睛就能看見非洲地圖，軍隊的移動就像是曲線圖，一個黑色箭頭垂直往南推進，一個白色箭頭則水平往東推進，跨過黑色箭頭的尾巴。他抬頭看著海報上沉著冷靜的臉，好像是要證明自己的想法，有沒有可能第二個箭頭根本就不存在呢？

他又開始興致高昂了，再喝一口杜松子酒，拿起白騎士嘗試下了一步棋，將軍，但是這一步棋顯然是下錯了，因為……

一段記憶突然就自己浮上腦海，他看到一個房間，房裡點了蠟燭，一張大大的床上面鋪著白色床單，還有他自己，還只是個九歲、十歲的小男孩，坐在地板上搖骰子盒，興奮笑著，他的母親就坐在他面前，也在笑。

這一定是她消失前大概一個月的事了，此時的氣氛和諧融洽，他忘了肚子裡飢腸轆轆的抱怨，暫時又找回了過去對母親的感情。他清楚記得那一天，大雨嘩啦嘩啦下著，雨水沿著窗玻璃順流而下，屋裡的光線黯淡，沒辦法讀書，兩個小孩在黑暗狹窄的房間裡，無聊得發慌，愈來愈耐不住性子。溫斯頓頻頻哀聲埋怨，問母親有沒有東西吃，但是得不到回應，他又在房裡四處搗亂，把東西都拉離原位，不斷踢著牆板，踢到鄰居都敲牆抗議了，而小的則時不時就號哭起來。到最後他母親說：「好了，你乖乖的我就買玩具給你，買漂亮的玩具，你一定會喜歡。」然後她就冒雨出門，走到附近偶爾還會開的雜貨店去，買了一盒蛇棋遊戲回來，他還記得紙盒淋濕後的味道，那套遊戲狀況很糟糕，棋盤破了，小小的木頭骰子也沒切好，躺都躺不穩，溫斯頓悶悶不樂地看著那套遊戲，一點興趣也沒有，可是後來他母親點了一根蠟燭，他們就坐在地板上玩，他看著小棋子滿懷希望爬上樓梯，結果又從蛇身上滑下來，幾乎都要滑回起點了，他很快就興致高昂起來，開心大笑。他們玩了八局，一人都贏了四局。他的小妹妹年紀還太小，不懂得遊戲怎麼玩，靠著枕墊坐著，因為其他兩個人在笑，所以她也跟著笑，那一整個下午，他們都開開心心在一起，就像他以前的童年一樣。

他把這個影像從腦海裡推開，這段記憶是假的，他常常會受到假記憶干擾，只要知道這些是假的，就不會受到影響，有些事發生了，有些則沒有。他回到棋盤上，又拿起白騎士，棋子噹啷一聲掉落在棋盤上，幾乎就在這個時候，溫斯頓突然吃了一驚，感覺好像一根針鑽進他身體裡。

一聲尖銳的小號聲劃破空氣，報導要來了！勝利！只要新聞開始前先吹起小號，一定都是代表勝利的消息，咖啡館裡好像有一股電流流竄著，就連服務生都吃驚地豎起耳朵傾聽。

小號聲又發出極大的噪音，電屏裡已經傳出一個興奮的聲音，一急起來就說得不清不楚，但是那聲音才剛開始說話，外頭傳出的歡呼聲就幾乎已經把電屏聲掩蓋過去，消息已經像是變魔法一樣傳遍大街小巷，他從電屏裡的報導聽到的大概已經能讓他了解發生了什麼事，一切就像他預見的：一支龐大的海上艦隊祕密集結起來，迅雷不及掩耳出擊攻打敵人後方，白色箭頭衝破了黑色箭頭的尾巴，一片嘈雜聲中不時冒出幾句表達勝利的字句：「龐大的策略調動——完美協調——徹底擊潰——五十萬俘虜——完全打垮敵方士氣——控制整個非洲——讓這場戰爭朝著最終勝利跨進相當的距離——人類史上最偉大的勝利——勝利，勝利，勝利，勝利！」

溫斯頓桌子底下的腳像是抽筋一樣顫動著，他坐在位子上動也不動，但是在他心裡，他正在奔跑，快速奔跑，跟著外頭的群眾一起發出震耳欲聾的歡呼。他又抬頭看著老大哥的肖像，駕馭世界的巨人！亞洲的遊牧民族再怎麼努力往前衝，也衝不破這塊巨石障礙！他想到十分鐘之前，沒錯，才只是十分鐘之前，他心裡還在猶疑，不知道前線傳回來的消息是勝利還是戰敗，啊，這次覆滅的不只是歐亞國的軍隊，自從他進到仁愛部的第一天起，他就改變了很多，但是他還沒有接受最終能夠療癒他的必要改變，直到這一刻，他完全改變了。

電屏裡的聲音還在繼續說著戰犯、掠奪和屠殺的豐功偉業，但是外頭的吶喊已經稍稍平息了，服務生又繼續他們的工作，一個服務生拿著酒瓶走過來，溫斯頓坐在位子上，做著歡愉的美夢，沒有注意到自己的杯子又滿了。他不再奔跑或歡呼了，他又回到仁愛部，忘記所有一切，他的靈魂清白得像雪一樣。他站在被告席上面對大眾，坦承一切，把所有人都牽扯進來。他走在鋪著白色瓷磚的走廊上，感覺像是走在陽光下，後面跟著一個武裝警衛，等了好久的子彈終於射進他腦子裡。

他仰望著那張巨大的臉，他花了四十年去研究那副黑色鬍鬚底下藏著什麼樣的微笑。喔，多麼殘酷又無用的誤解！喔，他的頑固居然讓他自願離開那副關愛的胸膛！兩滴眼淚混合著杜松子酒的味道，順著鼻翼兩側流下來，不過沒關係，一切都沒有關係，掙扎已經結束了，他打贏了對抗自己的這場戰爭，他愛老大哥。

附錄

新語原則[1]

新語是大洋國官方語言，依照英社黨（或稱英國社會主義黨）的意識形態需求設計，到了一九八四年，還沒有人使用新語作為自己的唯一溝通工具，無論說或寫皆然，《時報》中的主要文章是用新語書寫，但必須由專家特意編寫才能寫成。新語的目標是希望到了二〇五〇年可以完全取代舊語（或應稱標準英語），同時新語也逐步站穩地位，所有黨員在日常用語中都愈來愈傾向使用新語辭彙及文法結構。一九八四年所使用的新語記載在第九及第十版新語辭典，只是暫定的新語形式，其中仍包含許多贅詞及過時構詞法，之後一定會遭到廢除，我們現在要討論的是最終已臻完美的第十一版新語辭典。

新語的目的不只是要為英社黨的追隨者提供一套表達的媒介，以符合他們的世界觀及心智習性，同時也是要讓所有其他的思想模式無法存在，一旦新語全面普及，大家都忘記舊語之後，那麼異端思想——也就是不符合英社黨黨規的思想——基本上就會變成無法形成的思想，至少在思想必須倚靠語言的前提下是如此。根據黨員應該希望要表達的意思來建構辭彙，每個辭彙詞義都非常精準，經常是很微妙的表達方式，能夠排除所有其他詞義，就連透過間接方式聯想到其他詞義的可能性也全都排除。要做到這點，一部分是靠創造新詞，不過主要是靠消滅不要的詞，剝除類似辭彙中不符合黨意識形態的意義，以及所有可能衍生的次要意義。舉一個詞做例子，新語中依然有「自由」這個詞，但是只能用在說明「這隻狗沒有蝨子很自由」或者「這片田地沒有雜草很自由」，不能像過去一樣指稱「政治上的自由」或者「知識上的自由」，因為政治自由或者知識自由已經不存在了，就連這樣的概念也不存在，所以就必須拿掉指涉的名詞。除了禁止絕對異端思想的字詞之外，減少辭彙本身也是一種手段，一個字如果可以省掉就不能存在，新語的設計原理不是要擴張思想範疇，而是要縮減思想範疇，所以就藉由將字詞選擇降到最低來間接達到這個目的。

我們如今知道新語是根據英語創造的，只是有很多新語句子裡面就算沒有新創辭彙，我們這個時代的英語使用者還是很難讀懂。新語辭彙可以分成三種不同類別，分別是A類辭

1 要用中文去解釋英文語法本來已經不容易，尤其新語又和英文不太一樣，若要完全照著原文的內容翻譯，恐怕要加上許多英文，譯者希望能完全用中文讓各位理解新語的規範，所以此篇附錄中有部分段落為了符合中文語法，不會完全按照原文翻譯。

彙、B類辭彙（又稱複合辭彙），還有C類辭彙，分開討論這三種類別會比較簡單，不過這個語言的文法特性可以跟著A類辭彙一起討論，因為三種辭彙都適用相同規則。

A類辭彙

A類辭彙包括每天日常事務需要用到的辭彙，像是吃、喝、工作、穿衣、上下樓梯、搭車、園藝、烹飪之類的，這類辭彙幾乎完全是用我們既有的辭彙組成，像是打、跑、狗、樹、糖、屋、田等等，但是跟今日的英語辭彙比起來，這類辭彙的數量非常少，詞義也有非常嚴格限定，屏除所有模稜兩可和重疊的詞義。就這個類別目前的成果看來，這類新語辭彙就像音樂上的斷音，只能用來表達一個清楚明確的概念，可以說A類辭彙不可能用在文學寫作、政治文章，或者哲學討論上，此類辭彙的用意只是要表達有目的的簡單想法，通常會牽涉到具體物品或者實際動作。

新語文法有兩個非常突出的特點，第一是不同詞類之間幾乎可以完全互換，這個語言中的每一個詞（原則上來說，這點甚至也適用於很抽象的辭彙，像是「彷彿」或「此時」）都可以當作動詞、名詞、形容詞，或副詞。如果以相同字根來說，動詞和名詞之間完全沒有變化，這條規則本身就包含了廢除許多舊時的形式。例如拿「思緒」這個詞來說，新語中就沒有這個詞，而由「思想」取代，可以當做名詞，也可以做動詞，這裡並非根據任何詞源學的原則，有時候保留的是原始的名詞，有時候則是動詞，如果有一組意思接近的名詞和動詞，兩者詞源並不相同，常常還是會廢除掉其中之一。例如說，新語裡已經沒有「切割」這個詞，其詞義已經完全由名詞兼動詞的「刀」取代。在名詞兼動詞後面加上「的」這個詞尾就可以構成形容詞，副詞則是加上「地」，所以比方說「速度的」就表示「快速」，而「速度地」就表示「很快」。當然我們現在使用的一些形容詞，像是好、強、大、黑、軟，這些詞依然保留下來，但是總數非常少，也很少需要用到，因為只要在名詞兼動詞後面加上「的」，就幾乎可以達到任何使用形容詞的目的。現行使用的所有副詞都已經廢除了，只有很少數本來結尾就有「地」的副詞還留下來，副詞結尾一定要用「地」，例如「很好」這個副詞就由「好地」取代。

另外，每一個詞（這個原則同樣可以適用於這個語言中的每一個詞）只要在前面加上「不」就有否定意思，也可以加上「更」來強化詞義，或者如果要更強的強調語氣，可以加上「極」。比方說，「不冷」就表示「溫暖」，而「更冷」和「極冷」就分別表示「很冷」和「超級冷」。而就像現代英語一樣，幾乎每個詞只要在前面加上一些字首就能調整詞義，這些字首包括「前」、「後」、「上」、「下」等等，用這樣的方法就有可能大幅減少辭彙數量。例如「好」這個詞，有了這個詞就不需要「壞」，因為可以用「不好」來表達相同的意思，其實這樣做還更好。這一切都是必要的規則，總之如果有兩個詞的詞義是自然相反，就必須決定要廢除哪一個。例如說「暗」可以用「不亮」取代，或者「亮」也可以用「不暗」取代，端看如何取捨。

新語文法中第二個突出的特點就是一致性，除了下面一段會提到的幾個例外，所有詞類變化都遵守相同的規則，所以所有動詞的過去式和過去分詞都有相同的結尾「了」，「偷」的過去式是「偷了」，「思想」的過去式是「思想了」，這個語言中的所有動詞都一樣，所有其他詞首詞尾像是「過」、「已經」、「曾經」等等都完全廢除。所有複數名詞都加上「們」來表示，所以「男人」、「公牛」、「生命」的複數型態分別是「男人們」、「公牛們」、「生命們」。形容詞的比較級一律加上「比較」和「最」，所以「好」這個形容詞的比較級是「比較好」、「最好」，所有其他表達形式都不再使用。

唯一能夠保有不規則變化的詞類是代名詞、關係詞、指示形容詞，以及助動詞，這些辭彙依然沿用舊時的使用方式，除了少數幾個例外，像是「其」的用法已經沒有必要存在，而「欲」、「當」等時態也已經捨棄，全部都用「將」和「應」取代。另外還有一些不規則的造字原則，在快速和輕鬆談話的時候會出現，比較難發音的字，或者是有可能會讓人聽錯的字，以這兩個原因看來就屬於不好的字，所以有時候為了讓談話聽起來比較悅耳，就會在字詞中加入其他的字，或者重新使用舊時的構詞，不過這樣的需求主要都發生在跟B類辭彙連用的時候，為什麼容易發音這麼重要呢？這篇文章之後就會解釋清楚。

B類辭彙

B類辭彙是刻意為了政治目的而創造的辭彙，也就是說這些辭彙不只在任何情況下都帶有政治意涵，也希望藉此讓使用者的心智態度迎合黨的期待，如果不是完全了解英社黨黨規，就很難正確使用，在某些情況下，這些辭彙可以翻譯成舊語，甚至可以用A類辭彙來翻譯，不過通常需要長篇解釋，而且一定會喪失掉某些言外之意。B類辭彙像是某種速記式語言，經常用幾個詞就包含了一大堆理念，而且還比普通語言更精確、更有說服力。

B類辭彙都是複合式詞彙。一個B類辭彙裡包含兩個或兩個以上的字詞，或是取字詞的一部份，結合成一個容易發音的形式，最後出來的混合物一定是一個名詞兼動詞，可以按照一般規則變化。拿一個字來作例子：「好思想」這個字，粗略說明就是服從黨規的意思，或者如果要當作動詞的話就是「以服從黨規的方式思考」，這個字有以下變化：名詞兼動詞「好思想」；過去式及過去分詞「好思想了」；現在分詞「正在好思想」；形容詞「好思想的」；副詞「好思想地」；動詞式名詞「好思想者」。

B類辭彙並非根據任何詞源學計畫而創造出來的，依照B類辭彙規範所創造出來的字詞可以當作任何一種詞類，順序可以任意調換，構詞也可以任意破壞，這樣要解釋B類辭彙起源的時候才容易發音。例如在「犯罪思想」（思想罪）這個詞當中，思想擺在後面，但是在

「思想警」（思想警察）這個詞裡，思想卻放在前面，而且後半部原本應該是「警察」，也拿掉了第二個字。因為實在很難確保字詞的發音悅耳，所以B類辭彙中的不規則構詞比A類辭彙常見，例如真部、平部，和愛部的形容詞形式分別為真相部的、和平部的、仁愛部的，這只是因為真部的、平部的、愛部的這樣發音很奇怪而已。不過原則上所有B類辭彙都可以變化，而且變化規則也完全一樣。

有些B類辭彙的詞義非常微妙精細，如果不是通曉整個語言的人很難了解，例如就拿《時報》上一篇頭版文章裡典型的句子來說，「舊思想者不腹感英社黨。」如果要用舊語把這句話翻譯出來，至少都要寫成：「意識想法在革命前就成型的人無法完全用心了解英國社會黨的黨規。」不過這句翻譯只是差強人意。首先，要完全了解以上這句新語的意思，你一定要清楚認知到什麼叫做英社黨，再來，一個人必須要有完整的英社黨知識底子，才能了解「腹感」這個詞火力全開的感覺，這個詞有盲目熱切接受的意思，我們現在很難想像這種感覺，還有「舊思想」這個詞一定會包括邪惡及墮落的意思。不過這些新語辭彙的特殊構詞，好比舊思想就是一例，與其說是要表達意思，其實是要摧毀其中的意思，這些詞的數量一定很少，詞義可以無限擴大，一直大到一個詞本身就包含一長串字詞的意思，而這些意思也完全可以用這樣一個單一好懂的辭彙表示，這樣就可以一併掃除遺忘。新語辭典的編纂者所面臨最大的困難不是要創造新詞，而是要確定這些新詞創造出來之後要代表什麼意思，也就是說要確定這些字詞存在之後，可以刪掉的字詞範圍有多廣。

我們已經看過「自由」這個詞的例子，像這類的詞以前是帶有異端思想的，但是為了使用方便，有時還是會予以保留，但是一定要清除不好的意義，還有其他數不清的字詞，像是榮譽、正義、道德、國際性、民主、科學，和宗教，這些字就直接銷毀了，改用幾個概括性的字詞來取代，而且在取代之後也就將這些字詞廢除了。例如說，所有圍繞著自由平等的概念而衍生的字詞意義都囊括在一個字詞裡：「犯罪思想」；而圍繞著客觀性和理性的概念，這些衍生字詞意義就囊括在「舊思想」這個單一字詞裡，詞義太過精確的話會太危險，黨員必備的觀點就像古代希伯來人所知道的一樣，除了自己的國家之外，其他國家信奉的都是「偽神」，其他的不用知道太多，不必知道還有其他的神叫做巴力、歐西里斯、摩洛、亞斯它錄之類的，也許知道得愈少，黨員才愈容易服從黨規。希伯來人知道耶和華和耶和華的指示，所以他知道其他名字或具有其他特質的神都是偽神；黨員大概也是如此，他知道何謂正確的行為，但是對於什麼樣的行為可能違反黨規，他只知道非常非常模糊粗略的字詞。例如說黨員的性生活完全受到兩個新語辭彙控制：「性罪」（不道德的性）、「好性」（守貞），性罪就包含了所有和性行為有關的不當行為，包括通姦、偷情、同性戀，以及其他變態行為，另外還有一般性行為，如果只是為性而性也算犯罪。沒有必要一一列舉這些罪名，反正都是一樣有罪，而且原則上都可以處以死刑。C類辭彙包括科學及科技類辭彙，所以可能需要為某些不正常的性行為訂定特別名詞，但是一般公民用不到，公民只要知道好性是什麼意思——也就是說，夫妻之間的一般性交只有一個目的，就是要懷孕生子，對女人來說不需要肉體的歡愉，除此之外，其他都是性罪。對使用新語的人來說，一旦意識到這個思想屬於異端，就不太可能繼續發展下去，因為發展思路所必須要用的辭彙都不存在了。

B類辭彙中沒有中立的意識形態，有很大一部分都是委婉詞，例如像是「歡樂營」（強迫勞動營）或是平部（和平部，也就是戰爭部），這些詞的意思幾乎和表面字義完全相反。不過另一方面，有些字詞則是顯示出造字者有多了解大洋國社會的真正本質，而且相當藐視，「無產供」就是一例，這個詞是指黨提供給大眾的無用娛樂及虛假消息。另外還有一些字詞則是自相矛盾，拿來指黨的時候就帶有「好」的意思，但拿來指敵人的時候則有「壞」的意思。不過除了以上這些，還有相當多字詞第一眼看到時會以為只是普通的縮寫字，但其實這些字的意識色彩並不是從語義決定，而是字詞的架構。

到目前為止所創造出來的字詞，只要是具有或者可能具有任何政治意涵的字詞就屬於B類辭彙，每個組織的名稱、團體名稱、教條、國家、機構、公共建築等等，一定都會縮減成大家熟悉的形式，也就是單一一個容易發音的字詞，把字數減到最少，但仍然能夠辨識原本的字詞出處。例如真相部裡的紀錄局，溫斯頓．史密斯原本就在這裡工作，這裡的稱呼是紀局，而虛構局則稱為構局，電屏節目局就變成屏局，諸如此類。之所以這麼做並不只是為了節省時間，即使是在二十世紀初期，縮寫字詞就已經是政治語言的特性之一了，人們也注意到尤其是集權國家和集權組織裡特別傾向使用這類的縮寫字詞，例如像是納粹（國家社會主義）、蓋世太保（秘密國家警察）、共際（共產國際）、國媒訊（國際媒體通訊）、宣動（宣傳鼓動），一開始造字者是憑直覺創造出這些縮寫字詞，但在新語中則是有意識的目的，新語造字者認為縮寫一個名稱之後，就能限制及微調詞義，切除掉有可能附著在完整字詞上的聯想。例如共產國際這個詞，會讓人想起許多重疊的影像，讓人想起四海之內皆兄弟、紅旗、路障、卡爾．馬克思，以及巴黎公社；而相對來說，共際這個詞只是表示一個聯結緊密的組織，還有定義明確的教條主義，所指的東西就像桌子或椅子一樣，容易辨識、用途有限，共際這個詞可以想都不想就輕鬆說出來，不過要說出共產國際這個名詞就至少要先想一想。同樣的道理，說出真部這個詞會讓人聯想到的東西比真相部要少得多，也比較好控制。這麼做的結果不但讓人養成一有機會就要縮寫的習慣，也讓造字者努力想讓每一個字詞都容易發音，幾乎是關心過頭了。

在新語中，除了意義正確之外，唸起來好聽勝過其他考量，如果情形似乎有必要的時候，還會犧牲文法的一致性。而正是因為如此，尤其是為了政治目的，因為新語需要簡短的字詞，意義不容誤解，可以加快說話速度，在講者心裡也不會引起太多迴響。甚至B類辭彙可以讓人大批大批熟記起來，因為這些字詞幾乎都長得很像，這些詞大概一定是兩個字或三個字組成，重音分配也平均落在第一個和最後一個字，例如好思想、平部、無產供、性罪、歡樂營、英社黨、腹感、思想警，還有無數其他的辭彙。使用這些辭彙容易讓說話變得急促又含糊不清，馬上就變得斷斷續續又單調平板，而這正是他們的目的，他們就是打算讓言談變得幾乎可以不用意識，特別是談話主題的意識形態不中立時，如果是因應日常生活的談話，當然在說話之前必須先想一想，或者有時候是需要如此，但如果是黨員應要求做出政治或倫理判斷，應該要能夠自動說出正確的意見，就像機關槍掃射射出子彈一樣。黨員所接受的訓練讓他有辦法做到，而語言提供他一個極簡單的工具，字詞的結構、刺耳的聲音，還有某種刻意塑造的醜陋，這些都符合英社黨的精神，對黨員談話的整個過程更有幫助。

可用的辭彙愈來愈少也是同樣的效果，和我們的語言比起來，新語辭彙相當少，還會經常發明新方法來摧毀辭彙，就這一點來說，新語確實和大多數其他語言不一樣，每一年的辭彙都愈來愈少而不見增加。每一次減少都有一個好處，因為選擇愈少就愈不會想要思考，終極目標是希望讓喉頭發出的每一段言談，可以完全不必經過上面的大腦核心，新語中有一個詞明白表達出這個目標，「鴨語」這個詞的意思是：「像鴨子一樣呱呱叫。」就如同其他許多B類辭彙一樣，這個字詞的意思也是模稜兩可，如果像鴨子一樣呱呱吐出的是服從黨規的意見，那這個詞就是完全的恭維，《時報》上指稱某位黨的發言人是好上加好的鴨語者，這可是奉上熱切又重要的稱讚。

C類辭彙

C類辭彙為其他兩類辭彙提供補充，類別內包括的全部都是科學及科技類用語，這些字詞就和我們現在使用的科學用語類似，也是根據同樣的字源創造，但是在新語中通常會嚴格定義這些字詞，然後刪掉黨不想要的意義。這些辭彙的語法規則和其他兩類一樣，C類辭彙很少會用在日常生活或是政治場合，不管是科學作業員或技師，都可以在自己的專業領域辭彙表中找到自己需要的所有辭彙，但是對於其他領域的辭彙表，絕大多數人都是一知半解，只有極少數幾個字會出現在所有辭彙表上，也沒有辭彙可以用來解釋科學的作用，說不出科學是心智運作的習性或是思考的方法，不管是哪一個特定領域都解釋不清楚。其實「科學」這個詞已經不存在了，這個詞有可能代表的意義都已經完全包含在「英社黨」這個詞裡。

從以上說明可以了解，若是要用新語表達不符合黨規的意見，即使只是逾越了一點點界線也是幾乎不可能的，當然還是有可能說出非常粗淺的異端思想，或是某種不敬的言語，例如可以說「老大哥不好」，但這樣的句子聽在順從黨規的人耳裡，只是傳達出明顯的自身矛盾，一旦經過邏輯推理的辨證就站不住腳了，因為沒有反駁時必須用到的辭彙。對英社黨懷有敵意的想法只能以一種模糊的形式存在，無法用言語表達，也只能用一些非常概略性的字詞指稱，而這些字詞將一整組異端思想都包在一起，並未加以定義，這麼做就能一併譴責所有異端思想。事實上，若要用新語來表達不符合黨規的意見，只能夠違背文法規則，用舊語來翻譯部分字詞，例如說，新語中有可能出現「人皆平等」這句話，但是這句話的涵義大概就跟舊語中有可能出現「人皆紅髮」一樣，文法上沒有錯，但是卻明顯不是事實，也就是說，「人皆平等」這句話的意思是所有人的體型都相等，體重、身高皆相同。政治平等這個概念已經不存在了，所以「平等」這個詞的第二層意義也就遭到移除。一九八四年的時候，舊語依然是一般溝通的工具，理論上一個人使用新語的時候，還是有可能想起字詞原始意義的危險，不過實際上只要一個人有接受過雙重思考的良好訓練，就不難避免，但是不出幾個世代的時間，就連這種思想偏離的危險都會消失，一個人的成長過程中如果只使用新語，就不會再知道「平等」曾經還有「政治平等」這第二層意義，不知道「自由」曾經代表「知識上的自由」，比方說，就好像從來沒聽過西洋棋的人不會知道「皇后」和「車」還有第二層意義。如此一來，有很多罪行和錯誤就是人力無法達成的，因為這些行為沒有名稱，也就讓人無法想像。而且可以想見的是，隨著時間流逝，新語的特殊性質會愈來愈顯著——辭彙愈來愈少，意義愈來愈限定，而把字詞放在一起用在不適當的地方，這個機會也會不斷減少。

等到舊語完全讓新語取代，和過去歷史的最後一道聯繫也就斷了，歷史不斷遭到重寫，但是過去的片段紀錄總是存留在各個角落，成為審查員的漏網之魚，只要人還能保留舊語的知識，就有可能讀到這些紀錄。但是到了未來，就算這樣的片段得以留存，也會變得難以認知、難以翻譯，新語不可能用來翻譯所有舊語文字，除非是用來說明某個技術流程或是非常簡單的日常行為，再不然就是這個字原本就符合黨規（新語中會說是好思想），就實務而言，這表示寫作年代大概在一九六〇年之前的書，再也無法完整翻譯，革命前的文學作品只能接受意識形態翻譯——也就是說，不只是改變語言，還要改變內涵，就拿《獨立宣言》這篇知名作品中的一段來作例子：

我們認爲這些都是不言自明的眞理，人人生而平等，造物主賦予他們不可剝奪的權利，包括生存、自由，以及追求幸福的權利。爲了確保人民的這些權利，必須籌組政府，經過受統治者的同意賦予他們權力，如果任何形式的政府傷害了人民，人民就有權利改變或廢除政府，另外籌組新的政府……

這段文字如果要翻譯成新語，就很難保留原文的意涵，如果想要保留，最接近的做法就是將整段文字用單一一個字來表達：犯罪思想。要全文翻譯的話就必須經過意識形態翻譯，而傑佛遜的話就會變成讚頌集權政府的文字。

有許多過去的文學作品確實已經經過這樣的改變，考慮到作品的聲望，所以還是必須保留有關某些歷史人物的記憶，但同時要讓他們的成就迎合英社黨的哲學。許多作家，像是莎士比亞、米爾頓、史威夫特、拜倫、狄更斯等等，他們的作品也就因此翻譯成新語，而翻譯完成之後，他們的原稿以及所有留存下來的舊時代文學都會遭到銷毀。翻譯的過程很緩慢又很困難，或許到了二十一世紀的前十年、前二十年都還不會完成，同時還有大量完全實務需求的文件，例如像無法丟棄的技術說明手冊之類的，也都要經過翻譯，主要也就是因為要讓譯者有時間得以進行初步工作，全面使用新語的最終執行時間才會定在二〇五〇年這麼晚。